KB231437

첫 번째 만남,
세 번의 키스

첫 번째 만남, 세 번의 키스 1

초판 1쇄 찍은 날 § 2009년 7월 10일
초판 1쇄 펴낸 날 § 2009년 7월 16일

지은이 § 유지니
펴낸이 § 서경석

편집장 § 문혜영
편집책임 § 유경화
편집 § 조수희

펴낸곳 § 도서출판 청어람
등록번호 § 제1081-1-89호
등록일자 § 1999. 5. 31
어람번호 § 제5-0234호

주소 § 경기도 부천시 원미구 심곡 2동 163-2 서경B/D 3F (우) 420-822
전화 § 032-656-4452 팩스 § 032-656-4453
http://www.chungeoram.com
E-mail § eoram99@chollian.net

ⓒ 유지니, 2009

ISBN 978-89-251-1867-3 04810
ISBN 978-89-251-1866-6 (SET)

※ 파본은 구입하신 서점에서 교환하여 드립니다.
※ 저자와 협의하여 인지를 붙이지 않습니다.
※ 이 책은 도서출판 청어람과 저작자의 계약에 의해 출판된 것이므로,
　 무단 전재 및 유포 · 공유를 금합니다.

첫 번째 만남,
세 번의 키스

1

유지니 지음

도서출판
청어람

목차

이미 세 번이나 약혼하고 세 번 다 파혼했다면 그 주인공은 대체 어떤 여자일까? 파혼을 한 것도 상대 남자의 재산을 모조리 흡수한 뒤에 한 것으로 유명하다면? 아마도 모든 사람은 교미 후 수컷을 잡아먹는다는 사마귀를 연상할 것이다.

'이 집에 그 여자가 산다고?'

재준은 까마득한 붉은 벽돌담을 올려다보았다. 벽돌담 너머로 보이는 것은, 이런 곳에서 사니 그런 여자가 됐을지도 모른다는 생각이 들 만큼 집은 메마른 느낌을 풍기는 검은 유리로 된 창과 높고 단단해 보이는 지붕을 갖고 있었다.

툭.

갑자기 재준의 발밑으로 구슬과 꽃으로 장식된, 화려하고 예쁜 모양의 분홍색 구두 한 짝이 떨어져 내렸다.

투둑.

뒤이어 조금 떨어진 곳으로 또 한 짝의 분홍색 구두가 떨어져 내리더니, 불쑥 작은 여자의 얼굴이 담에서 솟아올랐다. 꽃처럼 솟아오른 여자가 끙끙거리며 담 위로 올라앉기 시작했다. 한 송이 꽃을 연상시킬 만큼 화사하고 아름다운 핑크 드레스를 입은 여자였다. 담 위로 올라앉은 여자의 진주와 꽃으로 장식된 스커트는 연꽃잎처럼 겹겹이 퍼진 것이 무척이나 화려하고 아름다웠다.

'그 여자다!'

단번에 결론을 내리고 재준은 의아한 생각에 고개를 갸웃했다. 소문대로라면 여자는 이보다 훨씬 더 아름다워야 했다.

대체 저 얼굴 어디를 보고 남자들이 한눈에 매혹을 당했지? 꽃보다 예쁘다는 소문이 대체 왜 났을까?

여자는 예쁘긴 했지만, 눈이 멀 정도로 아름다워 남자의 혼을 뺏을 정도라는 소문에는 미치지 못했다. 살아 있는 매혹이라는 수식어를 이 정도 얼굴에 붙이는 것은 아무래도 과분한 일이었다.

70점! 그럭저럭 봐줄 만하니 말이다.

담 위로 올라앉은 여자가, 담 밖에 버티고 선 커다란 은행나무를 가늠하듯 바라보았다. 나무를 보며 시시각각 얼굴빛을 바꾸고 있는 여자는 아직 담 아래서 자신을 올려다보고 있는 재준의 존재를 알아차리지 못하고 있었다.

금방이라도 담에서 나무로 뛰어 건널 것 같은 무모한 결심이 앙다문 여자의 입술에서 느껴졌지만, 설마 뛰기야 하랴라고 재준은 생각했다.

담은 자칫 떨어지면 목이 부러지든지, 목이 아니라면 최소한 팔이든 다리든 어디 한군데는 부러질 정도로 까마득한 높이였다. 나무로 건너뛴다는 것은 바보라면 모를까 결코 제정신의 인간이 선택할 만한 행동은 아니었다.

담 옆에서 일 미터 정도 떨어져 있는 은행나무가 영차 하며 그녀의 곁으로 한 걸음 다가올지 모른다는 생각이라도 하는 걸까? 여자는 나무만 하염없이 바라보았다.

80점.

점수를 조금 높였다. 아마도, 절대적인 미인이라는 선입견이 없었다면 처음부터 80점은 넘었을지 모른다. 오밀조밀한 얼굴은 눈을 사로잡게 예쁘진 않았지만, 흠잡을 만한 곳도 없었다.

여자는 입안에서 녹아내리는 아이스크림을 연상시킬 정도로 부드럽고 달콤해 보였다. 게다가 투명한 하얀 피부는 햇빛에 금방이라도 녹아내릴 것 같은 것이 꼭 요정처럼 보여 시선을 떼지 못하게 했다.

점수를 좀 더 높여주고 싶은 생각이 들어 재준은 저도 모르게 실소를 터뜨렸다.

갑자기 여자의 표정이 단호해졌다. 금방이라도 은행나무로 건너뛸 것 같은 기세였다.

앗!

순간이었다. 여자가 정말로 나무로 몸을 날렸고 떨어져 내릴 것에 대비해 재준은 저도 모르게 손을 내밀었다.

후유!

재준은 저절로 안도의 숨을 내쉬었다. 운동신경이 좋은 모양인지 아니면 신이 보호라도 했는지 여자는 떨어지지 않고 무사히 나무에 건너앉아 있었다.

이상했다. 재준이 알기로 이 약혼을 원한 것은 여자였다. 터무니없는 조건까지 내걸면서 말이다. 그리고 오늘의 약혼은 그 조건을 다 들어주고 하는 것이었다. 그러니 여자가 이렇게 달아날 이유는 없는 거였다.

이상하군. 뭔가, 여자에 대한 정보가 잘못된 것일까?

재준이 생각에 빠져 있는 동안, 새하얗게 질린 얼굴로 한동안 눈을 감고 호흡을 고른 여자가 나무를 타고 내려오기 시작했다.

오프숄더의 화려한 드레스는 나무를 타는 행동과는 너무도 어울리지 않았다. 금방이라도 고꾸라져 떨어질 것 같은 위태함에 재준이 한 걸음 다가갔다.

"잡아……."

재준의 잡아주겠다는 말은 채 끝나지 못했다. 갑자기 여자가 나뭇가지를 잡더니 철봉에 매달리는 것처럼 휙 몸을 내렸던 것이다.

웃!

이것은 여자가 나무로 옮겨 앉을 때보다 더 큰 충격이었다. 나뭇가지에 매달린 모습이 된 여자로 인해 재준은 그야말로 충격의 도가니탕으로 풍덩 빠지고 말았다.

나뭇가지에 대롱대롱 매달린 여자의 모습은 그다지 놀랄 만한 것은 아니었다. 하지만 여자의 가슴 부근에 있는 나뭇가지에 걸려 완전히 뒤집어진 스커트는 충분히 재준을 놀라게 했다.

뒤집어진 치마로 인해 여자의 하체는 여과없이 드러나 버렸다. 차라리 전부 나체였다면 덜 아찔했을지 모른다. 아슬아슬한 팬티에 살짝 가려진 새하얀 만월 같은 엉덩이는 정말 충격적이었다. 재준은 저도 모르게 꿀꺽 침을 삼켰다.

죽이는 각선미군.

여자의 다리는 침이 넘어갈 정도로 매혹적이었다. 각선미가 훌륭해 다리 보험을 들었다는 연예인보다 훨씬 더 잘빠진 다리였다.

100점.

그만큼 완벽했다. 재준은 천천히 시선을 올렸다. 패티큐어 곱게 발린 앙증맞은 발톱에서, 종아리로, 하얀 무릎 위로 그리고 허벅다리로 천천히 시선을 올렸다.

'기가 막힌 속옷이군.'

여자는 세 개의 얇은 끈과 중심 부분이 손바닥의 반도 안 되는 빨간 입술 모양의 천으로만 이루어진, 아주 얄궂고 충격적인 T팬티를 입고 있었다.

여자의 하얀 얼굴에 나타난 귀여움과는 달리, 노골적인 섹시함으로 두드러진 팬티였다. 손바닥보다도 더 작은 면적으로 중요 부분이 가려진 팬티는 너무나 관능적이고 대담했다.

재준은 그동안 여자의 팬티를 충분할 만큼 보았다고 자부했다. 나이가 나이인만큼 망사로 된 것, 끈 세 개가 전부인 것 같은 팬티 등, 야하기 그지없는 기묘한 속옷을 수없이 보았기에 충분히 면역이 되었다고 생각했다.

하지만 아무리 예쁜 여자, 아무리 늘씬한 몸매의 여자도 보는 순간 다리로 그의 허리를 감는 상상에 빠져들게 한 적은 없었다. 그런데 지금 여자의 다리는, 그의 허리에 두르고 몸 아래에서 헐떡이는 상상 속으로 단번에 재준을 빠져들게 만들어 버렸다. 숨이 거칠어지면서 몸 한곳으로 모든 힘이 몰려들기 시작했다. 재준은 생전 처음 여자의 팬티를 보는 소년처럼 우뚝 선 자신의 몸에 그만 당황해 버렸다.

"죄송한데요, 좀 도와주실래요?"

버둥대던 여자가 재준을 발견하고는 다급하게 구원을 요청해 왔다. 1미터가 조금 넘어 보이는 발과 땅의 간격에 차마 뛰어내리지 못하고 있는 여자는 치마가 뒤집어져 자신의 아랫도리가 적나라하게 드러났다는 것도 눈치 채지 못하고 있었다.

'빌어먹을.'

재준은 움직이지 못했다. 여자의 다리를 본 순간 우뚝 서버린 몸의 한곳을 진정시키기에 바빴기 때문이었다.

"좀 도와달라니까요!"

여자가 사정하는 시선으로 재준을 보다가 그가 움직임없이 서 있자 도움을 받기 틀렸다고 생각했는지 나뭇가지를 잡고 있던 팔을 놓으며 아래로 뛰어내렸다. 걸린 치마로 인해 여자의 균형이 무너진 것은 당연했다. 이어 체중으로 인해 요란한 소리와 함께 치마가 찢어진 것 역시 당연한 일이었다.

"엄마야!"

재준이 반사적으로 손을 내밀자 고꾸라지던 여자가 그의 품 안으로 굴러 떨어졌다.

33. 23. 34!

순간적으로 읽혀진 여자의 몸 사이즈였다. 글래머는 아니지만 참으로 예쁜 몸이었다. 게다가 향기롭기도 했다. 꼭 끌어안으면 비눗방울처럼 터질까 아니면 풍선처럼 미끄러져 나갈까? 저도 모르게 재준은 감칠맛 나는 여자의 몸을 끌어안으려 팔에 힘을 주었다. 하지만 여자가 더 재빨랐다. 여자가 아주 자연스럽게 그의 품에서 벗어나 한 걸음 뒤로 물러섰다. 여자가 품에 머문 시간은 찰나처럼 짧았지만 너무도 작고 부드럽던 여자의 몸은 재준의 뇌리에 깊이 각인되기에 충분했다.

재희보다 더 가느다랗군.

재희는 세상의 모든 여자에 대한 기준이었다. 그러니 재희보다 가늘다는 것은 여자가 여위었다는 것이다. 하긴 여자의 가늘디가는 팔이랑, 쇄골이 깊은 어깨는 지나치게 말라 보였다.

"아이, 참!"

여자가 치마를 탁탁 털더니 찢어진 모습을 감추려는지 이리저리 손으로 치맛자락을 매만졌다. 종아리까지 닿는 치마는 엉덩이에서부터 끝까지 수선이 불가능할 만큼 너덜너덜 찢어져 있었지만 다행스럽게 몇 겹으로 만들어져 여자의 다리를 어느 정도 감춰주고 있었다. 이리저리 치마를 만지던 여자가 짧은 한숨을 내쉬더니 떨어져 있는 구두를 찾아 신기 시작했다.

"안 다쳤습니까?"

"지금 내게 다쳤냐고 물으신 거죠? 다행히 일찍 잡아주셔서 조금 다쳤답니다. 그리고 미리 도와줬으면 조금도 다치지 않아 그런 질문을 안 받아도 됐을 거라는 생각이 아주 강하게 드네요."

여자의 팔꿈치는 나뭇가지에 긁혔는지 피부가 벗겨지고 피가 맺혀 있었다. 여자가 팔꿈치 상처에 입을 가져다 대더니 혀를 내밀었다.

이 여자가 어디서 이따위 짓을 하는 거야.

핑크빛의 여자의 혀는 커다란 유혹이었다. 매혹적인 여자의 모습에 재준은 온몸이 후끈 달아올랐다. 입안도 바짝 말라갔다. 이 여자가 왜 팜므파탈로 불리는지 이제는 알 것 같았다. 여자는 눈부셨다. 별것 아닌 동작 하나로 여자는 그의 온 신경을 잡아채고 있었다. 하지만…….

'아무리 눈부시다 해도 절대 매혹되면 안 된다.'

그랬다간 한 방울의 기름도 남기지 않고 모조리 여자에게 흡수당할 것이다.

본능에 들어온 빨간 등, 그것은 위험신호였다. 재준은 시선을 돌리려 했다. 허나 고개가, 눈길이 못 박힌 듯 움직여지지 않았다. 그저 여자가 자신의 팔을 핥는 동작을 목마르게 바라보고 있을 뿐이었다. 이성이 부르짖었다.

돌아서, 신재준. 이대로 차에 타. 그리고 여길 떠나.

지금 이대로 돌아선다면 분명 더 이상 이 여자와 얽히지 않을 것임을 알면서도 재준은 그러지 못했다. 오히려 저도 모르게 여자에게 다가서고 말았다.

"다친 모양이군요?"

여자가 흘긋 재준을 바라보더니 새침하게 눈길을 돌려 버렸다.

흥 하고 소리는 내지 않았지만 분명 속으로는 코웃음을 치고 있는 것이 분명했다. 잡아주지 않은 재준을 원망하는 것이리라.

여자의 색기는 아주 독특했다. 청순하기도 하고 무심하기도 한, 그런 것이 적당히 섞인 것이, 줄줄 색기가 흐르는 보통의 미녀들과는 확연히 달라 보였다. 귀염성있는, 보통 여자처럼 보이는 예쁘장하게 느껴지는 얼굴은 자칫 평범해 보일 수도 있었다. 하지만 내리뜬 눈이나 약간은 뾰로통해 보이는 표정이 재준에겐 무척이나 자극적으로 보였다.

여자가 뭔가 대답을 하려고 그를 바라본 순간이었다.

"아니, 수진 양, 거길 어떻게 내려갔지요?"

담장 위로 중년의 여자가 불쑥 고개를 내밀었다. 담장을 올려
다본 여자가 달아날 곳을 찾는 것처럼 두리번거리더니 재준의
소매를 잡아당겼다. 턱으로 주차돼 있는 그의 차를 가리키며 다
급히 물어왔다.

"저 차 혹시 아저씨 차예요?"

"그렇다면?"

"저 좀 태워주세요."

태워달라니, 이건 진짜 달아나려고 하는 것이다. 하지만 왜
달아나려는 거지? 약혼은 여자 쪽에서 원해 이뤄진 것인데.

"수진 양, 어딜 가는 거예요? 어서 들어와요. 사장님께
서……."

"아, 빨리요."

여자는 한 치도, 재준이 차에 태워주지 않을 거라고는 염두에
두지 않고 있었다.

이거 재밌어지는데?

약혼식을 앞두고 신부가 달아난다면 어떻게 되는 거지? 답은
하나, 그럼 약혼식은 없는 것이다. 재준은 단번에 결정을 내렸
다.

"좋아. 태워주지."

"급해요. 어서 서둘러요."

재준이 리모컨 키로 차 문을 열자 여자가 재준보다 먼저 조수석으로 올라앉았다. 연신 뒤를 돌아보던 여자는 재준이 운전석에 오르자 다급하게 탕탕 차창을 두드렸다.

"어서 가요. 서둘러요."

사이드미러를 통해 집 안에서 사람들이 달려나오는 것이 보였다.

"어서요."

힐끗 그들을 룸미러로 바라보며 재준이 힘껏 액셀러레이터를 밟자 차가 엔진 소리와 함께 힘차게 달리기 시작했다.

첫 번째 만남,
세 번의 키스 ①

집 안에서 달려나오는 사람들을 비웃기라도 하는 것처럼 재
준의 차는 순식간에 그들을 남겨두고 언덕길을 달려 내려갔다.

"빨리 좀 가요."

여자는 멀어지는 사람들을 보면서도 안절부절 어쩔 줄 모르
는 얼굴이었다. 발이라도 구르고 싶은 마음이 얼굴에 역력하게
드러나 있었다.

여자는 여유있게 사람들을 따돌리고 도로로 나간 재준의 차
가 차의 물결 속으로 섞여들 때까지 초조하게 뒤를 보며 애를
태웠다.

후아!

이젠 안심이 되는지 좌석에 몸을 기대며 깊은숨을 내쉬는 여자의 상기된 볼이 붉은 꽃잎처럼 보였다.

정말 꽃인지, 내쉬는 숨에서 달짝지근한 향이 느껴지는 것 같았다.

재준은 아마도 이런 향내로 여자가 남자를 홀렸고 파멸시켰을 거라는 생각을 했다. 여자의 달콤함을 즐기기 위해 가진 것을 모두 내놓으라고 한다면 그 달콤함이 한순간이라는 걸 알면서도 기꺼이 내놓을 것 같았다. 그만큼 향은 유혹적이었다.

재준은 코끝에 감도는 향기를 무시하기 위해 일부러 무뚝뚝한 음성으로 말을 꺼냈다.

"어디에서 내려줄까요?"

"산본……."

"산본? 경기도 산본?"

이곳에도 산본이란 동네가 있다면 모를까 여자가 그가 알고 있는 산본을 말한 것이라면 정말 뜻밖이라 아니 할 수 없었다. 여자가 지그시 입술을 깨물었다.

"아뇨, 거기까진 그렇고요. 저기 터미널, 아니, 기차역. 아니, 아니."

수진에게 현 상황은 참으로 암담했다. 박 사장이 그녀가 없어진 것을 안다면 그때부터 자신을 찾을 것이고 그럼 제일 먼저 터미널이나 기차역을 뒤질 것이다. 그러니 박 사장이 짐작할 만한 곳엘 어슬렁거리면서 날 잡아가슈 할 수는 없는 일이었다.

다시 박 사장의 손에 잡혀 끌려가면 이번엔 빼도 박도 못하고 진짜로 억지 약혼식을 치르게 될 것이다.

하지만 그렇다면 집엘 어떻게 가나? 이 차로 그냥 서울까지 태워달라면 안 될까?

이 남자의 차를 얻어 탄 것은, 담 옆에 은행나무가 있어 도망쳐 나올 수 있었던 것만큼이나 큰 행운이었다. 무사히 나무를 타고 내려왔어도 남자가 없었다면 아마 집에서 나온 사람들에게 다시 끌려 들어가 어처구니없는 약혼식을 치렀을 것이니까.

남자에게 어디로 가느냐고 물어보고 싶은 충동을 참고 수진은 약간 기운 빠진 목소리로 말을 꺼냈다.

"그냥 큰길에다 세워주세요."

"정말? 그 차림으로 나다닐 수 있겠어?"

비로소 지금 자신이 어떤 차림인지 깨달은 수진은 옷을 내려다보고 낭패의 표정을 지었다. 가방도 돈도 전화도 없는 빈손이란 것도 깨달았다.

황당한 일이었다. 넝마처럼 너덜너덜 찢어진 분홍색 드레스를 입고 길거리를 돌아다닌다면 머리에 꽃도 꽂았으니 비가 오지 않더라도 제대로 미친 여자처럼 보일 것이다.

이러고 어딜 다녀.

수진은 찢어진 치마 사이로 다리가 드러난 것을 보고 재빨리 치맛자락을 여몄다. 너무나 어처구니없고 너무나 황당한 현실 앞에서 무엇을 해야 하는지 아무 생각도 나지 않았다.

이런 일도 당하는구나. 그다지 오래 살지도 않았으면서 정말 별의별 일을 다 경험하는구나.

이은수!

언니? 웃기지 마라. 너 같은 언니는 이젠 없다.

수진은 부득부득 갈리는 이를 악물었다. 은수가 한 짓은, 생각하면 할수록 화나는 일이었다.

"혹시 달아난 신부인가?"

재준은 피식 새어 나오는 웃음을 머금었다. 붉으락푸르락 시시각각 변하는 여자의 표정은 무척이나 재미있었다. 바르르 눈꼬리를 떨다 입술을 질겅거리다가는 커다랗게 날숨도 내쉬더니 마지막엔 두 주먹을 불끈 쥔다. 표독해 보이면서도 귀여운 것이, 그야말로 골라 보는 재미가 있는 얼굴이었다.

"아뇨."

게다가 찢어진 치맛자락을 잡고 하는 여자의 행동이라니. 결코 수선될 리가 없건만 열심히 치맛자락을 잡고 뭔가를 중얼거리는 것이 마치 붙어라, 붙어라 주문을 외우는 것처럼 보였다.

재준의 재빠른 시선이 여자의 얼굴과 드러난 어깨와 쇄골, 그리고 가슴을 훑었다.

긴 목과 좁은 어깨, 그리고 크지도 작지도 않은 가슴. 그럭저럭 선이 고왔지만 여자의 상체는 완벽해 보이던 하체만큼 우수하진 못했다. 완벽하리만큼 매혹적인 아름다움을 뽐내는 히프

와 다리가 100점이라면 상체는 얼굴과 비슷한 점수라 할 수 있었다.

80점.

점수를 매겨놓고 실없다는 생각에 재준은 속으로 웃음을 삼켰다.

'이러다 습관이 될라.'

아주 젊었을 때, 한창 청춘이라 할 나이에 이렇게 여자들을 보고 점수 매기는 친구들이 간혹 있었다. 그때마다 재준은 친구들에게 음흉한 놈이라고 야단을 쳤지 한 번도 동조한 적이 없었다. 그런데 그때도 안 해본 짓을 지금 하고 있는 것이다. 재준의 시선이 치맛자락을 쥐고 있는 여자의 손에 닿았다.

손은 60점.

이상하게도 여자의 손은 거칠어 보였다.

이래서 완벽한 것은 없는 것이군.

손까지 하얗고 매끄러운 도자기 같았다면 완벽한 아름다움이라고 해줬을지 모른다.

흘끔 여자가 그를 바라보았다. 재준은 한순간 자신이 매긴 여자의 얼굴에 대한 점수를 올려야 하는 것이 아닐까 생각했다.

이제 보니 여자의 이목구비는 꽤 반듯했다. 어느 한곳 모자란 곳 없이 예쁜 편이었다. 게다가 눈은 어떤가. 까만 눈동자와 하얀 눈자위가 피아노 건반처럼 너무나도 흑백이 분명했다.

"아무래도 달아나는 신부 같은데?"

"달아나는 것은 맞지만 신부는 아니에요."

그것은 사실이었다. 그녀는 달아나는 길이지만 오늘 있을 약혼식의 주인공은 결코 아니니까 말이다.

"거짓말. 그 옷이 약혼 예복이 아니라는 건 말이 안 돼."

맞는 말이다. 간질거릴 만큼 진하고 사랑스러운 핑크빛의 드레스는 누가 봐도 약혼 드레스였다. 그러니 누가 보더라도 약혼식을 치를 옷이라고 생각할 테고 이런 옷을 입고 담을 넘었으니 달아난 신부로 보여지는 것 역시 당연한 일일 것이다.

"약혼 예복은 맞아요."

수진은 다시 한 번 치마를 여몄다. 화려하고 풍성해선지 찢어진 것이 더욱더 눈을 끌었다.

"약혼 예복 입고 담을 넘어 달아나는데 달아난 신부가 아니라고?"

"네."

구구절절 이러고저러고 말할 생각이 없어 수진은 입을 다물었다.

"혹시라도 강제로 약혼하라고 끌려 나왔다가 약혼할 남자를 보고 실망을 해 줄행랑을 친 건가?"

"아뇨."

수진은 단호하게 부정했다.

마음대로 상상할 테면 해, 단지 그것을 내게 확인하지만 말아!

오늘 일어난 일은 생각조차 하기도 싫었다. 그런데 이런 질문에 답하다 보면 자꾸 기억날 것이 아닌가. 피곤하고 싫은 일이었다.

"그럼?"

여자의 부정이 마음에 안 들어 재준이 좀 퉁명한 목소리를 냈다. '다가오세요'라고 말하는 것 같은 매혹적인 향과는 달리 여자의 태도는 아주 뻣뻣했다.

이런 태도에 성진이 넘어간 걸까?

그럴지도 모른다. 원래 성진은 튕기는 여자를 꺾는 것이 재밌다고 늘 말해왔으니까. 성진이 팜므파탈이란 악명으로 이름 높은 박인성의 딸과 약혼을 하겠다고 선언한 것은 한 달 전이고, 오늘까지 그는 엄청난 대가를 지불했다. 박인성은 자신의 딸을 성진에게 주는 대신 케이엔의 주식을 요구했다. 그가 노린 것은 케이엔의 입성이었다. 신영제약의 오너라는 것보다는 케이엔의 운영에 참여하는 대주주가 되고 싶다는 야망을 거침없이 내보였다.

그런데 그 약혼을 피해 신부가 달아나고 있는 것이다.

시계를 보니 이제 1시가 넘어 있었다. 약혼식이 1시 시작 예정이었으니 지금쯤은 신부가 달아난 것이 밝혀져 집안이 발칵 뒤집어졌으리라.

성진은 무척이나 남의 눈을 의식하는 성격이었고 비뚤어진 자존심이 아주 강한 남자였다. 약혼을 치를 신부가 달아났다는 것은 성진에게는 크나큰 모욕일 것이다. 그러니 이제 여자가 돌아간다 해도 분노한 성진이 받아주지 않을지 모른다.

"도와주신 것은 고맙지만 지금 하는 것은 상관없는 질문인 것 같지 않으세요?"

"그렇군. 그럼 어디서 내릴 것인지나 말해. 내려주고 나도 서울로 가야 하니까."

"서울…… 가세요? 그럼 죄송한데요, 서울까지 저 좀 태워주시면 안 돼요?"

여자의 뻣뻣했던 표정이 순식간에 나긋하고 부드러워졌다. 뿐인가. 재준을 보는 눈이 구슬처럼 빛나기 시작했다.

조금 전까지 여자의 표정은 아주 단정했다. 눈웃음도 없고 매혹도 없었다. 하지만 순식간에 바뀐 여자의 눈은 놀라울 정도로 유혹적이었다. 말끄러미 재준을 바라보는 눈엔 교태가 가득했다.

오호?

재준은 감탄했다. 이제 보니 여자는 이렇게 바라보는 것만으로도 남자의 마음을 홀랑 앗아갈 수 있을 정도로 매혹적이었다.

이 여자는 위험하다! 혹시라도 여자에게 홀린다면? 그건 절대 있어선 안 될 일이지 않은가.

이 여자는 다른 사람도 아닌 성진의 여자였다. 이 여자 저 여자와 화려한 스캔들로 세간의 입방아에 오르던 그가 처음으로 약혼을 하겠다고 나선 상대다.

재준에게서 거절의 기미를 알아차린 여자의 얼굴이 사뭇 비장해졌다. 애처롭고 가냘픈 눈빛으로 호소하듯 그를 바라보았다. 금방이라도 눈물이 흘러내릴 것처럼 습기 많은 여자의 눈빛이 정통으로 날아와 그의 가슴을 찌르더니 푹 하고 깊이 박혔다.

"부탁드려요."

"기왕 가는 길이니 그야 뭐, 태워줄 수는 있지."

"고맙습니다. 그럼 서울까지 태워주시겠어요?"

"하지만 대가가 있어야지. 난 이 세상엔 공짜가 없다고 생각하는 사람이거든."

룸미러에 보인 여자의 얼굴에서 입술이 삐죽 튀어나왔다.

'이 좀생아.'

분명 그렇게 여자의 표정이 말하고 있었다. 예상치 못한 반응이었다. 유혹으로 보기엔 너무도 거리가 먼 표정이며 말투인데 그것이 오히려 재준에겐 유혹이었다. 뾰족 나온 여자의 입술이 키스를 부른다. 바짝 입안에 침이 말라왔다.

"얼마, 원하시는데요?"

빈 차로 가는 것, 태워주면 어때서. 흥.

생각이 드러나지 않게 수진은 살살 웃었다. 생긴 것은 멀쩡한 남자가 보기보다 치사하고 좀생이인 모양이다. 하지만 어쩌랴. 좀생이든 뭐든 일단은 이 차를 얻어 타야 한다. 내리라고 하면 문짝을 부여잡고서라도 버틸 것이다.

"얼마나 줄 수 있지?"

수진은 집에 도착해 당장 통장에서 인출할 수 있는 돈을 계산해 보았다. 십만 원이 조금 넘는다.

"3만 원이면 되겠어요?"

"3만 원?"

시답지 않다는 남자의 표정에 수진은 급히 액수를 올렸다.

"5만 원 드릴게요!"

"흠."

차라리 내려서 택시를 잡아탈까?

수진은 아주 잠깐 그런 생각을 했다. 하지만 이런 골골로 내려 택시를 잡아탄다는 것도 웃기는 일이고 게다가 산본까지 택시비가 얼마나 나올 건지도 알 수 없는 일이었다. 택시비가 10만 원이 넘게 나온다면 그냥 이 남자에게 10만 원을 주고 태워다 달라고 하는 게 더 이익이었다.

"10만 원 드릴게요. 더 이상은 주고 싶어도 도둑질을 하기 전에는 돈이 없어요."

"대전에서 택시 타고 서울까지 가봤어?"

"아뇨."

"10만 원 갖곤 서울까지 못 가."

"그래요? 하지만 전 지금 택시를 탄 것이 아니고 아저씨도 택시기사는 아니잖아요."

이런 고급 차종에 부유해 보이는 사람이 치사하게 돈 몇만 원

을 가지고 흥정을 하려 들다니. 돈도 나보다 훨씬 많아 보이면
서…….

"많긴 많지."

"네?"

"내가 돈 많은 부자라고 얼굴에 쓰길래 거기에 대한 답을 한
거야."

독심술이라도 했나? 설마, 독심술은 무슨 얼어죽을 독심술!
아닐 거야. 그냥 넘겨짚은 거겠지.

"그럼 이제 제가 할 말을 얼굴에 쓸 테니 읽어보실래요?"

수진의 시선이 조심스럽게 그가 입은 옷에서 차고 있는 시계
로, 그리고 구두까지 슬그머니 내려갔다 올라오는 것이 재준의
눈으로 들어왔다.

그래, 아가씨. 가격 책정이 나왔나?

스쳐만 지나도 남자가 얼마나 돈을 가졌는지 안다고 했으니
재준에게서 풍기는 부의 척도를 이미 읽었을 것이다. 충분히 흥
미를 나타낼 만도 한데 아직까지 재준을 향한 여자의 시선엔 탐
욕이나 호기심이 없었다.

헛소문인가? 아니면 그녀가 원하는 것은 재준이 갖고 있는
것보다 훨씬 커야 하는 것인가? 전자라면 모르지만 후자라면 상
당히 자존심 상하는 일이 아닐 수 없었다.

재준은 신호가 걸려 차가 멈춘 틈을 타서 여자에게 고개를 돌
리고 찬찬히 바라보았다.

"치, 사, 해?"

수진은 할 말을 잊었다. 그랬다. 지금 그녀는 속으로 '치사해'라고 중얼거리던 중이었다. 하지만 그대로 인정하기엔 뭔가 억울하다는 생각이 들어 수진은 급히 말을 이어 붙였다.

"요!"

남자의 웃는 소리가 사뭇 유쾌했다. 남자의 웃음에 용기를 갖고 수진은 아주 불쌍한 표정으로 사정하기 시작했다.

"저 가난한 사람이거든요. 제게 10만 원은요, 우주의 별만큼이나 많은 액수고요 지구본에서 바다가 차지하는 부분처럼 커다란 액수예요. 그러니 더 받지 마시고 그냥 10만 원에 서울까지 태워주시면 안 되겠어요? 저, 절대로요, 현금영수증을 달라거나, 국세청에다 불법영업으로 돈 버는 자가용을 10만 원씩이나 내고 서울까지 타고 갔다고 신고 안 할게요. 그러니까 부자가 가난뱅이 적선하는 셈치고 10만 원만 받으시죠. 후불로."

"가난하다?"

남자가 자신의 차림을 훑어보기 시작해서야 수진은 자신이 입은 드레스와 액세서리들이 결코 싸구려로 보이지 않는다는 것을 깨달았다.

옷이야 찢어진 상태니 가격이 없다고 쳐도 지금 그녀가 목에 걸고 있는 두 줄짜리 진주목걸이와 진주귀걸이는 모조가 아니었다. 진주목걸이에 남자의 시선이 와 닿는 것을 깨닫고 수진은 얼결에 목걸이를 손으로 가렸다.

"이건 안 돼요."

백 번 천 번이라도 목걸이를 빼 차비 대신 휙 던져 주고 싶었지만 불행하게도 이 빌어먹을 드레스도 목걸이도 전부 그녀의 것이 아니니 생각만으로 그쳐야 하는 일이었다.

신호가 바뀌자 남자가 차를 출발시켰다. 수진은 남자의 옆얼굴을 흘끔 바라보았다. 이제 보니 남자는 상당히 잘생긴 얼굴이었다. 반듯한 이마와 곧게 뻗어 내린 콧날이 조각처럼 뚜렷한 선을 이루고 있었다.

남자의 얼굴을 보고 있자니 감탄이 절로 나왔다. 무엇보다 관록이 있어 보였다.

"어쩔까? 돈은 싫은데."

쫀쫀하다 생각한 것 다 취소. 그리고 치사하다고 생각한 것 역시 다 취소. 하지만 이어지는 남자의 다음 말에 수진은 취소했던 일 자체를 다시 취소해야 했다.

"인간이란 말이지, 안 한다고 강조하면 할수록 나중에 더 기를 쓰고 하는 나쁜 버릇을 많이들 갖고 있더군. 사람 마음은 조석으로 변해. 도착하고 나면 언제 마음이 바뀌어 신고를 할지 아무도 장담할 수 없잖아. 혹시라도 국세청에 불려 다니는 일은 사양하겠어. 그렇다고 적선을 할 만큼 너그러운 성질도 못 돼, 기브 엔 테이크, 이게 내 삶의 모토야."

"그럼 돈 말고 원하는 게 뭐예요?"

"뭐가 좋을까? 돈 말고 뭘 줄 수 있지?"

"글쎄요. 난 가진 게 없는 가난한 사람이어서 줄 것이 별로 없어요."

"그래도 가진 게 있을 거야."

"없어요. 정말로 난 아무것도 가진 것이 없어요."

제발 믿으시지요. 왜 믿지 못한다는 표정인 거야.

남자의 얼굴을 향해 수진은 눈을 흘겼다. 수진은 이 가볍게 흘기는 표정이 남자에게 얼마나 큰 영향을 주는지 알지 못했다. 큐피트의 화살처럼 수진의 눈은 재준의 가슴을 관통했고, 그래서 그로 하여금 수진에 대한 경각심을 더 일깨웠다는 것 역시 알지 못했다.

"아무것도 줄 게 없다면 내려."

차선을 바꾸더니 남자가 차를 세웠다.

"돈은 드릴 수 있어요. 산본에, 집에 도착해서 바로요."

"내 차는 택시가 아냐."

택시가 아니란 것은 수진도 알고 있는 사실이었다. 그러니 이렇게 태워달라고 사정을 하는 것이 아닌가.

"못 내려요. 내가 일부러 서울까지 태워다 달라는 것도 아니고 어차피 서울 가는 길에 태워다 달라는 건데 이러는 건 너무 야박한 것 아니에요? 절 보세요. 제 꼴이 얼마나 우스워요?"

"나와는 상관없는 일이야."

"상관있어요. 아저씨가 나무에서 내려오는 것만 도와줬어도 이렇게……."

"아저씨?"

아저씨라니.

재준의 눈썹이 쓱 올라갔다. 기분이 상하면 나타나는 반응이었다. 군대에 있을 때 군인 아저씨란 소리를 들은 뒤 이렇게 대놓고 아저씨 소리를 듣는 것은 처음이었다.

이 여자 24살이라고 했다. 스물네 살의 여자가 서른 살의 남자에게 천연덕스럽게 아저씨라고 부르다니 낯간지럽지도 않은가? 열아홉이나 스물 정도의 아이가 불러야 어울릴 호칭으로 그를 부르는 여자를 재준은 찬찬히 바라보았다.

여자는 진실로 재준이 그녀를 나무에서 안 내려줘 일이 이 지경으로 꼬였다고 생각하는 모양이었다. 그야말로 물에 빠진 것 건져 놓으니 보따리 내놓으라는 격이었다.

내려놔. 괘씸한 여자에게 더 이상의 호의를 베풀 필요가 없어.

하지만 이건 다 핑계, 사실 여자를 차에서 내려놓으려 하는 이유는 다른 거였다. 여자의 모든 것이 너무 위험하다는 것, 그것이 이유였다. 조금만 더 같이 있다간 틀림없이 여자가 내뿜는 향기에 중독돼 흐물거리며 녹아내릴지도 모른다.

"제가 오죽하면 태워달라고 하겠어요. 그런데 인정머리없이 내리라니. 죽어도 못 내려요!"

"내려."

"아저씨."

"아저씨는 지금 바쁩니다. 내려요."

"못 내려요."

"좋아 그럼. 대가를 치러."

"10만 원 드린다니까요."

"돈은 필요없어."

"대체 원하는 것이 뭐예요?"

"밥 한 끼."

젠장, 왜 이런 대답이 나온 거야? 이미 나온 말을 주워 담을 수 없어 재준의 표정은 험악하게 일그러졌다.

"밥 한 끼요?"

"그래."

"사드려요?"

"해줘."

"뭐라고요?"

"밥해달라고."

수진은 눈을 깜박거렸다.

이 남자 처음부터 아예 작정을 한 모양이다. 밥을 같이 먹는 것과 밥을 해달라는 것은 근본적으로 다른 문제였다.

밥을 해주기 위해선 남자의 집으로 가든 그녀의 집으로 가든, 필히 한 공간에 존재할 수밖에 없다. 어떻게 보면 이건 아예 네 몸을 바치라는 요구라 할 수 있는 일이었다.

"밥만 해주면 되는 거예요?"

하지만 곧 생각을 바꿨다. 눈썹 한 번만 올려도 쓰러질 여자가 한 트럭은 넘을 것처럼 멋져 보이는 남자가 수진을 어쩌기 위해 밥 한 끼를 해달라는 요구를 할 필요가 있을까?

게다가 이 남자의 포스는, 마음에 든 여자에겐 단도직입적으로 말할 것 같았다.

너 나랑 한 번만 자자.

이렇게 말이다. 그러니 어쩌면 이 아저씨는 정말로 그녀가 밥 한 끼 해주는 것을 원하고 있는 건지도 모른다.

"정말 밥만 해주면 돼요? 아니면……."

"당연히 안 되지."

그럼 그렇지!

"반찬도 해줘야 하잖아."

수진은 쿡 하고 웃을 뻔했다.

"다른 건요? 다른 걸 원하는 것은 아니에요? 혹시 밥이 아니고 몸을 원하는 건 아니죠?"

분명히 해두는 것이 좋다. 그래야 나중에 편하니까. 많지 않은 나이지만 살아오면서 보니 처음에 확실히 해두지 않는 것은, 나중엔 늘 골탕으로 돌아왔다. 특히 계약에서 그랬다. 구두계약도 계약은 계약, 그러니 정확히 해야 했다.

"생각이 너무 앞서 가는군. 몸이라! 섹스를 말하는 건가? 그런 거라면 헛물 켠 거야. 난 신원이 불분명한 여자하고는 안 자."

수진은 약간 무안해졌다. 마치 그녀가 몸을 바치려고 유혹을 한 것같이 굴고 있다. 지금 이 남자는.

그의 태도에 수진은 은근히 배알이 꼴려 버렸다.

"우리 아빠가요. 내가 고등학교 들어갔을 때 남자가 하는 말은 절대 믿지 마라, 특히 육체관계에 대해 말하면서 무언가에 대한 부정을 얘기하면 더욱 믿어선 안 된다고 하셨답니다."

"세상을 부정적으로 사시는 분인가 보군. 부정적인 시각으로 세상을 보면 세상도 부정적으로 다가올 수밖에 없다는 말을 들었다고 전해 드려."

"그럼 아저씬 긍정적으로 사세요?"

긍정적 좋아하시네. 그런 인간이 왜 이리 몰인정하게 구는 거얏.

투덜투덜 속으로만 종알거리면서 수진은 다시 한 번 간곡하게 사정했다.

"제가 밥을 해드린다고 쳐요. 그럼 아저씨 부인이 뭐라 그러겠어요."

"하!"

어처구니없다는 남자의 표정이 재미있어서 수진은 웃을 뻔했다.

"부인 같은 건 없어."

"그럼 약혼녀……."

"그런 것도 없고."

"그럼 애인……."

"도 없어."

부인이나 약혼녀가 없다는 것은 그렇다 쳐도 애인이 없다는 것만큼은 믿기 어려웠다. 이런 남자를 여자들이 그냥 둘 리가 없었다.

"좋아요, 그럼 아저씨의 여자들이……."

"여자들? 날 지금 뭘로 만드는 거지?"

"아, 저. 식구들 말이에요. 어머니나 누나, 여동생 같은."

"뭐라고 안 할 거야. 만날 일이 없을 테니."

밥해달라면서? 설마 우리 집에서 해달라는 말인가? 진짜 안 된다. 절대로!

수진은 음, 음 헛기침을 한 뒤 전열을 가다듬었다. 아주 불쌍한 표정을 지으며 남자를 바라보았다.

"제가 시간이 없어서 그러는데요, 그냥 밥 한 끼를 사드리면 안 되겠어요?"

"안 돼."

"정말 시간이 없어서 그래요."

재준은 자신이 왜 밥을 해달라고 했는지 비로소 알았다. 그의 마음속에 여자와 같이 있고 싶다는 욕망이 생성된 모양이다.

하지만 여자와 얽혀지는 것은 어리석은 것! 지금이라도 철회를 해야 한다.

"그럼 그만둬. 자, 그럼 우리 거래는 끝난 거지? 그만 내릴 건가? 아니면 아까 그곳으로 데려다 줄까?"

이기지 못하거나 손해 볼 게임엔 애초에 뛰어들지 말아야 한
다. 손해 볼 걸 알면서 게임에 뛰어든다면 그것은 멍청이다.

진짜로 위험하다. 조금만 더 시간을 끌면 무력하게 여자에게
취해 버릴 것이란 위기감이 들었다.

여자의 향은 밀폐된 공간에 사람의 목숨을 뺏는다고 하는 백
합의 향만큼이나 진했다. 재준은 처음에 여자에게 나는 달콤한
향을 향수라고 생각했다. 하지만 그의 후각을 어지럽힌 것은 향
수 냄새 속에 숨어 있는 여자의 체향, 살냄새였다.

너무나 짙어 금방이라도 질식시킬 것 같은 여자의 체취. 조금
만 더 같이 있으면 분명 매혹당해 버릴 것이다. 재준은 그것만
은 절대 사양하고 싶었다.

"내리겠어요."

다시 데려다 준다는 말에 여자의 얼굴빛이 확 변했다. 분연히
외친 그녀가 차 문을 열고 내리더니 화난 동작으로 차 문을 탁
닫았다.

"악!"

차 문이 닫히는 것과 여자가 땅바닥으로 고꾸라지듯 주저앉
은 것은 동시였다.

지금 수진의 모습은 그야말로 웃겼다. 상체는 나무랄 곳이 없었다. 곱게 한 화장 예쁘게 올린 머리, 그리고 화사한 오프숄더의 핑크 드레스에 두 줄짜리 진주목걸이. 조수석에 앉아 있는 그녀의 상체는 완벽할 만큼 아름답고 우아하게 보였다. 하지만 아래로 내려가면 얘기가 달랐다.

치마는 찢어져 있고 그 아래 오른쪽 발목은 압박붕대로 칭칭 감겨져 있다. 압박붕대를 하고 있는 이유는 담에서 뛰어내릴 때 발목을 삔 탓이었다. 남자의 차에서 내린 순간에 수진은 그때까지 느끼지 못한 것이 이상할 정도로 커다란 고통을 느끼며 땅바닥에 푹 주저앉았다.

이런 일이!

발목을 다친 것은 수진으로선 벼락을 맞은 것만큼이나 충격적인 일이었다. 수진에게 있어 다리는 최대의 재산, 절대로 다치면 안 되는 부위였다. 그런데 그런 다리를 다친 것이다. 불행 중 다행인 것은 그나마 부러지지 않고 삐기만 한 것이라고나 할까?

다행한 일은 또 있었다. 발목이 삔 것으로 인해 남자의 차를 얻어 타게 된 것이었다.

남자는 수진이 쓰러지는 것처럼 주저앉자 그때까지 내리라고 몰인정하게 굴던 태도를 순식간에 바꾸었다. 서둘러 그녀를 약국으로 데려다 주었다.

압박붕대는 그곳 약사가 임시로 해준 응급조치였다. 남자는 약국에서 응급조치를 끝내자 약사에게 병원이 어디 있는지 물었다. 병원에 데려다 준다는 것이었다.

수진은 병원까지 갈 필요 없고 대신 서울까지 차를 태워달라고 부탁했다. 다리가 걱정됐으나 그것보다는 대전에서 벗어나는 일이 더 우선이었다. 남자는 그것은 싫고 다만 병원에 데려다 주겠다고 하다, 부득부득 서울까지 태워달라고 하는 수진에게 져 그녀를 태우고 오는 중이었다.

그렇게 태워주기 싫었나?

정말 마지못해 태웠다는 표시를 팍팍 내면서, 남자는 오는 동안 한마디도 하지 않고 수진을 완전히 무시했다. 그의 기에 눌려 수진까지 입을 꾹 다물고 있을 수밖에 없었다.

그가 자신을 마음에 들어하지 않는다면 없는 듯 얌전히 있어 주는 것이 수진이 할 수 있는 최선이었다.

차가 고속도로를 접어들자 눈앞엔 비슷한 풍경이 계속 펼쳐졌다. 가끔은 마을이 보이다가 다시 논밭이 보이는, 한가롭고 지루한 풍경 속에서, 휴게소가 있다는 포크와 숟가락 표시가 나타났다. 그때까지 운전만 하고 오던 남자가 처음으로 입을 열었다.

"휴게소에서 잠깐 쉴 거야."

그렇지 않아도 화장실에 가고 싶었던 수진은 고개를 끄덕거렸다. 남자가 휴게소 안으로 진입해 줄지어 그어진 주차선 안에 차를 주차시켰다.

"화장실 갈 건가?"

"네."

남자가 재킷을 벗어 그녀에게 내밀었다.

이걸 왜 주지? 멀뚱히 바라보자 남자가 퉁명스럽게 말했다.

"그 차림으로 다닐 수 있다면 그만두고."

아, 둘러쓰라는 거구나.

수진은 재빨리 남자의 옷을 걸쳤다. 옷은 상당히 컸다. 재킷은 거의 무릎까지 내려왔다.

이렇게 큰 옷을 두르고 있으니 바보같이 보일 거야.

차에서 내리며 수진은 혼자서 투덜거렸다. 하지만 그것은 수진의 오산이었다. 화사한 드레스 위에 남자의 양복 재킷을 걸친 그녀의 모습은 아주 낭만적으로 보였다. 사람들 눈엔 두 사람이 약혼을 하고 여행을 가는 연인으로 보였다.

차에서 내려 한 걸음 내딛는 순간 수진은 통증으로 비틀거렸다.

"아! 아파!"

중얼거린 순간이었다.

"엄마야."

수진의 몸이 휙 들려 올려졌다. 어느새 남자가 수진을 번쩍 안아 들었던 것이다.

"왜, 왜 이러세요?"

"지팡이가 없잖아."

오면서 보였던 뚱한 모습과 너무도 다른 남자의 행동이었다. 수진은 남자의 목에 팔을 둘렀다. 이렇게 오픈된 장소에서 모르는 남자의 품에 안기는 일은 쑥스럽고 창피스러웠지만 다리에 무리를 주는 것보다는 무안하고 창피한 것이 더 나았다.

남자는 그녀를 안아 들었지만 조금도 비틀거리지 않았다. 남들이 바라보든 말든 상관없이 뚜벅뚜벅 일직선으로 걸어와 침착한 태도로 화장실 입구에 그녀를 내려놓았다. 그리곤 막 여자 화장실에서 나오는 청소부 아주머니를 불렀다.

"아주머니, 죄송하지만 이 아가씨가 발을 다쳐서 그러는데 부축 좀 부탁드릴게요. 제가 여자 화장실 안까지 들어갈 수가 없어서요."

미화원 아주머니가 수진과 남자를 번갈아 바라보더니 남자의 태도 때문인지 아니면 발그레 얼굴 붉히고 있는 수진의 태도 때문인지 미소를 짓고는 고개를 끄덕였다. 수진은 아주머니의 손에 매달렸다.

"감, 감사해요."

"뭘. 그런데 어쩌다 다쳤우?"

"네, 좀."

"애인이 아주 자상해 보이네요."

애인? 에이, 천만의 말씀. 애인은요. 오늘 처음 본 남자인데요.

남자의 웃음은, 모르는 사람이 본다면 홀딱 넘어가기 좋을 만큼 매력적이긴 했다. 그러니까 이 아줌마도 단숨에 넘어간 것이겠지. 미화원 아주머니는 수진에게 아주 친절했다. 조심스럽게 그녀를 부축해 화장실 안으로 들어가더니 입구에 있는 장애인 화장실의 문을 노크했다.

"여기로 들어가요. 사용하기가 훨씬 편하니까."

아줌마 말대로였다. 그곳은 일반인이 쓰는 화장실과 달리 넓적하고 벽엔 손으로 잡을 수 있는 바가 설치되어 있었다. 수진은 안으로 들어가 바를 잡고 한 걸음 움직였다.

"볼일 보고 나와요."

수진이 볼일을 보고 나오자 문밖에서 기다리고 있던 아주머니가 그녀를 부축해 세면대로 데려갔다. 손을 씻자 아주머니가 수진을 부축해 다시 바깥으로 데리고 나왔다.

남자가 호두과자라고 쓰인 쇼핑백을 들고 입구 쪽에 서 있다가 미화원 아주머니에게 내밀었다.

"이건 심심하실 때 드십시오."

"아니에요. 뭘 이런 걸……."

"감사에 대한 작은 표시입니다."

"에구, 이런 걸 받아도 되나 모르겠네?"

"그럼요. 당연히 받아도 되죠."

사양하는 아줌마에게 호두과자를 준 뒤 그가 수진을 돌아보았다.

"뭐라도 먹을까?"

그러고 보니 아침도 제대로 먹지 못했다. 수진은 갑자기 배가 고파왔다.

"우동이요. 그런데 사주시는 거죠?"

"아니. 내가 왜 사줘야 하지? 먹고 싶은 사람이 사먹어."

"돈이 없는데요."

"그럼 나 먹는 것 구경만 하던지."

아니, 이 아저씨가? 지금 사람 놀리는 거야 뭐야?

수진을 또다시 휙 안은 남자가 휴게소 안으로 들어가 빈 테이블 앞 의자에 수진을 내려놓았다. 남자가 우동을 시킨 뒤 우동이 나오자 들고 와 수진 앞에 놓아주었다.

"아저씬 안 드세요?"

아저씨란 말에 남자의 눈썹이 슬쩍 올라갔다. 설마 아저씨라고 불러서 기분이 상한 것은 아니겠지?

"아, 그거 내 것이었지, 참!"

맞나? 아무래도 아저씨라고 불러서 뺏어가는 것 같아!

식판을 도로 가져간 남자가 젓가락을 집어 드는 걸 보고 수진은 빽 소리를 질렀다.

"저기, 그럼 뭐라고 부를까요?"

"내 이름은 신재준이야."

역시, 아저씨란 호칭에 삐쳤던 것이다.

하지만 수진은 남자가 가르쳐 준 신재준이란 이름은 쉽게 부를 수 없었다. 신재준 씨라고 부르기엔 남자는 그녀보다 너무 나이가 많아 보였다.

"신재준…… 씨라고 부르면 제가 너무 버릇없어 보이지 않을까 모르겠어요."

"이름이야 부르라고 있는 것이 아닌가?"

"네, 신재준 씨."

방싯 웃자 재준이 식판을 그녀 앞으로 밀어주었다. 수진은 식판을 당겨 허겁지겁 먹기 시작했다. 배가 고파선지 면발이 쫄깃하고 국물도 시원했다.

"그런데 신재준…… 씨는 왜 안 드세요?"

"배고프지 않아."

"그래요?"

그렇다고 턱 받치고 앉아 먹는 것을 빤히 보는 것은 또 뭐야. 민망하게.

수진은 국물까지 전부 마셔 버린 뒤 냅킨으로 입가를 닦았다.

"잘 먹었습니다."

"잘 먹는군. 더 사주고 싶은 생각이 들 정도로."

재준은 수진이 먹는 것이 신기하다는 표정이었다.

"커피?"

"네."

"설탕은?"

"안 넣어요."

재준이 식판을 반납하고는 커피 파는 부스에서 종이컵에 담긴 원두커피를 사가지고 왔다.

"감사합니다."

"잠깐."

걸려온 휴대전화의 액정을 확인한 재준이 일어섰다.

"네, 접니다."

수진은 커피를 들어 한 모금 마셨다.

부른 배에다 카페인까지 가미되자 이제 세상에 부러울 것이 없었다.

재미있는 하루야.

시작부터 그러더니 정말 별의별 일이 다 일어난 하루였다. 아직 오후 3시가 채 되지 않은 시간인데 지금까지 일어난 일은 정말 파란만장하고 드라마틱했다.

전화를 받고 온 재준이 다시 수진을 안아 차로 데려갔다. 재준이 안는 것이 익숙해진 수진은 그가 자신을 안아 올리자 자연스럽게 재준의 목에 팔을 둘렀다.

아, 아빠 생각난다.

재준의 품은 수진의 기억 속 아빠의 품만큼이나 넓고 따뜻했다. 어쩐지 코끝이 시큰해졌다.

아빠가 나 어릴 때 이렇게 많이 안아서 재워줬지.

"고맙습니다."

수진의 말에 재준이 우뚝 섰다.

"뭐가?"

"전부 다요."

차에 태워준 것, 약국에서 약 사준 것, 여기까지 데려와 옷 빌려준 것, 우동 사주고 커피 사준 것, 그리고 가장 큰 고마움은 이렇게 아빠를 생각나게 해준 것이다.

"내가 뭘 해줬더라?"

수진의 눈은 금방이라도 눈물이 흘러내릴 것처럼 촉촉했다. 재준의 미간이 살짝 찡그려졌다.

뭐지? 이 여자?

왜 이리 그가 알고 있는 이미지와 다른 것일까? 여자는 탐욕스러워야 했고 농염하고 색정적인데다 요사스럽게 예뻐야 했다.

하지만 여자는 그 어떤 것에도 들어맞지 않았다. 들어맞은 것은 오직 하나, 위험할 거란 그의 예상뿐이었다.

여자는 순수해 보였고 약해 보였다. 그래서 재준에게 대단한 힘을 발휘했다. 어느 순간부터 여자는 재준을 매혹시켰다. 여자를 보며 매혹을 느끼다니, 용납할 수 없는 일이었다. 당치도 않은 일이었다. 하지만 사람의 관계라는 것은, 아니, 마음이라는 것은 스스로 조절할 수 있는 것이 아니었다. 차에 태우고 오는 한 시간 동안 여자는 얌전히 앉아 웃음 하나 눈짓 하나 흘리지 않았다. 그런데도 재준은 그만 여자의 매혹 앞에 무릎 꿇고 말았던 것이다.

어느새 이 여자를 갖는 대신 그가 가진 모든 것을 쥐어짜 주는 것도 괜찮다는 생각이 들고 있었다. 이 여자는, 그저 존재하는 것만으로도 남자의 혼을 뺏을 수 있는 진정한 팜므파탈이었다.

"해준 것이 많잖아요."

혹시 이 아저씨도 공치사를 좋아하는 사람이었나? 그렇다면 장단을 맞추는 것이 좋다. 뭔가를 바라는 사람에겐 적당히 내어줘야 좋다는 것은, 삶이 알려준 처세술이었다.

고개만 숙이면 이마가 마주 닿을 거리에서 바라다보는 재준의 눈은 프림을 탄 커피색이었다. 벨벳처럼 부드러워 보이는 진갈색의 재준의 눈동자에서 수진은 방금 마신 헤이즐럿의 향을 느꼈다. 혀로 핥으면 커피 맛이 배어 나올 것 같은, 재준의 눈동자 안에 그녀의 얼굴이 들어 있었다.

"커피색이네요."

"뭐가?"

"아저씨 눈동자."

아저씨란 말에 재준이 손을 놓는 제스처를 해 수진은 그의 목에 필사적으로 매달려야 했다.

"아니, 신재준…… 씨 눈동자가 커피색이라고요. 아마 앞으로 커피를 마실 때면 늘 신재준…… 씨를 생각하게 될 것 같아요."

그가 수진을 내려다보자 코가 닿을 듯 가까워지고 시선이 얽혔다.

이거 위험하네.

재준의 눈은 용광로처럼 뜨거운 열기로 끓고 있었다.

의미없는 중얼거림에 불과한 수진의 말은 그의 의식 속에 깊은 파문으로 번져 나가며 유혹적으로 그를 사로잡았다. 이 여자의 말이 이토록 매혹적으로 들린 것은 아찔할 정도로 예쁜 저 입술에서 나왔기 때문일까? 수진의 입술은 5월에 피는 장미보다 더 붉은, 살짝 물면 톡하고 분홍 물이 터져 나올 것 같은 빨간색이었다.

'눈동자가 커피색이네요.'

그리고 그 말을 한 그녀의 입술은 꽃잎보다 더 붉은색!

눈빛이 너무 강해!

수진이 재준의 눈길에 살짝 얼굴을 붉히며 눈을 내리까는데 재준의 입술이 다가와 살그머니 그녀의 입술을 가볍게 눌렀다.

"흡!"

뭐야? 뭐야, 뭐야!

수진은 너무나 놀라 잠시 동안은 어떤 반응도 하지 못했다. 겨우 정신을 차리고 당황해서 그를 밀어내려는 순간, 재준이 입술을 뗐다. 키스가 끝나 버린 것이다. 왠지 서운한 생각이 들 정도 아주 짧은, 너무 짧은, 진짜로 짧은 키스였다.

"아마도 난 키스를 할 때마다 널 생각하겠지."

키스를 할 때마다 날 생각한다고? 대체 누구와 키스를 하면서 날 생각한다는 거야? 수진의 반박은 재준과 시선이 마주친 순간 순식간에 사그라들었다. 그녀의 입술을 바라보는 재준의 시선이 너무 뜨거워 수진은 얼굴을 붉히며 고개를 돌려야 했다.

재준은 수진에게 왜 팜므파탈이란 별명이 붙었는지 이제 확실히 알았다. 수진은 지독하게 유혹적이었다. 순결해 보이는 매혹이었다. 재준은 한 번도 이런 식으로 오픈된 장소에서 여자와 키스해 본 적이 없었다. 이렇게 자신도 모르게 행동한 적 또한 없었다. 자제심만은 타의 추종을 불허했기에 늘 반듯하고 엄하게 살아왔다.

자신에 대한 컨트롤엔 자신이 있었는데…….

그는 자신이 절대 충동적인 성격은 아니라고 생각했다. 냉철

하고 이성적이라고 생각했다. 하지만 지금의 키스는 그런 모든 생각을 파괴했다. 이유없는 충동에 져서, 아니, 사실은 물끄러미 바라보는 수진의 눈길에 끌려 대낮, 사람과 차가 한가득 모인 이런 곳에서 키스를 한 것이다.

그가 경험했던 어떤 키스보다 가벼웠지만 그가 경험했던 어떤 키스보다 간절하게 키스하고 말았던 것이다.

고속도로를 벗어난 차가 반포로 넘어갔다.

"어딜 가는 거예요?"

"내가 아는 한의원."

한의원? 태워다 준 것만으로도 고마운데 뭘 한의원까지. 수진은 재준에게 더 이상 폐를 끼치고 싶지 않았고 또 의원보다는 병원으로 가고 싶었다.

"고맙지만 안 그래도 돼요. 이젠 괜찮아요."

얼른 집에 가서 병원을 가고 싶고 무엇보다도 이 아저씨랑 헤어져 차 안을 지배하는 어색하고 무거운 공기에서 탈출하고 싶었다. 휴게소에서의 키스는 아주 짧았지만 그들 사이를 어색하게 만들기는 충분했다. 어떤 의미를 줄 필요가 없는 가벼운 인사 같은 그런, 아주 흔한 정말 가벼운 키스였는데도 두 사람의 사이는 아주 서먹해졌다.

수진은 아까 재준이 했던 뽀뽀라 부를 수 있는 키스에 스물두 살이나 먹었으면서도 마치 열다섯도 안 된 소녀가 첫키스를 하는 것 같은 충격을 받았다.

이 무슨 오버인가 하는 생각에 잠겨, 그녀는 그 후 한마디도 하지 않았고 재준 역시 그 후 입을 꾹 다문 채 운전만 했다. 차 안의 무거운 공기에 눌려 수진은 차가 수원을 지날 때 산본으로 빠져달라는 말을 하지 못했다. 겨우 그녀가 말을 꺼내려 했을 땐 이미 차가 나가야 할 곳을 지나친 뒤였다.

차가 신호대기에 걸린 틈을 타 재준이 전화기를 꺼내 들더니 꾹 단축번호를 눌렀다.

"아저씨, 저 재준입니다. 어떻게 지내셨어요? ……네. 다른 건 아니고요. 발을 삔 환자를 봐주셨으면 해서요. ……10분 후요. 네. ……감사합니다."

발 삔 환자를 데리고 간다는 말이 자신을 가리키는 것 같아 수진이 끼어들었다.

"저기요, 제 발 때문이라면 이제 괜찮거든요."

하지만 재준은 들은 척도 하지 않고 반포로 빠진 뒤 동네 안에 있는 아담한 한의원 앞에 차를 세웠다.

"괜찮다고요."

재준이 차에서 내려 그녀가 앉아 있는 조수석 문을 열었다.

"진짜 저 이제 괜찮다니까요."

들은 척이라도 좀 하지?

귀머거리라도 된 것처럼 재준이 답싹 수진을 안아 들더니 한의원의 문을 어깨로 밀었다. 진료실에는 인상 좋은 초로의 노인이 진료실에 앉아 신문을 보고 있었다.

"안녕하셨어요, 아저씨."

재준의 인사에 반백인 남자가 인상 좋게 웃었다.

"잘 지냈니?"

"네, 아저씨는요?"

"나도 잘 지냈다. 그래, 이 아가씨냐? 내 휴일을 망친 환자가?"

옷차림이 예사롭지 않은 수진을 보고 한의사가 안경을 고쳐 썼다. 수진은 대답할 말을 찾지 못하고 입만 벙긋거렸다.

"네, 애인이냐?"

"그렇게 보여요?"

"이놈! 이제 보니 도둑이구나."

아마도 이건 수진의 나이가 어리다는 표현 같았다.

수진은 아니라고 말하라는 재촉을 담은 눈으로 재준을 쳐다보았다. 허나 재준은 모른 척하며 자연스럽게 수진을 진료 의자에 내려놓을 뿐이었다.

"삔 것 같아요."

재준의 말에 한의사가 고개를 끄덕였다.

"어디 봅시다."

"아얏."

한의사가 몸을 굽혀 발목을 잡은 순간 수진은 저도 모르게 비명을 질렀다.

"이런, 많이 부었군. 이 정도면 욱신욱신 많이 아팠겠는걸. 자, 안 아프게 해줄 테니 조금만 참아요."

"제가 풀겠습니다, 아저씨."

재준이 나서서 수진의 발의 붕대를 풀었다. 붕대를 풀자 빨갛게 부은 발목이 나타났다.

재준은 인상을 썼다. 굳이 병원에 가지 않는다기에 별로 큰 부상이 아닌 모양이라고 생각했던 것이다. 이 정도면 상당히 아팠을 텐데 이 여자는 오는 동안에 한 번도 아프다 소리를 내지 않았다.

"아파요?"

"조금요."

한의사가 발목 여기저기를 누르고 두드리며 수진의 반응을 체크하기 시작했다.

"자, 여긴 어때요?"

"거긴 괜찮아요."

"그럼 여긴?"

"아파요."

"여기도?"

"네."

이윽고 진찰을 끝낸 한의사가 재준을 바라보았다.

"다행히 삐기만 했어. 근육이 좀 이완됐지만 다행히 뼈는 상하지 않았네."

그리고는 수진을 향해 말했다.

"침을 놔줄 테니 당분간 무리하지 말아요."

침통에서 침을 꺼내는 것을 보고 수진은 자신도 모르게 살짝 인상을 썼다. 침이든 주사든 뾰족한 것은 겁나는 물건이었다.

"자, 자, 인상 펴요. 특별히 아프지 않게 놔줄 테니……."

사람 좋은 웃음을 지으며 한의사가 기다란 침을 수진의 발목에 놓았다.

뜨끔, 정말로 그다지 아프진 않았다. 진지한 표정으로 침을 놓는 한의사에게 수진이 조심스럽게 물었다.

"부기가 오래갈까요?"

"부기는 내일 아침이면 말끔히 가라앉을걸."

"정말이요?"

"이런 재준아, 이 아가씨가 날 못 믿나 보구나."

"아니에요! 믿어요, 선생님."

한의사가 껄껄 웃더니 계속 침을 놓고 찜질을 시작했다. 찜질이 끝나 살그머니 발을 돌려보니 통증도 없고 움직임도 훨씬 부드러웠다.

"자, 일어나서 한 번 디뎌봐요. 옳지, 어때요?"

"편안해요. 감사합니다."

"자고 일어나면 부기가 완전히 빠질 거야. 아가씨, 집이 어딘 가?"

"산본이에요."

"산본이면 좀 멀군. 혹시라도 정 아프면 집 근처 한의원 찾아 가 침을 한 번 더 맞아요."

"네, 감사합니다."

"너 지금 치료비 내려는 거냐?"

지갑을 꺼내려는 재준에게 한의사가 호통을 쳤다.

"이놈, 돈을 아주 많이 버는 모양이구나. 겁없이 지갑을 꺼내 드는 것을 보니. 어디 치료비로 얼마나 줄 것이냐? 너, 내 휴일 망친 것까지 계산해서 아주 많이 줄 것 아니면 그 지갑 썩 집어 넣어."

"그렇게 말씀하실 줄 알고 그냥 모션만 취해본 것입니다."

껄껄 웃는 한의사에게 인사를 한 뒤 재준이 다시 수진을 안아 들었다.

"저, 이제 괜찮거든요?"

하지만 재준은 내려주지 않고 끝까지 수진을 안고 차로 향했 고 그 모습을 지켜보며 한의사가 빙글 웃음 지었다.

"감사합니다, 아저씨."

수진을 차에 태운 재준이 따라 나온 한의사에게 인사를 했다.

"가끔 들러라. 다른 건 몰라도 내가 밥은 주마."

"네."

"아버지에게 연락은 자주 오니?"

"가끔이요. 바쁘신가 봐요."

"사람답게 사느라 바쁜 모양이구나. 그 친구가 참 존경스럽다."

"그럼 이만 가보겠습니다. 아저씨, 감사했습니다."

"오냐. 운전 조심하고, 아가씨도 잘 가요."

"감사합니다. 안녕히 계세요."

재준이 차의 시동을 걸었다. 계기판의 시계가 6시를 가리키고 있었다. 한의사에게 다시 고개를 숙여 보인 뒤 재준이 차를 출발시켰다.

"고마워서 어째요."

"어쩌고 싶은데?"

"어쩌면 좋겠어요?"

생긴 것은 점잖은데 상당히 짓궂게 구는 재준이다.

"발은 어때?"

"많이 좋아졌어요."

"성격인가?"

"네?"

"한 번도 아프다 소리를 하지 않았던 거."

"참을 만했으니까요."

더 이상 폐 끼치기 싫다는 생각도 있었지만 수진이 아프다 소리를 하지 않은 것은 내색하는 게 익숙하지 않아서였다.

"진짜로 괜찮아?"

공연히 어리광을 부리고 싶을 정도로 근심해 주는 재준의 표정이 좋았다.

"네."

두 다리를 모으고 앉아 있는 수진의 모습이 너무나 단정하고 우아해 보여 재준은 또다시 슬그머니 의혹에 빠져들었다.

이 여자는 기본 정보로 알고 있는 성진의 약혼녀와 너무 달랐다. 이은수는 이기적이고 탐욕스럽고 건방지며 변덕스러운데다 수시로 기분을 바꿔 상대를 아주 피곤하게 한다고 했다.

하지만 이 여자는 절대로 그런 여자가 아니야. 이렇게 하얗고 가늘고 연약한 소녀 같은 여자에게 왜 그런 소문이 났을까? 게다가 나이도 아주 어려 보이고…….

불쑥 말이 나와 버렸다.

"나이보다 어려 보이는군."

"아저…… 신재준 씨가 내 나이를 알아요? 어려 보인다고 하게."

"스물네 살."

"그보다는 적은데요."

"적다고?"

"네."

"몇 살인데?"

"숙녀 나이 묻는 것은 실례예요."

스물네 살이 아니라고?

박 사장 딸에 대해 알고 있는 신상은 이은수라는 이름과 그녀에 대한 소문, 그리고 나이였다.

약혼할 신부가 아니라고 주장하더니 진짜 박인성의 딸이 아닌가? 그럼 대체 왜 이 여자가 약혼 드레스를 입고 박인성 집에서 달아나려 했지? 그것보다도 박인성의 딸이 아닌 여자가 어떻게 이토록 매혹적일 수 있을까?

"그럼 이름이 뭐야?"

"이수진이에요."

"이…… 수진? 이수진? 이은수가 아니고? 그럼 대체 왜 그 집에서 그런 모습으로 달아난 거야? 아니, 거기서 잘못 떨어지면 어쩌려고 그랬던 거야? 박인성의 딸도 아니면서."

"이은수는 우리 언니예요. 오늘 약혼식의 주인공이죠. 한데 언니가 미용실에서 달아나 버렸어요."

"동생이라고? 말도 안 되는 소리. 박인성에겐 딸이 한 명뿐이야."

딸 가진 이혼녀와 재혼한 박인성, 그는 부인과 부인이 데리고 온 딸을 끔찍하게 사랑한다고 했다. 망설이다가 수진이 체념한 표정을 지었다. 마지못해 말한다는 표정이었다.

"아니, 맞아요. 이은수는 우리 언니지만 난 박인성 씨의 딸은 아니에요. 언닌 엄마랑 살고 난 아빠랑 사니까요.”

아빠가 멀쩡하게 살아 있으니 엄마의 재혼은 부모가 이혼을 했다는 것을 말해주는 증거였다. 수진은 이런 이야기를 꺼내는 것을 정말 싫어했다. 비록 이혼이 예전과 달리 많이 늘어난 추세라 이혼 부모를 갖는 것이 큰 흉은 아니지만 그렇다고 자랑스러운 일 또한 아니지 않은가?

이 아저씨 뭐야. 왜 그런 눈으로 사람을 봐? 질색이야, 이런 눈. 동정하는 눈, 불쌍하다고 말하는 눈. 이런 눈 싫어.

시간을 돌리고 싶다. 이틀 전 16년 만에 불쑥 은수가 찾아온 그 순간으로. 그랬다면 은수를 받아주지 않았고, 대전에 가지도 않았고, 은수 대신 약혼식을 치를 위기에 빠져 그걸 피해 달아나지도 않았다. 그렇다면 이런 시선 앞에서 비참해지는 일 따위도 없었을 것이다.

“이은수의 동생?”

혼잣말 같은 재준의 중얼거림.

이 남자도 이혼한 부모를 가진 자식들을 하찮게 보나? 공연히 기분이 안 좋아 침묵하던 수진에게 퍼뜩 의문이 떠올랐다.

“아저씨, 우리 언니 약혼식에 참석하려던 손님이었어요?”

지나던 사람에게 굉장한 도움을 받았다 생각했더니 그게 아니었던 것이다. 이 아저씨 약혼식에 온 손님이었나 보다.

그런데 이상하다. 누가 보더라도 수진은 약혼식에서 달아나려 하는 것처럼 보였을 거고 만일 신부가 달아난다면 그건 약혼식이 엉망이 된다는 얘기니까 약혼식에 참석하는 손님이라면 그녀가 달아나는 것을 도와주진 않을 것이다. 그럼 이 아저씨 손님이 아닌 게 아닐까? 혹시? 이 아저씨 언니와 약혼하려던 남자일지 모른다. 갑자기 든 불길한 생각에 수진은 오싹해졌다. 그런 수진을 향해 안심하라는 듯 재준이 씩 웃었다.

"난 네 언니와 약혼하려던 사람이 아니야."

그녀의 생각에 명쾌하게 답해주는 재준을 보고 수진은 눈만 깜박거렸다. 정말로 이 아저씨 마음을 읽을 줄 아는 걸까?

"그럼?"

"약혼하려던 사람과 아는 사이야."

"그런데 왜?"

약혼하려는 사람과 아는 사이라면 약혼할 여자가 달아나려는 것을 도와주지 않을 것이다. 그런데 왜 도와줬을까? 그녀를 언니로 알고 있었으면서.

"우리가 토론해야 하는 것은 네 문제 같은데? 왜 언니 옷을 대신 입고 집에서 달아난 건지 그것에 대해서 말이야."

"……."

"왜지?"

집요하게 묻는 재준을 향해 수진은 어깨를 으쓱였다.

"뭐, 세상엔 참 많은 일들이 일어나는구나 하고 생각하세요."

그 외 더 이상 뭘 말할 수 있으랴. 줄줄 늘어놔 봤자 집안의 치부만 보이는 건데.

"별로 말하고 싶지 않나?"

수진은 이번에도 으쓱 어깨만 한 번 움직였다.

"혹시 언니 대신 약혼을 하려고 했었나? 아니면 언니 대신 약혼하라고 등이라도 떠밀렸나?"

"별로 말하고 싶어하지 않는 것을 알면서 왜 자꾸 캐물으세요?"

"스물두 살이라고 했지?"

"네, 분명 아저씨가 반말로 애 취급할 나이는 넘었죠."

앵돌아진 표정으로 입을 비쭉거리는 수진이 귀여워 재준은 하하 웃었다.

다행이었다. 이은수가 아니라는 것이! 재준은 이 여자가 진심으로 갖고 싶어졌다.

"말하는 것에 십대의 귀여움이 넘쳐서 말이야."

"그렇게 귀여울 나이는 한참 전에 지났다니까요."

하지만 스물둘의 나이는 재준에겐 아주 어리게 인식되는 나이였다.

재희보다도 두 살이나 어려. 어려, 어려! 하지만 그게 뭐? 어때서?

재준은 신호가 걸려 차가 잠깐 멈춘 틈을 타 재빨리 몸을 굽혀 번개처럼 빠르게 수진의 입술에 자신의 입술을 눌렀다. 수진이 놀라서 입을 다 벌리기도 전에 끝난, 번개처럼 빠르고 봄의 미풍처럼 부드럽게 짧은 키스를 끝냈다.

"이 아저씨가!"

하려면 하고 말면 말 것이지 이게 뭐야? 아까도 그러더니.

정색을 하고 화를 내기엔 너무도 짧고 빠른 키스였다. 가벼운 유희 같은, 그런 키스.

"비겁해요, 이런 키스는. 제대로 키스를 하면 제가 화낼까 어떨까 눈치 보는 거죠?"

"응."

재준이 장난꾸러기처럼 웃었다.

"저, 화내요!"

"왜?"

"남자가 마음대로 키스를 하는데 화를 안 내면 너무 우습잖아요."

"그럼 화내."

또다시 재준이 싱글 웃었다.

"그러고 나서 빚 갚아."

"밥이요?"

"아니, 키스 빚. 내가 두 번 했으니 한 번이라도 갚아야 하잖아."

"이 아저씨가!"

"나 빚지고 못 사는 성격이야."

"아저씨!"

"신재준."

"신재준 아저씨. 그게 말이 된다고 생각하세요? 마음대로 키스하고는 빚이라는 게."

"응. 그리고 난 진짜로 손해 보는 건 못 참아."

"정말로!"

수진은 혀로 입술을 축였다. 갑자기 엉킨 시선이 밧줄로 변해 몸을 칭칭 감은 것처럼, 몸이 움직여지지 않았다. 뱀의 시선에 사로잡힌 개구리가 옴짝달싹 못한다더니 왜 그런지 알 것 같았다. 그녀는 지금 꼭 개구리가 된 기분이었다. 수진은 그 와중에 장난같이 살짝 입술만 닿는 키스가 아닌 진짜 키스를 해보고 싶다는 생각을 했다.

이수진, 너 미쳤어? 어떻게 그런 생각을 해?

하지만 스스로에 대한 질책은 그다지 큰 힘을 발휘하지 못했다.

"어서."

재준의 재촉에 수진은 저도 모르게 몸을 움직였다.

한 번쯤 이런 일도 좀 해보고 살자. 담 위에 올라앉아 목숨까지 내걸었는데 이런 키스쯤이야 뭐. 따지고 보면 이 아저씨에게 많은 도움을 받았잖아. 감사의 키스를 하는 거야. 그래, 그런 거야.

벼락처럼 빠르게 키스를 할 생각으로 재준의 입에 입술을 갖다 댔지만 세상사는 마음대로 되지 않는 것, 순식간에 수진의 입술은 재준에게 먹어치워졌다. 어느샌가 혀도 얽혀져 버렸다.

얽혀든 혀가 풀어지는가 싶더니 재준의 혀가 그녀의 입안 구석구석을 유영하기 시작했다.

이런 게 키스구나.

농밀하고 짙은 키스에 수진은 그만 흠뻑 빠져 버렸다. 키스가 아무것도 존재하지 않는 두 사람만의 세상을 만들었다. 존재하는 것은 오로지 둘, 맞닿은 두 사람의 심장이 힘차게 뛴다.

키스는 어둡고 깊어.

하긴 그럴 수밖에. 두 눈을 꼭 감은 상태니.

키스는 뜨겁고 숨 가빠.

하긴 그럴 수밖에. 꼭 달라붙은 몸과 숨 쉴 겨를이 없이 몰아쳐지는 혀로 인해 숨이 쉬어지지 않으니.

키스는 아득해.

높은 벼랑 위에서 천천히 떨어져 내리는 기분이 이러할까? 하늘로 향한 비상과 땅을 향한 추락 중 어느 것이 더 맞는 표현이 될까?

탕.

느닷없는 소리에, 몽롱하게 들던 수진의 생각도 둘의 키스도 순식간에 끝이 났다.

"여, 재미 좋수다."

신호를 받고 길을 건너던 남자 한 명이 짓궂게도 차 지붕을 내려치곤 안을 들여다보며 싱글거리고 있었다. 수진은 얼굴을 가렸고 재준은 차의 레버를 잡아당겼다. 부웅, 재준의 차가 신호가 바뀐 교차로를 달리기 시작했다.

"이봐, 산본에 다 왔어."

재준의 말이 깊은 생각에 빠졌던 수진을 깨웠다. 어느새 차는 금정이었다. 오는 동안 수진은 키스를 한 뒤 서먹하고 무안쩍어 재준의 눈길을 피하느라 계속 창밖만 바라보았다.

미쳤어. 미쳤어. 이수진, 왜 그랬니? 뭐 하는 짓이니?

나오지 않는 답을 짜내느라 깊은 생각에 빠져 있었는데 재준은 수진이 잠자는 것으로 생각했나 보다.

"다 잤어?"

수진은 눈을 내리깔고 고개만 끄덕거렸다.

이 아저씬 아무렇지 않은데 왜 나만 혼자 이러는 거야?

키스 같은 것, 별것 아니라고 그렇게 생각하려 했으나 마음대로 되지 않았다. 얼굴이 붉어질락 말락 한다. 그런 수진에게 재준이 덤덤하게 물었다.

"몇 단지야?"

"5단지요."

상업단지를 지난 차가 수리산 기슭에 위치한 5단지로 접어들었다. 해가 넘어가 이제는 아예 캄캄해져 있었다.

"저기서 세워주세요."

수리산 역이 나와 수진이 말했으나 깨끗이 무시되었다.

"몇 동인데?"

"여기서 내리면 돼……."

"몇 동?"

수진이 동 호수를 말하자 재준의 차가 미끄러지듯 그녀가 말한 동 앞으로 나아가 멎었다.

"발은 어때?"

"괜찮아요."

정말로 욱신거리던 통증도 이제는 사라진 상태였다. 다 재준의 덕이었다.

"덕분에 고마웠습니다. 참, 밥은 언제 해드릴까요?"

물끄러미 그녀를 보며 재준이 아주 조금 웃었다. 수진은 공연히 몸이 뒤틀려지는 기분이 들었다. 수진의 얼굴이 상기되기 직전, 그녀의 몸이 꼬여지기 직전, 늘 보는 사람을 보는 것처럼 재준의 시선이 편안하게 바뀌었다.

"내일! 손 좀 내밀어봐."

얼결에 내민 수진의 손을 잡더니 재준이 볼펜으로 손바닥에 죽죽 힘있게 동네와 아파트 이름 호수를 적더니 그 아래에 휴대전화로 보이는 숫자를 적기 시작했다.

"전화하고 와."

수진은 주소와 11개의 숫자를 단번에 머릿속에 입력시켰다.

"그런데요, 제가 밥해주러 가면 아저씨 부모님이 뭐라고 안 하실까요?"

"그 걱정은 마. 나 혼자 사니까."

"혼자…… 산다고요? 혼자? 혼자?"

"대체 뭘 걱정하는지 모르겠군."

이 아저씨 참 느물거리네. 내가 뭘 걱정하는지 진짜 모르나?

"머리 나빠?"

"왜요?"

"아무 여자와 섹스하지 않는다고 아까 말하지 않았어?"

"아!"

"그러니까 공연히 날 덮칠 생각은 하지 마."

살짝 눈을 흘기며 수진이 웃었다.

"저, 우리 지금 밥 얘기하는 중이었죠? 그런데 왜 얘기가 덮치는 쪽으로 발전한 거죠?"

"나도 그게 궁금해."

"볼펜이나 이리 주세요."

볼펜을 뺏어 들었다. 수진 역시 재준의 손바닥에다 자신의 휴대전화 번호를 적었다.

"그런데 아저씨는 명함이 없어요? 명함 주면 간단할 걸 왜……."

"명함을 주고받는 사이면 거리감이 있잖아."

"아저씨하고 나하고 가까운 사이는 아니잖아요?"

"오늘 세 번이나 키스했는데 가깝지가 않다고? 그럼 뭘 더 해야 가까운 사이가 될까?"

"아저씨!"

"신재준."

아저씨라고 불리는 것이 이렇게 싫을까? 무심코 아저씨라고 부를 때마다 이름을 강조하는 재준이 귀여웠다. 나이 많은 남자가 귀엽게 느껴진다면 버릇없겠지만 말이다.

수진은 열다섯 살 때부터 아르바이트를 했고 열아홉에 본격적으로 다리 모델을 하면서 정식으로 사회생활을 시작했기에 상대에 대한 올바른 호칭은 쓸 줄 알았다. 장소나 격에 맞지 않는 호칭을 쓰면 상대에게 자신을 얕보일 수 있는 계기를 주는 것이다. 어린애라고 생각되어지면 일을 하는데 그만큼 핸디캡으로 작용되었다. 그래서 수진은 언제나 상대의 지위에 맞는 호칭을 썼다. 이렇게 애들 같은, 아저씨란 호칭은 절대 쓰지 않았다. 그런데 이상하게도 재준에게만은 자꾸 아저씨란 말이 나왔다.

이상한 것은 그것만이 아니다. 어서 집에 왔으면 싶었던 마음은 거짓이었는지 어쩐지 차에서 내리기가 싫었다. 자꾸 미적거려졌다. 뭔가 할 말이 분명히 있는데, 그것이 뭔지는 알 수가 없었다.

"이수진."

"네?"

"그만 들어가 쉬어. 그리고 또 보자."

"수진아."

차에서 내리던 수진이 고개를 돌렸다. 수진이 늦을 때마다 늘 기다리고 있던 나무 아래에 정후가 있었다.

"너 지금까지 어디서 뭘 한 거야?"

뭐 화나는 일이 있었는지 정후의 얼굴은 굉장히 뚱해 보였다.

"너 또 나 기다렸구나?"

"내가 왜 무기로 중무장한 널 기다려?"

"무기라니?"

"네 얼굴 정도면 아주 강력한 무기잖아."

정후의 눈은 수진을 보고 있지 않았다. 따지고 묻는 얼굴로 차 안의 재준을 향해 눈을 부라리고 있었다.

뭐야, 당신? 이렇게 말하는 거지?

재준은 정후의 도전적인 시선을 보며 슬그머니 미소 지었다.

말하는 걸 보니 오빠나 동생은 아닌 것 같고 아마도 남자친구 쯤 되는 것 같았다. 그를 보는 눈이 적개심으로 가득 차 있는 걸 보니 남자친구가 확실한 모양이었다.

재준과 정후의 시선이 잠시 동안 허공에서 팽팽하게 부딪쳤다.

수진이 두 남자 사이에 오가는 긴장을 의식하지 못하고 태연하게 재준에게 인사를 했다.

"그럼 조심해서 가세요."

내일 봐요.

내일 봐.

두 사람 사이에 무언의 대화가 은밀하게 스쳐 지나갔다. 정후의 얼굴이 일그러진 것을 전혀 눈치 채지 못하고 수진은 재준의 차가 보이지 않을 때까지 바라보았다. 처음 만난 사이인데 왜 이리 헤어짐이 아쉬운 걸까? 마치 연인이라도 된 것처럼.

뭐, 내일 볼 수 있으니까.

수진은 자신도 모르게 조그맣게 웃고 몸을 돌리다가 비명을 지르고 말았다.

"악!"

"왜 그래?"

"발 다쳤어."

"하여튼……. 어디 봐."

"이제 괜찮아."

"괜찮긴 뭐가 괜찮아. 아직 부기가 그대론데."

정후가 발목을 꾹꾹 눌렀다.

뭐 기분 나쁜 일이 있었나? 아프게 누르는 것을 보니 아무래도 스트레스를 그녀에게 풀려는 속셈 같다.

쳇, 누가 받아줄 줄 알고?

수진은 넘어지는 척하며 일부러 정후에게 팍 기대 버렸다.

"다리 아파. 안아줘라. 업어주던지."

"내가 왜 널……."

중얼거리면서 정후가 순순히 등을 내주었다. 수진은 정후에게 냉큼 업혔다. 지나던 옆 동에 사는 아주머니가 돌아보았다.

"어머, 수진아, 어디 다쳤니?"

"발 삐었어요."

"저런, 조심하지. 그런데 정후야, 웬 인상을 그리 쓰고 있어?"

같이 자란 20여 년의 시간은 이웃의 눈에 정후와 수진을 완전히 남매로 인식시키나 보다.

"얘가 무거워서요."

"들어가셔요."

"그래, 들어가렴."

수진은 옆 동 아줌마가 몸을 돌리자마자 정후의 등을 꼬집었다.

"내가 무겁다고라?"

"계속 꼬집으면 이 손 놔버린다."

"죽고 싶음 마음대로!"

정후의 등은 편안했지만 아까 재준이 안았을 때 느껴지던, 약간 떨리고 수줍고, 그리고 푸근했던 것들이 없었다.

왜 다르지? 아까 그는 꼭 아빠 같았는데. 정후도 나이가 좀 더 많아지면 아빠가 업어주던 기분과 똑같은 느낌이 날까?

정후는 재준보다 키가 작다. 좀 여위었다. 그리고 나이가 어리다. 나 대체 무슨 짓을 하는 거지? 왜 정후를 그 아저씨랑 비교하는 걸까?

"난 네가 참 좋다."

미안한 마음을 감추기 위한 말이 불쑥 수진의 입에서 튀어나왔다. 주춤 정후의 동작이 아주 잠깐 멈칫 멈췄다.

"그렇지. 업어주니 이럴 때만 좋겠지. 그런데 그놈은 누구냐?"

"그놈이라니?"

"너 태우고 온 놈 말이야."

"너보다 한참 어른한테 그놈이 뭐야?"

"쳇, 어른 좋아하네. 그런데 왜 은수랑 같이 오지 않고 그런 놈 차를 타고 온 거야?"

"은수 왔어? 언제?"

이은수, 감히 여길 다시 왔다고?

"온 지 두어 시간 됐어."

은수가 집으로 왔다는 것은 놀라움이었다.

그리고 달아나 여길 다시 올 생각을 했어? 참 뻔뻔도스럽지. 은수에게 할 말이 너무 많다. 그러기 전에 우선 한 대 쥐어박을 거지만.

하지만 수진은 차마 은수를 쥐어박지 못했다. 집으로 들어선 순간 은수의 호들갑에 기선을 제압당했기 때문이었다.

"수진아, 왜 그러고 들어와?"

"발 다쳤대."

정후가 먼저 대답했다.

"어머, 그럼 안 되잖아. 너 다리 모델이라며? 그런데 다치면 어떡해?"

"내가 다리 모델인 걸 어떻게 알아?"

"정후가 말해줬어."

"내 얘길 왜 나 빼놓고 해?"

"그냥 이 말 저 말 하다 보니 나온 거야."

눈에 휜하다. 2시간 동안 머리 맞대고 은수가 어떤 어리광, 어떤 애교를 떨어댔을지. 정후는 이 얘기 저 얘기 하며 맞장구치다 할 얘기가 없으니 수진이 하는 일까지 미주알고주알 말했을 것이다.

어느새 욕실로 들어갔던 정후가 물수건을 만들어 나오더니 턱 수진의 발목을 잡아당겼다.

앗, 뜨거워.

물수건을 발목에 감고 정후가 거친 솜씨로 꾹꾹 안마를 시작했다.

"어머, 시원하겠다. 정후야, 나중에 나도 해줘."

녹아 흐르는 꿀 같은 은수의 목소리가 공연히 수진의 비위를 거스른다.

"이은수, 우리 얘기 좀 할까?"

"응? 뭐?"

"너 말이야."

수진은 초인종 소리에 말을 그쳐야 했다. 은수가 일어나 문을 열자 정후의 엄마인 소영이 김치 통을 들고 들어왔다.

"수진이 왔니? 왜 이리 늦게 왔어…… 저런, 수진이가 우리 아들을 대단히 부려먹는구나. 나도 아직 그런 서비스는 못 받아 봤는데."

"아줌마, 수진이 다리 다쳤어요."

지금 은수의 얼굴은 사려 깊고 근심스러워 보이는 것이 정말 언니의 표정이었다.

"아니, 다리가 재산인 애가 발을 다치면 어째? 병원엔 갔어?"

"한의원에서 침 맞고 물리치료 받았어요. 자고 나면 괜찮을 거래요. 그런데 아줌마, 그거 뭐예요?"

"김치. 아까 보니 떨어졌더구나."

소영은 참 알뜰하게 수진을 돌봐주었다. 엄마 아빠가 이혼하고 난 뒤부터, 정후 아버지와 아빠가 친구였던 인연으로 시작한 돌봄은 오늘날까지 계속되고 있었다.

정후네가 아니었으면 이렇게 살 수 있었을까? 가끔 생각해 보지만 그때마다 내리는 답은 항상 '아니'였다. 그만큼 수진에게 커다란 힘이 돼준 정후와 정후 엄마였다.

엄마와 이혼한 뒤 아빠는 직장을 그만두고 사업에 뛰어들었다. 그리고 계속 실패와 재시도를 되풀이했다. 사업을 하다 실패를 한다는 것은 사업하는 당사자는 말할 것도 없고 가족 역시 무척이나 힘들게 되는 것이었다. 수진의 어린 시절은 반복되는 아빠의 사업 실패로 인해 퍽이나 고단했다. 그런 생활을 견디면서 아마도 수진은 단련이 되었는지도 모른다. 그래서 고3 때 마지막이다라면서 아빠가 친척들의 돈을 끌어모아 시작했던 사업이 실패했을 때도 처음엔 그럭저럭 참을 수 있었다.

"뭐, 돈이야 벌면 되죠."

비록 속은 답답했었지만 그렇게 아빠를 위로했다.

"미안하다."

하지만 수진에게 돌아온 아빠의 대답은 청천벽력과도 같은 충격이었다.

"널 엄마에게 보내야겠구나."

이제 와서, 그녀를 두고 떠난, 10년이 넘는 동안 단 한 번도 찾아와 주지 않은 엄마에게 가라고?

절대 있을 수 없는 일이었다.

"싫어요."

정 안 되면 혼자 살아가면 된다. 절대 가지 않을 것이다. 수진의 단호한 거부에도 아빠는 엄마의 주소와 '그곳으로 가라' 는 말을 남겨둔 채, 베트남으로 떠나 버렸다. 수진이 고3 시절 한창 수험 준비로 정신없을 때였다.

"죽어도 엄마에게 안 가."

수진은 충분히 혼자 살 수 있다고 생각했고 그러려고 했다. 아빠가 떠난 뒤 이틀 후에 빚쟁이들이 들이닥치지만 않았으면 말이다.

그때의 참담함이라니.

빚쟁이들의 횡포는 굉장했다. 그들이 모든 것을 쓸어가자 직후에 집달리가 들이닥쳤다. 남은 것이 거의 없는 집 안은 빨간 압류 딱지로 도배가 됐다. 살던 집은 경매로 넘어갔고 수진은 당장 길가로 내쫓기게 됐던 것이다.

그때 수진을 돌보아준 것이 정후의 부모였다. 경매로 넘어간 수진네 집을 자신들의 집을 담보로 대출받아 낙찰받은 후에 수진에게 돌려주었다.

"우리가 해줄 수 있는 일은 여기까지다. 우리 아파트를 담보로 대출받아 낙찰받은 것이니 네가 이자와 원금을 갚아나가야 한다."

소영이 건넨 등기문서를 받고 수진은 울음을 터뜨리고 말았다.

"감사합니다."

너무나 감사해서 소영의 품에서 한참을 울었다. 언제라도 아빠가 돌아와 쉴 수 있게 됐다! 정후 부모님이 집을 붙잡게 해줬으니 꼭 쥐고 있어야 한다고 몇 번이나 홀로 다짐했다.

그때부터 수진은 돈을 벌기 시작했다. 먹고사는 것은 별게 아니지만 빚을 갚아야 한다는 것은 굉장한 부담이었다. 그동안 용돈을 벌기 위해 일했던 것과는 차원이 다르게 고군분투해야 했다.

다리 모델은 순전히 돈을 벌기 위해 시작한 일이었다. 같은 반 친구가 탐스러운 머릿결로 부분 모델로 활동 중이었고 모델료로 적지 않은 금액을 받는다는 것을 알고는 무조건 그 애가 일하는 소속사로 쫓아가 일을 시켜달라고 매달렸다.

"일을 하고 싶어요."

처음 에이전시를 찾아가선 문전박대를 당했다. 수진처럼 모델이 되겠다면서 찾아오는 사람이 수도 없다며 사무실로 들어가지도 못하고 내쫓김을 당했다. 수진은 세 달 동안 매일 찾아가 경비에게 내쫓김을 당하는 일을 되풀이하다 마침내 사무실로 들어갈 수 있었다. 물정 모르는 애가 무작정 찾아와 떼를 쓴다고 생각하며 아무도 수진을 상대하지 않았는데 오며 가며 수진을 본 지금의 매니저가 경비에게 사정을 하고 있는 그녀를 사무실로 데려간 것이다.

"너 굉장히 끈덕지구나. 그 열의만은 높게 사주겠다. 하지만 모델이란 아무나 될 수 있는 게 아니야. 네 정도 얼굴이면 이 바닥엔 쓸리고 밟힐 정도로 많아."

"전 얼굴 모델이 되려는 것이 아니에요. 다리 모델 일을 하겠어요."

"네 다리가 그렇게 예뻐?"

"……네."

사실 수진은 종아리는 길고 발목은 가느다랬고 키에 비해 한없이 길다 할 정도로 예쁜 다리를 갖고 있었다.

"그럼 치마를 걷어봐."

심심풀이였든 진짜 수진의 끈기에 탄복을 해서 그랬든 수진에게 온 기회였다. 해변의 모래보다도 더 작은 기회일지라도 결코 놓쳐서는 안 된다는 생각에 수진은 교복 치마를 허벅지 위까지 걷어 보였다.

설마 치마를 걷어 보이겠냐 하고 생각하던 사무실 사람들의 시선이 일시에 몰려들었다. 다리에 화살처럼 와 박히는 시선에 얼굴이 붉어졌지만 수진은 무안함을 꾹 참아냈다.

"괜찮은데."

"좋아."

하는 감탄의 소리가 여러 명에게서 흘러나왔다.

"키가 얼마냐?"

"166cm입니다."

"키에 비해 다리가 진짜 기네."

찬탄에 가까운 시선과 말에 수진은 일을 시켜줄 것이라 생각했다. 하지만 매니저는 팔짱을 끼더니 티끌 같은 힘이라도 잡아내려고 작정을 한 것처럼 굴었다.

"걸어봐라."

수진은 등을 곧게 펴고 다리를 내뻗으며 걸어 보였다.

"돌아서 봐라."

"까치발로 서봐라."

"신발 양말을 벗고 맨발을 보여라."

수진이 시키는 대로 순순히 하자 점차 매니저의 표정이 부드러워졌다.

"좋다. 같이 일해보자."

수진은 그렇게 다리 모델 일을 시작했다. 일은 결코 쉽지 않았다. 사진을 찍기 위해 서너 시간을 할애하면서 같은 포즈를 수없이 취하거나, 단 2초의 광고를 찍기 위해 밤을 꼬박 새우기도 했다. 메인 모델에 비하면 그녀의 모델료는 터무니없을 정도로 적었다. 하지만 수진은 만족했다. 이렇게 돈을 벌 수 있다는 사실이 너무 행복했다. 돈이란 힘 안 들이고 벌 수 없는 법이지 않은가, 그러니 아무리 힘겨워도 참아낼 수 있었다.

오늘까지 수진은 모델 일과 병행해 다른 아르바이트도 정신없이 뛰면서 소영이 경매를 위해 대출받은 원금과 이자를 갚아나가는 중이었다.

소영이 수진에게 다가와 걱정스럽게 그녀의 발을 살폈다.

"얼마나 다친 거야?"

"살짝 삐었어요. 자고 나면 괜찮을 거래요."

"조심 좀 하지. 그나마 살짝 삐었다니 다행이구나. 그런데 너 저녁은? 밥은 먹었어?"

수진은 밥 생각이고 뭐고 다 귀찮았다. 무엇보다도 소영이나 정후 앞에선 인정있고 자상한 표정을 짓는 은수의 꼴이 보기 싫었다.

"네. 먹었어요. 지금 시간이 얼마인데요. 푹 자고 나면 괜찮을 거예요."

"그럼 푹 쉬어라. 건너갈 테니."

"김치 잘 먹을게요."

"응. 내일쯤 냉장고에 넣으렴."

"네."

소영이 나가자 은수가 리모컨을 들어 텔레비전을 켰다.

관심이 딱 30초였구나. 뭘 기대했지?

아마도, 좀 더 살갑고 좀 더 걱정스러워하는 걸 원했던 건지도. 혈육이라는 따뜻함, 비록 오랜 시간 떨어져 있었어도 그런 긴 시간의 공백쯤은 무시될 수 있는 살가움을 원했나 보다. 강해지고 싶고, 그렇게 보이길 원해 이를 악물었지만 사실은 어리광 부리고 싶고 관심받고 싶었으니까.

기대 안 했어. 그런 것 정말 안 했어.

수진은 주먹을 꽉 움켜쥐었다.

"많이 아프니?"

정후의 말에 수진은 퍼뜩 정신을 차렸다.

"이제 그만 해. 됐어."

그녀의 발목을 주무르는 정후의 손길엔 여전히 지극한 정성이 배어 있었다. 정후가 부드럽게 발을 눌러보고 더 이상 수진이 아프다는 소리를 않자 손을 뗐다.

"앞으론 좀 조심해서 다녀…… 잠깐."

정후가 리모컨을 누르려는 은수에게 소리쳤다. 텔레비전에 나온 영상을 본 순간 수진은 깜짝 놀랐다.

맙소사!

휴게소에 차가 몰려 있는 모습이 비치는 순간이었다. 양복으로 여자를 감싸 안은 남자가 가볍게 키스하는 모습이 눈에 확

들어왔다.

'저거 나?'

"어머? 저거 너구나?"

지금 방송되는 것은 9시 뉴스의 끝 시간에 잠깐 나오는, 세상 만상이란 이름으로 한 30초 동안 이런저런 사람들의 모습을 보여주는 코너였다. 오늘은 여행을 떠나는 사람들을 보여주려는 듯 열차를 타는 승강구와 고속터미널을 비추고 있었다.

분홍 드레스 위에 남자의 양복을 입은 여자를 품에 안고서 남자가 살짝 고개를 숙인다. 그리고 키스!

"어라, 저렇게 오픈된 장소에서 아무렇지도 않게 키스하다니. 이수진, 이제 보니 보통내기가 아니네. 저 남자가 누구니?"

은수에게 뭐라 쏘아주고 싶었지만 그보단 방송에 자신의 모습이 나왔다는 놀라움에 젖어 수진은 아무런 반박도 하지 못했다.

쾅!

정후는 그녀가 무슨 대죄를 저지른 것처럼 성난 눈으로 노려보더니 그대로 나가 버렸다. 얼마나 세게 닫았는지 문이 부서지는 소리를 냈다. 아무래도 발로 걷어찬 것 같았다.

재, 왜 화내는 거지?

수진은 정후가 화내는 이유를 알 수가 없었다.

"그 남자 때문에 집에서 달아난 거니? 너 달아나서 집안이 얼마나 뒤집어졌는지 아니? 그런데 넌 저러고……."

"말 바로 해. 집안이 뒤집어진 것은 내가 달아나서가 아니고 네가 달아나서잖아. 아, 그래! 말 나온 김에 말 좀 해보자. 너 왜 달아났니?"

말 잘 꺼냈다. 그렇지 않아도 너랑 할 얘기 무지하게 많거든?

수진이 화를 내자 은수가 살짝 물러섰다.

"하기 싫어서. 네가 그랬잖아. 이 약혼 할 거냐고. 그 말 들으니 정말 하기 싫어졌어. 갑자기 약혼한다는 것이 끔찍해졌어."

그래서 달아났단 말인가? 이게 말이 돼?

"그럼 진작 안 하겠다고 했어야지. 네가 하겠다고 했으니까 약혼식 준비를 한 것 아니야? 그래 놓고 막판에 튀어? 너 대신 내가 약혼할 뻔했잖아."

"들었어. 그 말 듣고 쓰러질 뻔했어. 암튼 엄마 아빠 성격은 이해가 안 돼. 아무리 꿩 대신 닭이라지만 다른 것도 아닌 약혼식 자리에 어떻게 너를 앉힐 생각을 했을까? 정말 대책 안 서는 분들이야. 그렇지?"

수진은 속으로 숨을 들이쉰 뒤 숫자를 세기 시작했다.

화내지 말자. 나중에 이런 인간이 언니인 것에 대해 하늘을 원망하더라도 지금은 참자.

"너, 나 데려간 거 이런 일 꾸미려고 그런 거지?"

정말로 그랬으면 언니고 뭐고 진짜 없어! 수진은 활활 타는 눈으로 은수를 노려보았다. 찔끔했는지 은수가 수선스러워졌다.

"얜, 아냐. 아무렴 내가 그랬겠니? 뭐, 설마하는 생각은 했지만. 새아빠가 좀 예측 불가능한 분이거든. 하지만 정말 그럴 줄은 몰랐어. 근데 너는 어떻게 도망쳤니? 대문으론 절대 도망칠 수 없었을 텐데?"

"뒷담 넘었어."

"뒷담을 넘어? 너 미쳤구나? 그 담이 얼마나 높은데, 대체 어떻게 넘었어?"

"담 옆의 은행나무로 건너뛰어서……."

"너 진짜 미쳤구나. 거기서 떨어지면 운 좋아야 깨끗하게 죽을 테고 운 나쁘면 어디 한군데 부러져서 평생을 휠체어에 앉아 지내야 하는데. 그런데도 그 짓을 했어?"

"그럼? 너 대신 얼굴도 보지 못한 남자와 약혼을 해야 했니?"

"결혼도 아니고 약혼만인데 뭐."

약혼만인데? 대체 무슨 뜻으로 한 소리지? 어안이 벙벙한 수진을 깨끗이 무시하고 은수가 다시 질문을 던졌다.

"네 발, 담 넘다 다친 거야?"

"그래."

"운 좋았구나. 그 정도 다치고 말았으니. 한데 이상하네. 담 넘었다 해도 그리 쉽게 달아날 수 없었을 텐데. 새아버지란 사람 무척 용의주도하거든."

새아버지란 사람?

은수의 입에서 나오는 호칭은 어제와 달리 참으로 변화무쌍했다.

"그 아저씨가 도와줬어."

"방송?"

"그래. 지나던 길에 나를 보고 나무에서 내려주고 차로 서울까지 데려다 줬어."

수진의 말에 의문이 든 은수는 살짝 인상을 썼다. 수진의 말대로라면 굉장한 우연이었고 행운이었다. 하지만 은수는 우연을 쉽게 믿지 않았다.

수진을 구해준 남자 정말 지나던 사람인가? 아니면…… 설마 박인성의 끄나풀은 아니겠지? 감시하기 위해 그곳에 있다고 본다면…….

그곳은 차도 사람도 잘 다니지 않는 곳이니 지나가던 길이란 것이 쉽게 믿어지지 않는다. 하지만 박인성의 사람이라면 수진이 이렇게 달아나게 두진 않았을 텐데? 정말 우연히 지나던 사람이었을까?

"그 아저씨 아니었으면 어떻게 됐을지 몰라."

정말로 집으로 다시 끌려 들어가 억지로 약혼식을 치렀을지도 모른다는 생각이 들어 수진은 몸을 부르르 떨었다.

"그럼 그렇게 만나게 된 것은 다 내 덕분이라는 얘기네. 그런 생각 안 드니?"

"안 들어."

"이제 보니 이수진 완전 꼬였구나. 못된 것. 말 좀 예쁘게 해버릇해."

수진은 팔짱을 꼈다. 아무래도 은수의 얄미운 말버릇은 천성인 것 같았다. 무시하자. 무시하고 이제 엄마에 대해서 물어보자.

"엄마……."

"응?"

"행복하니?"

잠깐 은수는 대답하지 않았다.

"그걸 왜 물어?"

"박 사장은 좋은 사람이니?"

"불행하면? 네가 행복하게 해줄 능력 있니? 행복하면? 네가 축복해 줄 거니? 네가 뭘 할 수 있는데 그런 걸 물어? 그리고 그걸 왜 내게 물어? 엄마에게 직접 물어야지. 안 그래?"

은수의 말대로 엄마가 불행하든 행복하든 수진이 관여할 일은 아니었다. 불행하다 한들 바로잡아 줄 힘이 수진에겐 없었고 엄마가 행복하다 한들 그걸 축복하고 싶은 마음도 없었다.

"이수진, 너 아는 게 병이란 말 알지? 내가 할 말은 그것뿐이야. 아는 게 병, 모르는 게 약. 알겠어?"

하지만 솔직히 엄마가 불행했다면……. 이상하게 그 생각만으로도 수진의 가슴은 아리기 시작했다. 엄마가 밉고 원망스러울 때가 있었지만 그래도 불행한 건 싫었다.

바보같이. 남편 자식 버리고 갔으면 행복해야 할 것 아냐?

"그런데 넌 왜 여기 다시 온 거야?"

"당분간 여기서 같이 살아줄려고."

"뭐?"

"너 혼자 지내는 것이 딱해 보여서. 내가 여기 있겠다고 하니까 엄마도 허락했어."

웃기고 있다. 누구 마음대로? 게다가 뭘 허락을 엄마에게 받아? 진짜 웃긴다. 여기 있으라는 허락을 할 사람은 그녀지 엄마가 아니다.

"넌……."

"그런데 드레스는 어쩌다 이 꼴로 만든 거야? 너 이거 가격이 얼만지 아니?"

은수의 표정이 심각하게 변해갔다.

"얼만데?"

"이거 있지, 안드레아 한의 작품이야."

국내 최고의 탑 디자이너인 안드레아 한? 평상복도 수백만 원을 호가한다는 안드레아 한이다. 이런 작품의 가격은 대체 얼마나 될까?

"억이라도 돼?"

"억대는 아니라도 악 소리가 나올걸, 동그라미 여덟 개가 붙었거든."

"뭐?"

"그리고 이 옷은 약혼자가 선물한 건데."

아니, 요즘은 남자가 약혼 드레스도 선물하나?

"난 약혼할 마음이 없어졌어. 이제 약혼 안 할 거야. 그럼 이 옷 돌려줘야 하는데 훼손한 것을 돌려줄 순 없겠지?"

"그걸 왜 내게 물어?"

"옷을 훼손한 게 너니까 네가 돌려줘야 하지 않을까? 약혼하려고 했던 남자는 돈밖에 가진 게 없으니 배상해 달라곤 않겠지만…… 그렇지만 옷에 대한 사과는 해야 할 것 같아. 그러니까 네가 사과하고 덤으로 약혼 안 하겠다는 내 말을 전해주면 되겠다. 그렇지?"

은수가 천연덕스런 표정으로 말을 하는 것을 듣고 있자니 수진의 속에선 울화가 치밀어 오르기 시작했다.

"너 지금 진심으로 그런 말 한 것은 아니지? 날더러 너와 약혼할 뻔했던 사람 만나 옷 찢은 것 사과하고 네 말 전하라고 한 것."

"왜? 당연한 거잖아. 그럼 네가 옷 값 물어낼래?"

"너 혹시 사주 본 적 있니?"

"사주? 점 보는 거? 아니 없는데?"

"한번 봐라, 네 사주에 동생에게 맞아 죽어 단명할 수가 있을 테니."

"네가 예쁘지 않은 이유를 알겠어. 너 아주 사납게 컸구나. 그래서 네가 예쁘지 않은 거야. 말도 예쁘게 하고 생각도 예쁘게 해야 얼굴도 따라가는데 그렇게 사나운 말과 생각을 하니 못생길 수밖에. 뭐 그건 그거고 옷 어쩔래? 돈으로 물어낼래? 아니면 네가 가서 사과할래? 네가 가면 말이지, 혹시라도 그 남자가 돈 물어내라고 하면 그 돈은 내가 줄게."

"나가."

뭐 이런 게 다 있어? 언니? 웃기지 마라. 이런 게 언니라면 절대 사양하고 만다.

"나가? 하! 이 집이 네 집이니? 감히 누구더러 나가래? 난 네 언니야."

"여기 내 집이야. 그러니 나가. 나가란 말이야."

은수를 잡아 무조건 문밖으로 끌어냈다.

"애 좀 봐. 왜 이리 상스럽게⋯⋯."

수진은 은수를 문밖으로 밀어낸 뒤 핸드백과 구두를 집어 던지고 탁 문을 닫았다.

"야, 이수진! 너 이 문 안 열어? 이수진!"

탕탕탕 문을 두드리는 은수의 목소리로 시끄러웠지만 수진은 움직이지 않았다.

진짜 마무리 기가 막히네.

수진은 주방으로 가 냉장고에서 우유를 꺼냈다. 찬 우유가 들어가니 마음이 좀 가라앉았다. 자, 바깥에서 난리치는 언니라는 저 인간 생각은 뚝! 난 안 들려, 저 소리. 난 아무 생각 없어. 저 인간에 대해서.

은수가 내는 소음을 무시하려고 수진은 억지로 다른 생각을 하기 시작했다.

그 아저씨도 봤을까? 그 뉴스.

잠시 망설이다 수진은 전화를 들고 각인이라도 된 것처럼 깊이 머릿속에 새겨진 재준의 번호를 눌렀다. 컬러링이 아닌 단조로운 따르륵 따르륵거리는 신호가 두 번 갔다.

[신재준입니다.]

"저, 이수진이에요."

[아.]

수진의 전화가 의외라는 듯 짧게 내는 소리. 반갑지 않나? 공연히 전화한 것일까? 서운한 생각이 드는 건 무슨 마음일까? 그런데, 얕은 그녀의 마음을 나무라는 듯 재준의 음성이 아주 다정해졌다.

[발은 어때?]

수진은 공연스레 눈물이 핑 돌았다.

난 이런 관심을 원했던 걸까? 그렇지 않고서야 재준의 말 한마디가 눈물겹게 좋을 이유가 없다.

"괜찮아요."

[피곤할 텐데 일찍 자지.]

"잘 거예요."

재준의 목소리가 마치 가뭄으로 쫙쫙 갈라진 대지 위를 적시는 단비처럼 수진의 마음에 녹아들었다. 이 아저씨 보기하곤 다르게 섬세하고 자상한 성격인가 보다. 그것이 참 좋다!

"아저씨, 혹시 뉴스 봤어요?"

[음.]

"봤냐고요."

[응.]

"어쩌실 거예요?"

[뭘?]

"어라, 이 아저씨 보래. 아저씨와 내가 키스하는 게 전국 방방곡곡에 퍼졌는데 아무 책임 없다고 생각하는 거예요?"

[지금 따지는 거야?]

약간의 웃음이 들어 있는 재준의 말투에 수진은 저도 모르게 미소 짓고 말았다.

아뇨, 그냥 전화하고 싶어서, 누군가에게 따뜻한 말투로 위로받고 싶어서 걸었어요.

사실 그랬다. 왠지 이 아저씨 말을 들으면 외롭단 생각이 없어질 것 같아서 그래서 건 전화였다. 결코 따지려고 건 것은 아니었다.

[아무도 너하고 나란 것을 눈치 채지 못할걸?]

"천만의 말씀, 우리 집 식구들은 단번에 알아차렸는걸요."

[이수진.]

"왜요?"

[내가 어떡하길 바라니?]

전화기를 통해 들려오는 재준의 목소리는 응석배기 아이를 달래주는 데 아주 익숙한 듯 보였다.

"음, 모르겠어요."

[난 좀 억울한데…….]

"뭐가요?"

[방송 탈 줄 알았다면 진짜 키스를 했을 거야. 어차피 키스했다는 걸 만인 앞에 드러낸다면 그런 어린애 같은 가짜 키스는 하지 않았어.]

"아저씨, 진짜 키스했거든요?"

그렇고말고. 부드럽던 아저씨의 입술 감촉이 아직도 이렇게나 생생하게 느껴지는걸.

자신의 입술을 손가락으로 쓸자 아까 재준의 입술이 닿았던 것처럼 부드러운 느낌이 전해져 왔다. 이런 느낌…… 아니, 이보다 더 부드럽고 더 따뜻한 느낌이었지. 혀로 입술을 쓸었다. 아냐, 이보다도 훨씬 부드럽고 뜨거웠어.

[그게 키스라고?]

재준이 나지막하게 웃었다. 지금 놀리는 거지? 뭐야, 남은 그 키스를 생각하면서 황홀해하고 있는데, 이 아저씨가 웃고 있어?

"네, 진짜예요. 오늘 키스 세 번 한 거 다 진짜였어요."

자신이 말을 해놓고 어쩐지 창피해서 수진의 얼굴은 붉게 달아올랐다. 신재준이란 이 아저씨 어쩐지 그냥 좋다. 기대면 포근히 안아줄 것 같은 그런 느낌이 든다.

첫 번째 만남, 세 번의 키스
⑤

이틀 전, 은수가 찾아오기 전날은 수진에게 아주 행복한 날이었다. 금요일 석가탄신일과 주말의 휴일이 연이어져 황금연휴라 불리는, 수진에게도 어떤 스케줄이 잡히지 않아 황금연휴의 시작을 앞둔 목요일 밤이었다.

파김치처럼 힘든 몸으로 집으로 돌아온 수진은 다음날 아침에는 실컷 게으름을 피워 낮 12시 되기 전까진 일어나지 않고 그동안 밀린 늦잠을 잘 거라 굳은 결심을 하며 잠자리에 들었다. 하지만 습관처럼 무서운 것도 없다. 다음날 아침 6시도 안돼 눈이 떠졌던 것이다.

평일이면 눈도 안 떠지는 아침잠들은 대체 어딜 간 거지? 5분만 더 잤으면 10분만 더 잤으면 하는 마음이 들게 그녀를 찾아왔던 꿀처럼 단 아침잠들. 수진은 도로 잠들기 위해 이불을 끌어안았다. 늦잠 잘 거야.

하지만 한 번 떠진 눈은 더 이상 감겨지지 않았다. 아무리 자려고 눈을 감고 있어도 정신이 말똥거려졌다. 결국 10분도 안 돼 수진은 오지 않는 잠을 억지로 자는 것은 시간낭비라 생각하며 잠을 청하는 걸 그만두고 침대에서 일어나 앉았다.

무엇을 할까?

근 한 달 만에 맞는 휴일을 좀 그럴듯하게 보내자는 생각에 수진은 제일 먼저 청주 목욕을 생각하며 욕조에 뜨거운 물을 받기 시작했다. 청주 목욕은 하고 나면 피부가 놀랄 만큼 촉촉해져 수진은 낭비라 생각하면서도 가끔 청주 목욕을 했다.

'아주 가끔은 나를 위한 사치를 부려도 좋잖아.'

물이 욕조에 반쯤 들어찼는데 갑자기 초인종 소리가 들려왔다. 시간을 확인하니 6시 57분으로 휴일로 치면 아주 새벽, 한밤중이라 할 시간이었다.

누구지? 아줌마가 또 그녀가 일어났는지 확인하는 걸까?

현대사회가 개인주의로 너무 삭막하다고 하지만 수진에겐 예외였다. 현관을 마주하며 20년을 사는 동안 이제는 완전 가족처럼 된 앞집의 소영 아줌마는 이렇게 일주일에 두서너 번씩은 새벽에 문을 두드려 수진을 깨웠다.

'일어났니?'

이러면서.

그것이 고맙기는 했지만 가끔, 특히 이런 날은 아줌마의 그런 간섭이 귀찮은 것도 사실이었다.

"아줌마, 저 일어났어요."

수진이 문을 향해 소리치고 청주를 욕조에 계속 붓는데 다시 벨이 울렸다.

누구지? 새벽이랄 수 있는 이 시간에 장사꾼이나 교회 전도사는 아닐 테니, 아줌마가 아니면 대체 누구인 거야?

누구든 무시하자. 중요한 사람이 아닐 것이란 생각에 수진은 초인종 소리를 무시해 버렸다.

"수진아!"

옷을 벗던 수진은 바깥에서 들려온 목소리에 동작을 멈췄다. 이제 문까지 두드리며 이름을 부르는 사람은 그녀 또래의 젊은 여자였다.

"수진아, 나야. 문 좀 열어. 나, 은수 언니야."

은수 언니?

그럴 리가 없다. 은수와 마지막 소식이 끊어진 것은 아주 오래전이었다. 1년에 두어 번씩 걸려오던 전화도, 아주 가끔 주고받던 이메일도 모조리 끊어져 버린 것은 8년 전 수진이 초등학교 졸업을 앞둔 때였다.

"수진아, 나라니까!"

조심스럽게 문을 열자 젊은 여자가 확 달려들어 수진의 목을 끌어안더니 얼굴을 비벼대기 시작했다.

"수진아."

은수 언니? 하얗고 가늘고 그리고 예쁜 이 여자가 은수 언니? 세월이 이렇게 사람을 변화시켰나?

은수는 놀랄 만큼 가녀리고 하늘거렸다. 어릴 때도 은수는 참 예뻤다. 수진이 기억하는 은수의 모습은 살아 있는 인형이었지만 지금의 은수는 어릴 때보다 더 아름다운, 눈을 황홀하게 만들 만큼 아름다운 미녀로 변해 있었다.

"수진아, 보고 싶었어."

수진은 냉정하게 그동안 헤어져 있던 시간을 계산하기 시작했다.

소식이 끊어진 것은 8년이지만 재회는 16년 만인가?

엄마와 아빠가 이혼하며 갈라섰던 시간이 16년 전이니 16년이 맞나 보다. 16년 동안 한 번도 만나러 찾아오지 않던 사람이 이렇게 다정한 목소리로 '보고 싶었어?'라고? 그 말을 믿어야 할까?

"어디 봐, 수진아. 얼굴 좀 보자."

은수가 수진의 얼굴을 들여다보며 감격에 겨운 말투로 외쳤다.

"수진이가 이렇게 컸구나. 정말 보고 싶었어, 수진아. 우리 진짜 오랜만이지?"

은수는 엄마의 옛날 사진과 많이 닮아 있었다. 자신과 닮은 것도 같고 다른 것도 같은 은수를 수진이 어정쩡하게 보고만 서 있는데 앞집 문이 열렸다. 소란스런 소리를 듣고 수진을 걱정해서 정후가 나온 모양 같았다.

"무슨 일이야?"

잠이 잔뜩 묻어 있는 얼굴의 정후가 수진을 끌어안고 있는 은수를 발견하고는 눈을 크게 떴다.

"나는 괜찮아, 들어가서 자."

수진이 말했지만 정후는 그 말도 못 알아듣는 것 같았다. 멍하니 아름다운 요정의 모습을 하고 선 은수만 바라볼 뿐이었다.

"혹시, 정후니?"

"어, 누구?"

"어머, 맞구나. 정후! 나야, 나. 모르겠어? 나 수진이 언니, 은수 누나. 기억 안 나? 여기 살았었잖아."

떨떠름한 얼굴을 보니 정후는 은수를 기억하지 못하는 것 같았고 은수는 그것이 못내 억울한 얼굴이었다.

"너 나 기억 못하는구나. 얘는, 내가 널 얼마나 예뻐했는데 날 기억 못하니? 근데 너희 집도 여기 계속 살았나 보구나? 아, 그럼 아줌마 아저씨에게 인사드려야겠네. 옛날 나 무척 예뻐하셨는데."

"시끄러워. 지금 시간이 얼마인지나 알아? 새벽이야. 공중도덕을 좀 생각해. 이 새벽에 웬 목소리가 그렇게 커? 정후야, 넌 들어가서 계속 자. 언닌 어서 들어오고."

정후가 들어가는 것도 보지 않고 은수를 집 안으로 끌어당긴 수진이 문을 탁 닫았다.

"정후가 날 기억 못하다니 충격이야."

충격은 수진이 더했다. 얼떨떨했다. 어릴 때는 이렇게 갑자기 나타날 수도 있다는 생각을 하며 몹시도 기다렸었다. 엄마를 그리고 이 언니, 은수를. 하지만 16년이란 시간은 수진의 기다림을 완전히 바래게 하기에 충분했다.

언젠가부터 수진은 더 이상 엄마와 언니를 기다리지 않게 되었다. 엄마와 언니가 이 나라 안 대전에서 살고 있지만 이젠 그녀나 아빠와는 상관없는 사람이라고 머릿속 깊이 각인시킨 뒤 의도적으로 그들의 생각을 머릿속에서 지웠다. 세월은 아무리 가족이라 해도 남남처럼 서먹하고 멀게 만들 수 있는 힘이 있었다. 지금 수진에게 은수는 아주 서먹한 남이었다.

"정후가 날 잊다니 정말 너무한 거야."

"기억하는 언니가 더 이상한 거지. 16년 만에 보는데 그걸 어떻게 기억하나?"

16년 전에는 마주 보는 두 집의 부모가 사이도 무척 좋아서 거의 가족 같았다. 6살 수진, 7살 정후, 그리고 8살 은수가 날마다 어울려 놀면서 정후가 수진의 집에서 자기도 하고 반대로 수진과 은수가 정후의 집에서 자기도 하며 남매처럼 살긴 했다.

"은수 누나, 수진아 놀자."

엄마와 아빠가 갑작스럽게 이혼을 하고 수진은 아빠와 함께 남고 은수는 엄마를 따라간 뒤에도 한참 동안 정후는 은수를 찾곤 했다.

"쟤는 내가 세상에서 젤 좋다고 그랬어. 그런데 기억을 못 해?"

눈부시게 아름다운 은수를 보니 엄마가 생각났다. 수진의 기억 속의 엄마는 은수처럼 고왔다. 아니, 더 고왔다.

"언니 역시 떨어져 사는 동안 정후 기억 안 했을걸?"

"그래도 나는 보는 순간 기억했잖아. 우리가 얼마나 친했니? 저 애가 날 얼마나 좋아했는지 알아? 나 준다고 아줌마가 화분에다 키운 꽃 꺾어 갖고 왔다가 혼났던 애야."

대체 사람들은 어린 시절의 기억을 얼마나 갖고 있는 걸까? 같이 자전거 타고 동네 바깥 나간 얘기, 같은 유치원 차에 타고 다니던 얘기 등을 은수가 계속 종알거렸지만 수진은 그 어떤 것도 기억나지 않았다. 은수가 특이한 건지 전부 잊은 자신이 머리가 나쁜 건지 알 수 없었지만 은수가 말하는 지난 시간은 수진의 기억엔 하나도 남아 있지 않았다. 수진에게 어린 시절, 특히 부모의 이혼 전 기억은 거의 없었다.

"그런데 정후 아주 멋지게 컸던데."

언니는 나에 대해서 또 아빠에 대해선 아무것도 궁금한 것이 없어?

계속 정후와의 어린 시절 이야기만 하는 은수가 실망스러웠다. 그래서 수진은 엄마에 대해서라든지 은수에 대해 너무도 많이 묻고 싶었던 여러 가지 궁금증들을 꾹 눌러 버렸다.

난 궁금하지 않아. 엄마가 어떻게 사는지, 언니가 어떻게 사는지!

"언닌 이런 새벽에 웬일로 들이닥친 거야?"

"무슨 말이 그래?"

수진을 나무라는 은수의 표정이 압권이었다. 웬일로 들이닥친 거냐니? 어떻게 네가 그렇게 말할 수 있니? 은수의 표정은 딱 그랬다.

"내가 온 게 싫으니? 난 네가 너무 보고 싶어서 참을 수가 없었는데."

거짓말이 드러나는 은수의 얼굴을 말끄러미 바라보다가 수진은 픽 웃고 말았다.

"말해봐."

"뭘?"

"내가 갑자기 보고 싶은 이유를. 대체 뭣 때문에 내가 참을 수 없을 만큼 보고 싶은데?"

"넌 내가 보고 싶지 않았니? 나랑 엄마가 안 보고 싶었어?"

"그랬던 적도 있었어. 하지만 지금은 아니고 언니도 그래서 온 건 분명 아니라고 생각해. 그러니까 어서 온 이유나 말해."

"나 내일 약혼해."

약혼? 벌써? 언니 나이가 이제 스물넷 아닌가? 약혼을 하기엔 좀 이른 나이라는 생각이 들었다.

"축하해."

은수가 불만스런 표정으로 한숨을 내쉬었다.

"정말로 축하해?"

"……응."

"어떤 남자랑 약혼하는지 알지도 못하면서? 이봐, 동생. 넌 언니가 어떤 남자랑 약혼하는지 궁금하지 않니? 무조건 축하부터 하게."

느닷없이 나타난 언니도 그렇거니와 그녀와 약혼한다는 남자 역시 수진은 조금도 궁금하지 않았다. 아니, 궁금해하지 않으려 했다. 내가 보고 싶어한 만큼 넌 나와 아빠를 보고 싶어했니? 따지고 싶었다. 조목조목 캐보고 싶었다.

부모가 이혼할 때 수진의 나이는 6살이었다.

수진은 엄마가 이혼을 하며 그녀와 아빠를 버렸다고 생각했다. 그건 분명한 버림이었다. 그리고 수진은 3년 전 비록 어쩔 수 없는 상황이었지만 아빠에게도 버림받았다. 부모에게 돌아가며 버림받은 것이다. 그래서 수진은 버림받을 때의 기분이 얼마나 처참한지 너무도 잘 알고 있었다.

그러니 느닷없이 나타나 그동안 떨어져 산 세월의 기간 같은 것은 없다는 듯, 늘 보던 가족을 대하는 것 같은 은수에게 반가움이 일어나지 않는 것은 어쩌면 당연한 일인지도 모른다. 오히려 은수가 어느 순간 어떤 말로 그녀를 두고 갈 것인지 모른다는 생각이 들 뿐이었다.

버림받아도 아파하지 않을 거야. 그러기 위해선 많이 사랑해선 안 된다. 돌아서 가는 걸 보고도 아무렇지 않을 만큼 그만큼만 사랑할 것이다. 언제부턴가 수진의 머릿속엔 가족은 언제라도 그녀를 두고 떠날 수 있는 사람들이라는 인식이 굳게 새겨져 있었다.

"나 목말라."

은수는 여전히 무표정한 수진의 반응에 실망을 한 듯했다.

"과일 있으면 갈아줘."

수진은 말없이 냉장고에서 키위를 꺼냈다. 은수가 인상을 썼다.

"골드키위는 없어?"

"없어."

"난 그린키위 안 먹어. 그린키위는 시기만 하고 맛이 없잖아. 골드키위 없으면 차라리 바나나에다 호두 넣고 우유하고 같이 갈아줘."

나, 이 언니 싫어. 은수에 대한 반감이 맹렬하게 치솟아올랐다. 뭐냐, 공주라도 되냐? 말투도 그렇고 말하는 것도 그렇고. 아, 정말 싫다!

"없으니까 그럼 물이나 마셔."

수진은 깎던 키위를 냉장고에 집어넣었다. 맛없다고 은수가 말한 키위는 수진이 가장 좋아하는 과일이었다. 비싸서 하나씩 아껴먹으면서 언젠가는 물리도록 키위를 먹어보고 말겠다고 입맛을 다시고 있는 과일이었다.

얄밉다는 생각에 모른 척하려다가 그래도 언니라는 생각에 수진은 냉장고에서 옥수수차를 꺼내 컵에 따랐다.

언니라. 참 편한 존재구나. 같은 부모에게서 단지 먼저 태어났다는 이유만으로 대접받아야 한다고 생각하고 있는 것 같으니 말이다.

은수가 수진이 탁 소리를 내며 내려놓은 물 잔을 바라보았다.

"너 설마 물 끓여 먹어?"

그럼 수돗물을 그냥 먹을까!

"응."

"생수 먹지 왜 물 끓여 먹어? 끓인 물은 죽은 물이잖아. 산 사람이 왜 죽은 물을 먹어야 해? 요즘에도 물을 끓여 먹다니. 우, 고루해!"

하나, 둘, 셋, 넷.

수진은 천천히 숫자를 셌다. 은수의 말이 너무도 얄미워 금방이라도 막말이 입에서 튀어나오려 했다.

"엄마는 언니가 여기에 온 것을 알아?"

"그으럼."

"엄마는 잘 계시지?"

"응. 언제나 여왕마마 같지 뭐. 너 보고 싶으니까 꼭 데려오라고 했어."

"뭐? 데려오라니? 무슨 뜻이니?"

"말 그대로야. 엄마가 너 보고 싶어해. 너 나랑 우리 집 가자. 아니, 가야 해. 나 내일 약혼하거든."

"싫어. 안 가."

"무슨 소리야. 내가 일부러 올라오기까지 했는데 안 간다는 게 말이 돼?"

"난 절대 안 가. 언니도 엄마도 웃기네. 이제 와서 왜 그래? 그동안 본 척도 않았으면서. 왜 느닷없이 오라 마라 한대?"

수진의 마음속은 부글부글 끓기 시작했다. 정말로 은수도 엄마도 보기 싫었다.

"난 절대 안 갈 거니까 언니나 돌아가서 엄마에게 전해. 난 혼자서 잘살고 있으니 신경 끊어주면 고맙겠다고."

"너, 진짜 너무한다. 가서 살자는 말이 아니고 단지 내일 약혼식에 참석해 달라는 말인데 어쩌면 그렇게 무 자르듯 싫다고만 하니? 그래도 너랑 나랑은 하늘 아래 단 두 명뿐인 자매인데 그렇게 인정머리없이 싫다고 하다니. 너 너무 냉정한 거 아니니? 어떻게 언니 약혼식에 동생이 참석 안 한다고 할 수 있담."

은수의 말투는 여전히 거만하고 이기적이었지만 강경한 수진의 표정에 눌렸는지 그래도 아까보다는 풀이 죽어 보였다.

"동생이 둘이나 되면 또 몰라. 게다가 약혼도……."

엄마와 은수가 보기 싫다고 우기고 있었지만 사실 수진의 마음은 못 이기는 척하며 따라가고 싶다는 생각으로 가득했다. 수진은 사실 엄마가 얼마나 변했는지 궁금했다. 엄마나 언니가 어떻게 살고 있는지 눈으로 보고 싶었다.

"내일이 약혼날이야?"

"응."

"약혼할 남자 뭐 하는 사람이야?"

"돈 많은 아저씨. 돈도 많고 나이도 많은."

"돈은 얼마나 많고 나이는 얼마나 많은데?"

"억수로 많아."

자기 연민에 빠진, 팔려가는 신부의 얼굴로 처량 맞은 목소리를 은수가 냈다.

혹시 정략결혼?

엄마가 재혼한 상대는 대전에서 알아주는 재력가였다. 엄마는 돈 많은 남자하고 재혼하더니 딸도 정략결혼으로 밀어넣은 건가?

"돈과 나이 억수로 많은 것 빼고는? 대체 약혼할 남자는 어떤 남자야?"

"새아빠의 사업 파트너라 볼 수 있어."

역시 정략결혼이 분명했다. 울컥 뭔가가 수진의 가슴에서 치밀어 올라왔다.

"언니가 바보야? 엄마가 결혼한 남자의 사업하고 언니 인생

하고 무슨 상관이 있어서 엄마가 결혼한 남자의 사업 파트너와 정략결혼을 해?"

"새아빠의 사업이 어렵대."

"기가 막혀서!"

이 언니는 헤어져 있는 16년 동안 아주 바보로 자란 게 분명했다.

참 예쁘고 화사한 꽃처럼 보인다 생각했더니 얼굴만 꽃인 게 아니고 머릿속도 역시 꽃인 모양이다. 그냥 물만 먹고 바람에 흔들리며 의지없이 사는.

"게다가 언니는 약혼을 한다면서 아빠는 아주 제쳐 놨구나. 적어도 약혼을 하려면 아빠에게 허락을 받아야 하는 것 아냐? 그런데 아빠에게 알리기라도 했니?"

"그것 때문에 일부러 온 거다. 뭐. 생각해 봐. 아빠에게 연락을 하고 싶어도 되지 않으니 어쩌란 말이야? 연락 안 되는 것은 내 잘못이 아냐. 적어도 연락이 돼야 허락이든 의논이든 할 것 아냐."

"언니는 헤어진 후 아빠 생각을 한 적은 있니?"

"당연하지. 난 늘 아빠하고 네 생각 했어. 내가 널 얼마나 보고 싶어했는지 넌 모를 거야."

"입에 침이나 바르지."

수진은 퉁박을 준 뒤 벽에 걸린 아빠의 사진을 흘끗 바라보았다. 엄마와 헤어진 뒤 아빠는 돈 많은 남자에게 떠난 엄마를 도로 찾아오기 위해서 돈을 벌어야 한다고 말했다. 내가 도와야 한다고 했다. 혼자 외롭고 쓸쓸해도 참아줘야 한다고 했다. 왜냐하면 앞으로 아빠가 너무 바빠 날 돌볼 수 없다고.

아빠는 연속적인 실패에도 결코 사업을 접지 않았다. 사업은 한 번 실패할 때마다 빠른 몰락의 길로 아빠와 수진을 끌어내렸고, 수진에게 어린 시절과 청소년기는 늘 사업 실패로 빚에 허덕이는 아빠를 보는 것으로 점철되었다.

3년 전 아빠는 마지막이라는 단서를 붙여 패밀리레스토랑을 열었다. 그때는 수진도 노력과 희망만으로 사업이 성공하지 못한다는 것을 너무도 잘 알고 있었다. 그래서 처음으로 반대를 했다.

그때 아빠가 술에 취해 처음으로 속내를 내보였다.

"네 엄마를 꼭 되찾고 싶다. 내게 네 엄마는 빛이고 공기란다."

헤어진 지 10년이 넘게, 전남편은 물론이고 딸인 수진에게조차 소식 한 번 보내지 않은 엄마를, 아빠는 잊지 못했던 거였다. 그런 아빠의 외사랑이 너무 가엾어서 수진은 더 이상 반대하지 못했다. 이제 헤어진 지 10년도 훨씬 넘었으니 아무리 아빠가 돈을 많이 번다 해도 옛날로 돌아갈 수는 없다는 생각을 했지만 수진은 그 말도 하지 못했다. 목표를 갖고 시작하는 사업과 목표 없이 시작하는 사업은 천지 차이기에 그저 이번만은 잘되길 하고 빌었을 뿐이었다.

하지만 아빠의 사업은 또다시 실패로 돌아갔다. 처음엔 아주 호황이었으나 어느 순간 기울기 시작한 업체는 모든 것을 정리하자 아무것도 남지 않고 수진네를 빈털터리로 만들었다. 아니, 그냥 빈털터리가 아닌 빚더미에 올라앉게 만들었던 것이다.

파산을 한 뒤에야 아빠는 지배인으로 있던 사람이 거액을 횡령해서 외국으로 도주했다는 것을 알게 되었다. 그리고 그를 잡는다는 명목하에 수진을 팽개치고 베트남으로 떠나 버렸다. 그렇게 3년, 이젠 아빠의 소식도 끊어진 상태였다.

수진은 이제 혼자라는 것에 익숙해질 대로 익숙해져 있다고 생각했다. 남들과 다른 가정이지만 불평하지도 않고 체념하지도 않았다. 물론 가끔은 단란한 가족이 그립고 그런 삶에 안주하고 싶은 욕망을 느끼지만 신이, 운명이, 그녀에게 쓸쓸한 생을 준비했다 하더라도 굴복하지 않고 열심히 살아갈 생각이었다.

강해져야 한다.

타인에게 뭔가를 기대하지 말고 내 스스로 살아나가면서 운명을 개척하자.

그래서 수진은 엄마나 은수가 보고 싶다는 감상에 빠져 울지 않았고 이렇게 그녀를 남기고 홀로 사라진 아빠에 대한 원망도 하지 않았다.

감정이란 것은 이상한 것이다. 충분히 통제하고 있었다 생각했던 것들이 은수를 보자 모조리 깨어났다. 16년이 되도록 한 번도 찾아오지 않던 엄마와 은수에 대한 원망도 되살아나고 자신과 달리 호의호식하고 자란 것이 분명해 보이는 은수의 모습에 질투도 느껴졌다.

아침을 차리는데 초인종이 울렸다. 수진이 문을 여니 말끔하게 단장한 얼굴의 정후가 서 있었다.

얘가 휴일 아침에 세수를 했네?

놀라운 일이었다. 휴일이면 늘 열두 시가 넘을 때까지 자던 정후였다. 눈곱을 달고 막 잠에서 깬 얼굴로 건너오는 게 다반사라 갑작스런 정후의 변화가 적응이 되지 않았다.

"오호, 웬일이니? 네가 휴일날 세수를 다 했구나. 얼굴이 반들반들거린다. 아니, 세상에 머리도 감았나 보네?"

"아침 해?"

정후는 주위를 둘레둘레 돌아보았다.

그래, 너 언니를 찾는구나?

'흥, 너도 남자란 말이냐?'

여자인 그녀가 봐도 은수는 눈이 즐거울 정도로 예쁘니 남자인 정후가 은수에게 끌리는 것은 당연한 일일 것이다.

하지만 이런 기분은 대체 뭐야?

은수에게 호기심을 보이는 정후의 행동이 이상하게 서운했다. 그동안 정후가 여자친구를 만나고 헤어지는 것을 볼 때와 확연히 달랐다. 정후에겐지 은수에겐지 대상이 모호하게 느껴지는 이 불쾌감은 혹시 질투일까? 만일 질투라면 그것은 언니에게일까? 정후에게일까? 누구에게 향한 것인지 알 수는 없지만 암튼 수진의 기분은 좋지 않았다.

"언니는 지금 샤워 중이야."

"누가 뭐래?"

정후의 목소리도 수진만큼이나 뚱했다.

풋, 당황했구나.

같이 자라온 세월이 얼마인가. 서로에 대해 너무나 잘 알다 보니 이제 서로의 감정은 눈 감고도 훤하게 읽을 수 있었다. 정후는 수진에게 친구이고 오빠이고 버팀목이었다. 수진이 가끔 정후에게 응석을 부렸고 정후도 가끔 수진에게 투정을 부리는 사이좋은 소꿉친구였다.

희미하지만 분명하게 정후의 얼굴이 붉어진 것은 언니가 좋다는 긍정이리라.

"쯧쯧쯧, 어쩌나 현정후. 얼굴 빨개진 것을 내게 들켰네."

"더워서 그래."

"그래?"

"웃지 말고 나도 밥 줘."

"니네 집에서 먹어."

"엄마도 모처럼 놀토라 늦잠 주무신다고 안 일어나신다. 나

배고파 죽겠는데."

"너 노는 날은 아침 일찍 먹는 게 12시 아니었어?"

마치 주인이라도 되는 것처럼 식탁 의자를 차지한 정후의 앞에 수진 역시 말과 달리 당연한 듯이 수저를 놓았다. 먼저 밥 한 공기를 퍼 늘 놓는 곳에 올려놓은 뒤 공기에 수북히 밥을 퍼 정후에게 내려놓는데 욕실 문이 열리고, 목욕 타올만 두른 은수가 나왔다.

"수진아, 너 되게 야한 팬티 입는다? 어머, 정후 와 있었구나."

은수가 아주 태연한 모습으로 식탁으로 다가오더니 의자를 끌어내 앉으려 했다.

"옷 입고 나와."

타올로 몸을 감았지만 훤히 드러난 어깨와 아슬아슬하게 가려진 엉덩이 아래로 쭉 뻗은 맨 다리가 모조리 드러나는 은수의 모습은 완전히 벗은 것보다 더 선정적이었다. 얼굴이 벌겋게 달아올라 어쩔 줄 모르고 있는 정후에게 은수가 들고 있던 팬티를 흔들었다.

"정후야, 수진이 팬티 취향 무척이나 야한 것 너 아니? 훗, 난 망사에 구슬 달린 속옷은 처음 봐. 이것 봐, 너무 야해."

"그 팬티 얘가 디자인한 거야."

"뭐?"

"얘가 디자인한 거라고."

"와, 정후 디자이너야? 벌써 사회인이야?"

정후는 아르바이트로 속옷을 디자인했다. 그리고 수진은 디자인한 속옷을 입는 아르바이트를 했다. 보기에도 아슬아슬하고 민망해서 결코 입을 엄두가 나지 않은 속옷을 입고 착용감이 어떤지 알려주는 일이었다. 정후에게 자유분방하고 난잡하게 보일지도 모를 만큼 획기적인 디자인의 속옷을 받을 때마다 수진은 정후를 구박했다.

"이런 응큼한 인사를 보았나. 대체 너 누굴 입히고 싶어 이런 모양의 팬티를 디자인하는 거니?"

"내 마누라."

"마누라? 야, 그런 것 아직 없잖아."

"아직 없으니까 네가 먼저 입는 거야. 그게 얼마나 억울한 일인지 알아?"

"아니, 나는 아직 학생이야. 디자인은 그냥 아르바이트 삼아서. 란제리 회사에 외삼촌이 본부장인데 장난삼아 했던 디자인이 인기를 끌었다고 계속 해보라기에 그냥……."

"수진아, 나 입을 만한 옷 없어?"

"언니, 입고 온 옷 있잖아."

"난 한 번 벗은 옷은 다시 안 입어."

한 번 벗은 옷을 다시 안 입는다니, 아주 공주로 자란 모양이지. 그런데 그러면 그 옷은 누가 빨까? 하얗고 가느다란 은수의 손은 팬티 한 장 제 손으로 빨지 않을 것 같은, 물 한 방울 안 묻히고 사는 공주님의 손이었다.

"옷장에서 입을 만한 옷 찾아봐."

방으로 들어가는 은수의 뒷모습에서 정후가 시선을 떼지 못했다.

"너 지금 표정 내가 타올만 두른 것 보던 거랑 너무 다르다?"

"모델이 다르잖아."

워낙 가깝게 지내서 지금 은수 같은 모습을 수진도 정후에게 몇 번이나 보였고 그때 그의 표정은 지금과 달리 아무렇지도 않았다.

얼빠진 표정으로 방문을 바라보는 정후가 얄미워서 수진이 꿀밤을 한 대 때렸다.

"너 남자 머리에 손대는 것 아니라고 했지?"

"내가 너 남자 아니라고 했지?"

늘 그렇듯 둘이 양양거리는데 은수가 방에서 나왔다.

"옷이 좀 그렇다."

"그 옷……."

은수가 입고 나온 옷은 수진이 가장 아끼는, 벼르고 별러 사 입은 유일무이한 수진의 정장이었다. 진이나 반바지 그리고 편한 트레이닝복도 많건만 집 안에서 저런 옷을 골라 입는 이유는 뭔지. 편안한 것이 뭔지 모르나?

"너도 55 입니?"

"응."

"다이어트 신경 써야겠구나. 키도 크지 않으면서 55를 입으면 금방 뚱뚱해진다."

"내가 너보다 더 큰 것 같은데?"

"무슨, 난 1미터 64센티나 돼."

"나 1미터 66센티거든?"

"정말? 그런데 왜 그렇게 작아 보여?"

"밥 얼마나 줄까?"

얄밉게 말하는 것은 옵션이냐? 한바탕 퍼붓고 싶지만 억지로 참았다. 어쩔 것인가. 저 인간이 동생이 아닌 언니인 것을.

'너 내 동생이었으면 머리 다 뽑혔다.'

가늘디가는 은수의 몸을 흘낏 바라보니 반 공기도 먹지 않을 것 같았다.

"나 아침엔 밥 안 먹는데. 죽만 한 그릇 먹어. 아니면 생과일 주스 한 잔만 먹기도 하고."

"죽도 없고 생과일 주스도 없어."

"아까 키위 있잖아. 그거라도 먹지 뭐. 갈아줘."

"없어. 아까 내가 다 먹어치웠거든. 그러니까 빨리 결정해. 밥 먹을래 말래?"

밥을 하면서 굳이 키위를 먹어치운 것은, 수진이 밥을 하는 것이 당연하다고 구는 은수에 대한 반발 때문이었다.

"그걸 먹어버리면 어떡해?"

나무라는 은수의 말투가 너무 당당해 어처구니없게도 수진은 키위를 먹어치운 것이 슬쩍 미안해지려 했다.

"할 수 없지. 그럼 밥 반 공기만 줘."

수진은 한 공기 조금 안 되게 밥을 퍼주었다. 은수가 그릇의 밥을 반이나 덜어 정후의 밥그릇에 올려놓았다.

"탄수화물은 건강에 안 좋아."

너도 내 건강에 안 좋아! 그리고 건강에 안 좋은 걸 왜 정후 밥그릇에 퍼 담는 거얏!

은수에게선 그녀와 전혀 다른 삶을 살았다는 기운이 강하게 뿜어져 나왔다. 사는 방법에 따라 성격도 제멋대로 바뀌는 것 같다는 생각을 하다 수진은 고개를 흔들었다. 아니, 저 언니라는 작자는 어릴 때부터 저랬다는 것이 기억났기 때문이었다.

그랬다. 어릴 때도 은수는 자기밖에 모르는 깍쟁이였다. 엄마 아빠가 그녀를 불러 앉히고 이혼을 선언했던 그날에도 은수는 자신의 성격대로 아무 망설임이 없이 엄마를 택했었으니까.

수진의 기억 속의 엄마 진경은 정말 예뻤다. 이 세상에서 가장 예쁜 사람이라고 굳게 믿을 만큼 아름다웠다. 그 아름다운 엄마가 수진의 나이 6살 때 은수와 그녀를 불러 앉히고 심각하고 낮은 음성으로 말했다.

"엄마와 아빠는 헤어지기로 했다."

6살의 나이지만 헤어진다는 뜻은 알고 있었다. 유치원 친구 중에도 엄마 아빠가 헤어져 엄마와 둘이만 사는 애가 몇 명 있었으니까. 그렇기에 엄마의 말은 수진에게 청천벽력일 수밖에 없었다.

부모 중 한쪽이 없다는 것은 어린애들에겐 크나큰 데미지였다. 엄마나 혹은 아빠와 사는 애들은 늘 풀죽어 있었다. 그 애들은 엄마 혹은 아빠가 없지? 란 놀림에 울음을 터뜨리기도 했다. 수진은 그런 아이들의 무리 속에 끼고 싶지 않았다. 두렵고 겁나는 일이었다. 게다가 무엇보다도 싫은 것은 엄마든 아빠든 한 사람과는 떨어져야 한다는 것이었다.

단박에 수진은 겁에 질렸다. 하지만 겁에 질린 수진과 달리 은수는 태연히 이유를 따지고 들었다.

"왜요?"

"같이 살 수가 없어서야. 너희들이 어른이 되면 이해할 거야. 지금은 아무리 말을 해도 모를 것 같구나."

수진은 엄마가 나쁜 거짓말을 하는 거라고 생각하고 아빠를 바라보았다. 딸과 눈을 마주치지 않는 아빠의 모습은 어린 수진의 눈으로도 상당히 불쌍해 보였다. 아무리 어려도 본능으로 느껴지는 것이 있었다.

아빠는 헤어지는 것이 싫은데 엄마는 좋은가 보다.

"그래서 엄마랑 아빠는 의논 끝에 너희들이 누구랑 살 것인지 결정하게 하기로 했다. 나랑 살 것인지 아니면 아빠랑 살 것인지. 그것은 너희들 원하는 대로 할 거야."

굳이 엄마와 아빠를 고르라면 엄마와 살고 싶었다. 하지만 수진의 눈에 고개를 돌리고 앉아 있는 아빠가 슬프게 비쳐져 말이 나오지 않았다. 차마 엄마랑 산다는 말을 못하고 있는데 은수가 냉큼 앞질러 대답했다.

"나는 엄마하고 살래."

"수진이는?"

"나는…… 아빠."

솔직히 엄마와 살고 싶었다. 하지만 언니가 엄마를 선택한 순간 수진은 작은 목소리로 아빠를 선택할 수밖에 없었다. 모두 엄마를 따라가면 혼자 남게 될 아빠가 너무 가여워서였다. 그녀의 대답에 엄마가 잠시 굳은 표정으로 수진을 바라보더니 곧 아무렇지 않게 말했다.

"수진이는 그럼 아빠랑 살아, 은수는 일어나고."

헤어진다는 것이 이렇게 쉽고 빠르다는 것에 수진은 놀랐다. 엄마의 말에 은수가 냉큼 일어서더니 방으로 달려가 바비인형을 갖고 나와 인심을 쓰는 표정으로 내밀었다.

"이건 너 가져."

어린이날 자매에게 준 부모님의 선물이었다. 언니라는 이유로 늘 은수가 독차지했던 인형을 받아 들고 수진은 잠시 먹먹해졌다. 은수는 엄마를 따라간다는 것이 아빠와 헤어져야 한다는 것임을 생각도 하지 않는 모양이었다. 침울한 수진과 달리 은수는 어디로 떠난다는 것에 즐거운 얼굴이었다.

수진은 정말 이해되지 않았다. 유치원에 들어가 제일 먼저 배운 게 책임감이었다.

"사람은 자신이 한 행동에 책임지는 사람이 돼야 해요."

6살 아이도 배운 책임감을 어른인 엄마와 아빠는 모르나 보다. 부모님은 우리를 낳으셨으니 끝까지 책임져야 하는 것이다. 어느 날 문득 갈라선다며 엄마와 아빠 중에서 살 사람을 고르라고 하는 것은 무책임한 일이다.

하지만 그런 말을 부모에게 하기엔 수진의 나이는 너무 어렸기에 인형을 받아 들고 울지 않으려 애쓰는 것 외엔 아무것도 할 수 없었다.

아침을 먹고 난 뒤 설거지를 하는 수진을 바라보며 은수는 대전에 내려가자며 계속 다그쳐 댔다. 마침내 수진은 가겠다고 허락을 하고 말았다. 지치지도 않고 한 말 또 하며 치대는 은수를 당할 재주가 없었던 거였다.

"그래, 알았어."

설거지를 끝내고 청소를 시작하자 은수가 팔짱을 꼈다.

"나 약혼하는데 참석 안 한다면 진짜 내 동생이라고 할 수 없는 거야. 안 그래?"

"그래서 간다고 했잖아. 가더라도 청소는 하고 가야 할 거 아냐. 안 보여, 나 지금 청소하는 거?"

"갔다 와서 해."

"너는 사람 조르는 것이 특기인 모양이구나."

엄마가 재혼한 남자를 보는 것이 싫고 이제 와 엄마를 보는 것도 굉장히 서먹할 것이기에 내려가기 싫었지만 그래도 하나뿐인 언니의 약혼식이니 안 갈 수 없어 대충 청소를 끝낸 수진은 갈 차비를 했다.

수진은 오랜만에 보는 엄마에게 초라하게 보이고 싶지 않아 샤워를 하고 가장 좋은 옷을 골라 입었다. 엄마보다 더 잘살고 있다면 좋았겠지만 그러지 못하니 적어도 초라해 보이고 싶진 않아 가장 좋은 구두를 신고 가장 좋은 백을 찾아 들었다. 하지만 집을 나선 순간 수진은 자신의 생각이 얼마나 바보 같은지 바로 깨달았다.

출발을 하기 위해 나온 뒤 아파트 주차장에 세워진 빨간 승용차로 다가간 은수가 차 문을 열었다.

"차 몰고 왔어?"

"응. 1년이나 탔는데 안 바꿔주더니 약혼식 하고 나면 폰티악으로 바꿔준대. 참, 네 차는 어떤 거야?"

"차 없어."

"차 없어? 그럼 불편해서 어떻게 살아?"

"그다지 불편하지 않아."

사실이었다. 한 번도 차를 소유하지 못한 사람에겐 차가 없는 것이 불편한 것이 아니었다.

"어떻게 차 없이 살 수 있담. 아, 그래. 너 이 차 쓸래? 1년 썼지만 아직 탈 만해."

"됐네."

이렇게 사는 사람들에게 잘사는 것을 보여주고 싶다는 생각을 하다니. 수진은 자신의 어리석음에 웃음이 나왔다. 헤어진 지 16년, 엄마와 언니랑 그녀는 사는 세상이 달랐던 것이다.

수진은 그렇게 대전엘 내려갔다. 고속도로를 달리는 동안 수진의 마음엔 정체가 분명치 않은 감정의 찌꺼기가 자꾸만 가슴을 쿡쿡 치받고 올라왔다.

대전. 아빠와 헤어진 뒤 재혼한 엄마가 언니와 사는 도시, 대전은 수진에게 아주 낯선 곳이었다.

시내를 관통한 차가 외곽으로 빠지더니 도시 속에선 보기 드물게 무성한 숲으로 감싸인 빌라촌에 당도했다.

"저기 보이는 집이야."

은수가 턱으로 언덕 위를 가리켰다. 수진도 알고 있었다. 붉은 담이 높다랗고 푸른 돌로 만들어진 집을.

"너 우리 집에 온 것은 처음이지?"

은수의 말에 대답하지 않았지만 사실 수진이 이곳에 온 것은 두 번째였다. 15살이던가. 엄마가 보고 싶고 언니가 보고 싶어서 책상 속 깊이 넣어둔 주소를 들고 충동적으로 내려온 적이 있었다. 그때 수진은 주소의 집을 찾아내고 그 위용에 압도당

했다.

성처럼 커다란 집 속에서 엄마와 언니가 살고 있다는 사실이 현실성있게 느껴지지 않았다.

빚으로 인해 아빠와 그날그날 살아가기 바쁜 수진에게 이 집은 꿈속의 궁전처럼 보였다. 궁전은 수진에겐 해당되지 못한 곳으로 그녀가 초라하다는 것을 확실하게 깨닫게 해주는 곳이기도 했다.

수진은 대문이 마주 보이는 골목 어귀에서 오랜 시간 집을 올려다보며 서 있었다. 확실하게 꼬집어낼 수 없는 망설임이, 끝내 벨을 누르지 못하고 방해했던 것이다. 결국 집으로 돌아가기 위해 막 돌아서는데 철컹 대문이 열리면서 자가용이 달려나왔다.

차가 수진의 곁을 스쳐 간 것은 아주 짧은 순간이었다. 하지만 수진은 차를 피해 한 걸음 물러서던 발걸음이 휘청일 정도로 충격을 받았다.

차 안에는 엄마가 타고 있었다. 옆자리의 남자에게 느긋하게 기대고 있는 엄마는 풍요롭고 아름다운 귀부인의 모습이었다. 그 무렵 사업이 실패해 정말 어려웠던 수진과 아빠와는 딴판으로 아주 행복해 보이는 엄마의 모습에 수진은 공연히 화가 났다.

어쩌면 난, 아빠와 나만큼 엄마도 힘들기를 바랐던 걸까?

수진은 그런 생각을 하는 자신에 대해 환멸과 뒤이어 엄마에 대한 실망에 몸을 떨었다.

딸이 와 있는데 아무 느낌도 없나? 곁눈질을 하고 싶다는 본능이나 오감도 없나?

인간이든 동물이든 예감이란 것이 있다고 믿어왔었다. 한창 사춘기의 수진은 부모는 언제 어디서건 자식에 대한 존재를 스스로 느낄 거라고 생각했다.

몇 시간이나 대문 밖을 서성인 것은 어쩌면 무엇을 느낀 엄마가 문을 열고 내다봐 줄 것이란 기대를 품었기 때문인지도 몰랐다. 하지만 달려가는 차 안에서 엄마는 전혀 뒤돌아보지 않았다.

수진은 그때를 생각하며 굳게 잠긴 대문을 노려보았다.

저 안에 엄마가 있다. 저 안에 엄마와 언니가 사는 집이 있다.

은수가 클랙슨을 울리자 대문이 스르르 열렸다. 차가 대문 안으로 들어와 사뿐히 주차했다.

"우리 집 어때? 크지?"

은수가 쓴 우리 집이란 말은 15살 이 집에 왔다가 느꼈던 것보다 더 큰 비참함을 수진에게 주었다. 이곳에서 수진은 은수에겐 타인인 것이다. 동화책 속의 집처럼 예쁜 이 집은 그녀와 아무 상관이 없는, 은수의 우리 집이었다.

"너도 참 냉정한 애야. 어떻게 우릴 한 번도 찾아오지 않았니?"

"그러는 언니는? 왜 한 번도 우리 집에 찾아오지 않았어?"

"응, 나야 뭐 새아빠에게 말하기가 좀 그래서. 아무리 잘해도 남은 남인지 너하고 아빠 얘기를 하려면 눈치가 보이더라. 그래서 그랬지만 넌 아빠에게 얼마든지 말할 수 있었잖아, 엄마 보러간다고 하면 아빠가 반대하지 않았을 거고. 그런데도 한 번도 안 오다니, 하여튼 넌 냉정해."

이 황당함이라니. 말이 막혀 버려 수진은 입을 다물고 말았다.

아무튼 이 언니 떨어져 있는 동안 아주 별종으로 자라난 모양이었다. 뭐든 자기 위주로 생각하고 말하는 것이 아주 몸에 배어 있었다.

"들어가자."

은수가 수진의 손을 잡고 여름의 색이 입혀지기 시작하는 마당을 가로질렀다.

"엄마, 수진이 왔어요."

현관문을 열며 은수가 낭랑하게 소리쳤다.

"어서 오너라."

"어, 아빠. 집에 계셨어요?"

"작은딸이 온다는데 당연히 집에 있어야지."

잠자코 일어나는 진경을 제치고 중후한 남자가 수진의 앞으로 나섰다.

엄마와 재혼한 박인성 사장이리라. 박인성 사장은 푸근하고 호탕해 보였다. 분명 겉으로 보기엔 그랬다. 하지만 겉으론 웃지만 돌아서면 안면을 바꾸는 사람들을 많이 봐왔기에 수진은 겉모습을 그다지 신용하지 않았다.

'이 사람 왠지 싫어.'

"수진아, 우리 새…… 아빠."

"안녕하세요. 이수진입니다."

"오, 어서 와라. 작은딸! 우리 처음 보는 거지? 아주 보고 싶었단다. 우리 작은딸도 엄마를 닮아 아주 예쁘구나."

너스레가 지나친 남자의 행동이 은근히 불편했으나 수진은 내색하지 않았다. 살짝 웃어주고 나서 그때까지 가만히 서 있는 엄마, 진경에게 눈길을 돌렸다. 16년 전 기억 그대로 아름다운 진경은 아주 절제된 동작으로 수진을 향해 고개를 끄덕였다.

"잘 왔다."

그뿐이었다. 환호까지 바라진 않았지만 적어도 환영은 해줄 거라고 믿었던 수진은 오랜만에 보는 딸을 남을 보듯 쌀쌀하게 보는 진경의 표정에 당황했다.

잘못 왔어.

수진은 몸을 돌려 집으로 가고 싶은 충동을 억지로 달랬다.

그런 수진의 생각을 읽고 달래기라도 하는 것처럼 이어지는 진경의 말투는 얼마쯤 다정해져 있었다.

"피곤하겠구나."

"엄마, 정말 피곤해요. 애가 내일 나 약혼한다는데도 안 내려온다고 해서 설득하느라 너무 힘들었어요."

박 사장의 눈치를 보는 것같이 재빨리 그의 얼굴을 바라보더니 진경이 침착하고 메마른 음성으로 말했다.

"피곤할 테니 방으로 들어가 쉬렴."

"네. 우리 방에 들어가 쉴게요."

멍하니 진경을 보는 수진의 팔을 잡아끌고 은수가 거실 옆의 방으로 데려갔다.

"이 방 어때? 편하지? 손님방이야."

내가 손님인가? 아, 그래 손님이구나.

엄마의 집으로 와 손님방을 쓴다는 것이 이런 기분이구나.

그냥 '이 방 쓰면 돼'라고 하지 손님방이라고 말해주는 건 또 뭐야.

"좋네."

손님이 묵어가는 방도 있는 집이라. 넓고 밝고 아기자기한 것이 남자 손님이 아닌 여자 손님을 염두에 두고 꾸민 방 같았다.

"이 집에서 오래 살았어?"

"한 12년? 처음 엄마랑 결혼할 때 새아빠는 아파트에 살고 있었어. 거기서 한 3년 살았나? 그거 팔고 여기로 왔으니까 12년 맞네. 어때, 이 방 예쁘지? 내가 꾸몄다는 것 아냐."

수진이 싫어하는 분홍색과 꽃무늬로 가득 차 있는 방은 완전 공주님의 방이었다. 침대 위에서 하늘거리는 레이스 캐너피에도 분홍색 꽃 코사지가 탐스럽게 달려 있었다. 은수의 취향이 어떤지 충분히 알 수 있는 방이었다.

"박 사장님에게 자녀는 없어?"

"응. 새아빠에겐 나랑 너랑이 유일한 자식이야."

"난 빼줘."

아빠 아닌 남자의 자식이 될 생각은 없기에 수진은 단호하게 은수의 말을 잘랐다.

"난 아빠 아닌 다른 사람의 자식이 되고 싶지 않으니까."

"얘는……."

너무 쌀쌀맞게 말했나? 수진은 싸하게 내려앉는 공기를 의식해 급히 말을 이었다.

"약혼식은 어디서 해?"

"거실 홀에서. 들어올 때 봤지? 운동장만 한 거실! 원래 거실이 그리 크지 않았는데 엄마가 파티하는 것을 좋아해서 거실을 그렇게 넓게 개조한 거야."

옷장을 연 은수가 하얀 깃이 달린 진청색의 원피스를 꺼내 펼쳤다.

"이 옷 봐. 내 드레스 맞추면서 네 옷도 만들었는데 맞을까?"

은수가 내민 옷은 레이스가 주렁주렁 달린 참으로 곤욕스런 디자인이었다.

"입어봐. 너 살결 희니까 진청빛이 잘 어울릴 것 같아."

"됐어."

"어우 야, 수진아. 입어봐라. 맞는가 보자. 응? 안 어울리거나 안 맞으면 다른 것으로 준비해야 되잖아."

집으로 들어선 순간부터 은수는 좀 더 밝아지고 응석쟁이가 되어 있었다. 수진은 끝없이 졸라댈 은수의 다그침에 지레 질려 그녀가 내미는 옷을 받아 들었다.

"괜찮다."

옷은 다행인지 불행인지 그런대로 맞았다. 그다지 수진의 마음엔 들지 않았지만 은수는 안 그런 모양인지 흐뭇한 미소를 얼굴에 한가득 피워 올렸다.

"그런대로 봐줄 만하다, 애. 다행이야."

말하는데 돈 드는 것이 아닌데 은수의 말투는 사람의 속을 폭폭 지르는 성향이 다분했다. 상대의 호감을 사는 방법을 아예 모르는 사람인지 아니면 타고난 아름다움과 응석으로 대접을 받는 것이 익숙해져 성격이 제멋대로 굳어버린 건지 알 수 없었다.

"나랑 슈퍼 가자."

옷을 벗어 건 뒤 세수를 하고 나오는데 욕실 앞에 지켜 섰던 은수가 슈퍼에 가자며 그녀의 손을 잡았다.

"뭘 살 건데?"

"껌."

껌? 설마 정말 껌을 사러 가자는 건 아니겠지?

"나 피곤하거든? 그냥 언니 혼자 갔다 오지?"

"같이 가자. 우리 그동안 너무 떨어져 있었잖아."

할 말이 가득 담긴 은수의 눈초리에서 그녀가 뭔가를 말하고 싶어하나 보다라는 생각이 들어 수진은 마지못해 일어섰다.

하지만 10분이나 걸어 내려와야 하는 슈퍼로 가는 동안 은수는 아무 말도 없었고 슈퍼에 도착해 진짜로 껌 한 통을 샀을 뿐이었다.

정말 껌만 사러 일부러 나왔단 말인가?

"껌만 사러 나왔어?"

"응. 집에 씹던 제품이 없잖아."

"거짓말! 언니, 내게 뭐 할 말 있는 거지?"

"없는데, 왜?"

은수의 눈이 불안정하게 흔들렸다. 마음이 흔들리고 있다는 것을 여실히 보여주는 은수의 눈을 바라보다 수진은 불쑥 질문을 던졌다.

"언니, 내일 약혼 정말 할 거니?"

"안 하면?"

짧은 순간 공허가 은수의 웃음 속에서 살짝 부상했다가 사라졌다.

"왜 그런 질문을 하니? 너 꼭 나를 억지로 약혼하는 사람처럼 만드는구나."

"아니야?"

"아니야."

정말 아닐까? 힘없는 말투 속에 느껴지는 긍정은 그럼 뭐란 말인가?

저녁을 먹고 수진은 은수의 방으로 끌려 올라갔다. 은수의 방은 수진이 묵을 손님방과는 비교가 되지 않을 만큼 규모나 호화로움에서 월등했다. 이층의 대부분을 차지하는 은수의 방에서 무엇보다도 눈길을 끄는 것은 사주식 침대였다. 짙은 자주빛 벨벳과 금색 술 그리고 하얀 진주가 달린 자주 공단 장미 코사지로 장식된 캐너피는 천장에 매달린 수정 장식의 샹들리에와 어울려 방의 화려함을 극대화시켰다. 수진이 사는 22평 아파트보다도 더 넓은 은수의 방은 화려함의 극치였다.

"방이 꽤 호화롭네."

"응. 초라하진 않지."

대체 이 언니가 생각하는 초라함의 기준은 어디일까? 16년의 세월만큼 멀고 먼 사고의 거리가 느껴져 은수가 아주 낯설어졌다.

　"이리 와봐. 내가 사진 보여줄게. 아니, DVD로 보는 게 더 좋겠다."

　수진이 느끼는 감정을 알아차리지 못하는 듯 은수가 진열장에서 앨범과 CD를 꺼내왔다. 은수가 보여주는 지나간 시간들이 기록된 가지각색의 CD와 사진을 비롯해 컴퓨터의 블로그까지 모조리 섭렵하는 동안 수진은 은수와의 사이에는 깊은 괴리감이 형성됨을 느꼈다.

　여름엔 추운 나라로 겨울엔 더운 나라에서 방학을 보낸 초등학교 중학교 기록에서, 캐나다로 유학을 갔던 고등학교에서 대학 때까지 무수히 많은 표정이 기록된 지난 시간의 은수는 밝고 호화로운 공주님 그대로였다. 적어도 은수만이라도 아빠가 사업을 실패할 때마다 겪은 생활의 깊은 기복을 피하고 잘살았으니 잘된 일이라는 생각을 하면서도 수진은 자꾸만 허전한 생각이 들었다. 자꾸만 비교되어 초라해지는 자신을 깨달았다.

　수진과 달리 은수는 아무것도 느끼지 못하는지 아니면 알면서 모르는 척하는 건지, 여전히 자신의 지난 시간을 설명하고 보여주기 위해 열심이었다.

　"언니, 8년 전에 캐나다로 유학을 갔었어?"

　"응."

"그래서 메신저 연락을 끊었던 거야?"

"아, 그래. 그때 유학을 갔는데 적응을 하느라 너무 힘이 들어 메신저 같은 것을 할 여력이 없었어."

갑자기 소식이 끊겼던 때가 은수가 여행을 떠난 시기였었던 것 같았다. 그래도 그 뒤 메일 한 통 없었던 것은 어떤 이유였을까? 은수에게 보낸 메일이 열어보지 않고 열 통을 넘어간 뒤 수진은 더 이상의 메일을 보내지 않았다.

"메신저는 끊어서 그랬다지만 왜 메일도 안 열어봤어?"

"아이 참, 바빴다니까. 그런 것에 신경 쓸 여력이 없었어."

수진은 멋대로 주먹이 나갈까 봐 억지로 손을 좍 펼친 채 은수가 가리키는 사진으로 시선을 내렸다. 매일매일 답이 오려나 수신 확인은 됐나 기다리던 시간이 갑자기 너무 억울해졌다.

"봐, 이게 하이스쿨 졸업 때 사진이야. 졸업파티 때 나 여왕으로 뽑혔었어."

"예쁘네. 언니는 엄마를 많이 닮았어."

"정말?"

확연한 기쁨이 은수의 목소리에서 느껴져 수진이 고개를 들었다. 엄마를 닮았다는 말이 이렇게 좋을까? 은수의 눈은 기쁨에 젖어 별처럼 영롱했다.

"나 정말 엄마랑 닮았어?"

"으응."

"하긴 다른 사람도 다 그렇게 말해. 엄마를 닮았다고. 그런데 넌 엄마보단 아빠를 닮은 것 같아."

"그래?"

"응. 널 보고 있으면 아빠의 표정이 그대로 나타나."

아빠를 닮아? 내가?

아빠를 닮았다는 말을 그다지 들어보지 않았던 수진이기에 은수의 말이 그다지 마음에 와 닿지는 않았다.

"오늘 같이 자자."

모든 것은 아니지만 톡톡 아무렇게나 내뱉는 은수의 말투가 얼마쯤 이해될 정도로 공주처럼 살아온 언니를 향해 수진은 고개를 흔들었다.

"싫어, 난 다른 사람과 잠을 같이 못 자."

"어우, 야! 같이 자자."

"잘 자."

종알대는 은수를 무시하고 수진은 자신에게 배정된 방으로 돌아왔다. 침대에 누웠으나 쉬이 잠들지 못했다.

만일 그때 엄마를 따라나섰으면 나도 언니처럼 살고 있었을까?

만일 그때 엄마를 따라가면 이렇게 산다는 것을 알았다면 엄마를 따라간다고 했었을까?

많은 궁금증과 함께 떠오르는, 누구랑 살 것인지 정하라던 어린 시절의 기억이 갑자기 가슴을 아리게 했다. 수진은 침대에 누워 천장을 바라보며 답을 내렸다.

아니다!

그때 알았다 해도 나는 아빠와 사는 것을 택했을 거야. 그리고 지금 그 선택을 후회하지도 않고.

너무 어려서 그때는 아빠의 표정이 절망인지 미처 알지 못했지만 이제는 안다. 그랬기에 차마 외면하지 못했던 그때를 조금도 후회하지 않는다.

많은 생각이 꼬리를 물며 수진을 과거와 현실에서 왔다 갔다 하게 만들면서 차츰차츰 그녀를 잠 속으로 몰아넣었다.

아빠를 선택한 것을 후회하진 않지만 그래도 그동안 늘 엄마랑 살고 싶다는 생각을 해왔다. 이렇게 잠이 들 때면 잘 자는지 봐주며 잠자리를 다독거려 주는 엄마랑 살면 얼마나 좋을까라고 생각했었다. 이혼하지 않는 부모를 선택해 태어난다면 얼마나 좋을까도 생각했었다.

완전히 잠 속으로 빠져들기 직전에 꿈속에 엄마의 모습이 나타났다. 아름답고 슬픈 눈초리로 그녀를 바라보며 슬프게 웃는 진경을 향해 수진이 간신히 중얼거렸다.

'엄마!'

'내 딸!'

이불깃을 다독여 주며 얼굴에 가만히 키스하는 진경으로 행복해진 수진은 입가에 웃음을 만들며 좀 더 깊은 잠 속으로 빠져들었다.

다음날 은수는 약혼 드레스를 입으러 뷰티숍에 수진과 같이 간다고 떼를 부렸다. 보통 약혼식엔 친구들이 따라붙는데 은수의 친구는 한 명도 참석하지 않는다고 했다. 뷰티숍은 시내의 가장 번화가에 위치했는데 그곳에서, 오늘 약혼을 치를 은수의 마사지로 시작해 화장과 머리 손질, 약혼 드레스 착용까지 약혼에 대한 모든 것을 맡았다고 했다.

숍에 도착하자마자 가운으로 갈아입은 은수는 극진한 대우 속에서 전신 마사지부터 받기 시작했다.

"은수 씨 친구 분이신가 봐요?"

수진이 편안히 잡지나 보려고 탁자에 놓인 잡지를 집어 드는데 원장이 말했다.

"아니에요, 원장님. 걔 내 동생이에요."

마사지 실에서 얼굴만 보이며 은수가 참견을 시작했다.

"어머, 그러시구나. 아유, 반갑습니다. 잘 부탁드릴게요. 전 이곳 원장인 김은아예요."

"아, 수진아. 내가 마사지 받는 동안 너도 같이 마사지 받자."

"약혼을 네가 하지 내가 하니? 내가 왜 마사지를 받아?"

"나 끝나는 동안 기다리는 것 심심할까 봐 내가 미안해서야. 마사지 받고 너도 같이 화장 받자. 여기 원장님 얼마나 솜씨가 좋은지 아니? 후회 안 할 거야. 원장님, 제 동생도 나랑 같은 코스로 시작해 주세요."

수진이 미처 거절을 하기도 전에 은수가 재빨리 원장에게 눈

짓을 했다.

"그래요. 좋은 생각이시네요. 자, 이쪽으로 오세요. 현희야, 손님 A코스로 모셔."

여자의 손길에 끌려 들어가 간이침대에 눕혀지면서 휩쓸린다는 것이 이런 경우라고 수진은 생각했다. 미처 거절할 틈이 없었다.

"피부가 참 고우시네요."

얼결에 가운을 갈아입고 전신 마사지로 들어갔다. 도깨비에게 홀린 기분이었으나 한 번쯤 이런 코스로 마사지를 받아보는 것도 경험이 될 거라는 생각이 들어 끝까지 거절하진 않았다. 마사지사가 얼굴과 몸을 마음대로 주무르고 닦고 바르는 동안 수진은 계속 발끝을 폈다 접었다 하는 동작을 되풀이했다.

"어쩌면 이렇게 피부가 고우세요? 제 경력이 지금 5년 돼가는데 여태껏 모신 손님 중에서 가장 고운 피부를 가지신 것 같아요."

이 사람은 아부할 대상을 잘못 선택했나? 아니면 원래 아부하는 걸 타고났나? 아무리 아부를 열심히 해도 결제는 은수가할 것이구만.

하지만 거짓으로도 칭찬을 받는 것이 솔직히 나쁜 기분은 아니었다.

수진이 마사지를 받고 나가니 이미 은수의 화장은 끝나가고 있었다. 유명한 뷰티숍답게 화장 기술이 남달랐다. 빨갛게 강조한 입술만 빼면 전체적으로 화장은 한 듯 만 듯 자연스러웠다. 타고난 미모에 기술 좋게 입혀진 화장으로 은수의 얼굴은 한 송이 꽃처럼 화사해 보였다.

"원장님, 얘도 화장해 주세요."

"됐어."

"하랄 때 해. 시간도 넉넉하잖아. 그리고 난 모든 사람에게 내 동생도 예쁘게 보이길 원해."

은수는 약혼 드레스를 입을 생각도 않고 소파에 앉아 수진에 게 화장을 하라고 강요를 했다.

"그러세요. 화장하시면 미모가 확 살아날 거예요."

"난 저런 빨간 입술 화장은 싫어요."

"은수 씨는 주인공이라서 입술을 강조한 거예요. 차별화하기 위해 자연스러움을 극대화시킬 테니 걱정 마세요."

이 숍의 화장에 대해 궁금증이 생긴 수진은 자연스럽게 하겠 다는 약조를 받고 거울 앞에 앉았다. 그녀가 배웠던 방식과는 전혀 다른 방식으로 원장이 분주하고 익숙하게 수진의 얼굴에 화장을 하는 동안 그녀는 모든 신경을 원장의 손길로 쏟았다.

원장의 솜씨는 정말 훌륭했다. 한 듯 만 듯하지만 피부를 촉 촉하게 보이고 눈매를 깊게 보이게 하는 효과가 뛰어나게 수진 의 얼굴을 마무리했다.

"화장하니까 너도 괜찮다. 생각보다 예뻐. 아니, 생각보다 훨 씬 예쁘다. 앞으론 화장 좀 하고 살아."

거울을 유심히 보고 있는 수진의 머리에 대고 은수가 말했다.

제 딴에는 분명 칭찬한다고 한 말이겠지? 그래도 어쩌면 저렇게 미움 받치게 말을 할 수 있을까? 은수의 말투에 어처구니가 없어진 수진이 흥 하고 콧방귀를 뀌었다.

"차를 너무 마셨나 봐. 원장님, 화장실이 어느 쪽이에요?"

수진이 기분 나빠하는 것을 깨달았는지 갑자기 은수가 일어섰다.

"저쪽 오른쪽으로 가셔서, 영아야, 은수 씨 화장실 안내해 드려라."

"일어나지 말아요. 혼자 알아서 갈 테니까. 화장실 갔다 피팅룸으로 갈 테니 옷 갈아입게 차비나 해두세요."

화장실을 가는 은수의 여릿하고 가냘픈 모습이 거울 속으로 보였다. 원장이 마스카라를 집어 드는 것을 보고 수진이 질색을 했다.

"마스카라 하지 마세요. 속눈썹 무거워서 싫어요."

"어머, 아까워라. 손님, 마스카라 하면 아주 예쁠 텐데. 특별한 날이니 한번 해보세요. 눈매가 아주 깊고 눈빛도 초롱거려서 정말 예쁠 거예요."

"싫어요."

실랑이 끝에 간신히 눈에 검정 칠로 범벅이 되는 것을 막을 수 있었다. 수진은 한 번도 마스카라를 해보지 않았다. 그 이유는 다 엄마 때문이었다.

천사처럼 곱다고 생각했던 엄마가 딱 한 번 보기 싫었던 적이
있었다. 이혼에 대한 말을 하기 직전 방에서 나온 엄마의 얼굴
은, 눈물로 마스카라가 번져 눈 전체가 검은 칠이 묻어난 흉측
한 모습이었다. 곧 세수를 하고 다시 단장을 했으나 평소 아름
다웠던 엄마의 이미지는 이미 완전히 깨진 뒤였다.

수진이 끝내 마스카라를 거부하자 눈에 대한 악센트를 주지
않고 마침내 화장이 끝났다.

"언니는 아직 준비가 안 끝난 거예요?"

화장실 갔다 피팅룸에서 옷을 갈아입을 만한 시간이 지났음
에도 은수는 아직 나오지 않고 있었다.

대체 무슨 옷을 얼마나 거창하게 갈아입기에 이리 시간이 걸
리는 걸까?

"글쎄요. 현희야, 은수 씨 아직도 옷을 갈아입지 못했어?"

확인해 보겠다며 현희라 불린 여자가 피팅룸으로 들어가나
싶더니 뷰티숍의 막내로 보이는 여자와 분홍 드레스를 손에 들
고 나왔다.

"원장님, 큰일 났어요."

"왜?"

"저기 은수 씨가……."

"은수 씨가 뭐?"

"은수 씨가 가버렸어요."

"가버리다니? 어딜?"

"달아나 버렸다고요. 은수 씨 없어서 혹시나 하고 바깥으로 나갔더니 거기 있는 거예요. 그래서 제가 불렀는데 힐끗 쳐다보더니 급히 택시를 잡아타고 그냥 가버렸어요."

"두 시간 후면 약혼을 할 은수 씨가 왜 달아나? 말조심해. 박 사장님 들으시면 화내시겠다."

"하지만 은수 씨네 운전기사가 주차장에서 대기하고 있는데 달아나는 게 아니라면 은수 씨가 왜 택시를 타고 갔겠어요?"

달아나? 왜?

아침부터 가슴속에 치밀던 불안감이 이것이었나?

어제 은수의 어두운 눈을 본 순간부터 인식하지 못했지만 예감은 했었는지 수진은 은수가 달아났다는 사실이 그다지 놀랍지 않았다. 단지 달아날 거면 애초에 약혼을 안 한다고 하지 이게 무슨 경솔한 짓인가 하는 생각에 짜증이 밀려왔을 뿐이었다.

생긴 대로 논다더니.

옛말대로 어쩌면 그리 생긴 대로 책임감없고 즉흥적이고 유치하담.

욕은 했지만 그래도 다행이라는 생각이 드는 것은 언니이기 때문일까? 얼굴 모르는 남자와 정략약혼을 피해 달아난 것은, 비록 방법은 틀렸지만 그래도 뒤늦게라도 정신 차려 억지 약혼을 안 하겠다는 결심을 한 것이니 잘한 거라는 생각을 했다. 연락을 받고 엄마와 박 사장이 달려와 하늘을 뚫을 듯 펄펄 뛰기 전까지는 말이다.

"이런 철딱서니없는 딸을 보았나. 아무리 긴장이 돼도 그렇지 충동적으로 이런 일을 저지르다니…… 누가 보면 강제로 약혼시키는 줄 알겠군. 흠, 이 일을 어쩐다?"

박 사장은 화를 참고 있는 것이 역력한 표정이었다. 그의 불안스럽게 흔들리던 눈동자가 수진에게 고정되었다.

"별수 없군, 은수 녀석 대신이라도 수진이 네가 오늘 약혼을 해야겠다."

처음엔 무슨 말인지 도저히 이해되지 않아 수진은 잠시 대답을 하지 못했다.

뭔가 잘못 들었을 거야.

하지만 잘못 듣지 않은 것임을 금방 깨달을 수 있었다.

"네가 대신 약혼식을 치르라고 했다."

"네? 아니, 언니가 싫다면 약혼을 취소해야지 왜 날더러 약혼식을 치르라는 거예요?"

"흥분하지 말고. 자아, 마음을 가라앉히고 생각해 봐. 오늘 약혼식은 취소할 수 없는데 하기로 한 주인공이 달아났다면 어떻게 해야 하지? 다행히 동생이 있으니 급한 대로 대신 약혼식을 치러야 하잖아. 안 그래?"

"네, 안 그래요. 왜 취소할 수 없는지 모르지만 그래도 취소하세요. 주인공이 없으니 별수 없잖아요. 약혼할 사람이 가만있겠어요? 처음 보는 여자와 약혼을 하게 생겼는데."

"그 걱정은 네가 안 해도 된다. 뭐, 약혼 직전 설명을 하면 그도 별수 없지. 제집 식구들 앞에서 망신당하기 싫을 테니 입 다물고 있겠지."

"말도 안 되는 소리예요. 전 못해요."

날카로운 소리로 거절을 했다. 말이 안 된다 안 된다 해도 이렇게까지 말이 안 되는 경우는 처음이었다.

장난을 치는 것도 아니고 약혼을 하는 것이다. 그런데 무슨 말을 하는 거야?

박 사장이 번쩍거리는 시계와 반지를 낀 손으로 초조하게 머리를 쓸어 올렸다.

"작은딸, 너더러 결혼하라는 것이 아냐. 약혼식만 올려. 오늘만 넘기면 돼."

"싫어요."

말도 안 되는, 씨알도 안 먹히는 소리였다. 게다가 작은딸이라니, 누구 마음대로 그녀를 작은딸이라고 부르는 거람.

수진의 표정에서 단호함을 읽은 박 사장이 진경에게 고개를 돌렸다.

"여보!"

잠깐 침묵이 흘렀다. 수진은 엄마의 눈빛이 불안정하게 흔들리는 것을 알아차렸다.

"여보!"

좀 더 크게 박 사장이 부르자 진경의 눈빛이 어두워졌다. 고개를 돌려 잠시 딴 쪽을 바라보는 진경의 턱이 바르르 떨렸다.

진경이 주먹을 틀어쥐었다.

"그렇게 하렴. 은수 이름으로 하는 약혼이고 가족만 참석하는 조촐한 약혼식이니 오늘 약혼이 취소되는 것보다는 거짓으로라도 약혼을 올려야 그 집이나 우리 집이나 망신을 면할 테니 말이다. 오늘 네가 약혼식을 치렀다고 해서 나중에 은수가 결혼할 때 얼굴이 다르다고 문제 삼을 사람도 없을 테니 우선 급한 불부터 끄자. 오늘 일로 네가 손해 볼 일은 없잖니?"

잠자코 섰던 진경이 나서서 한 말은 수진을 깊은 낯설음과 혼란에 빠뜨렸다. 그녀는 진경을 이해할 수 없었다. 자신의 딸이 남에게 등 떠밀려 강제로 약혼식을 올리게 되었는데 겨우 하는 소리가 '손해날 일이 없다'라니. 약혼식이 애들 장난도 아닌데 왜들 이러나.

"싫어요."

"싫고말고가 없어. 어차피 네가 은수를 빼돌리지 않았다면 문제가 일어나지도 않았을 테니 책임을 져야 할 것 아닌가?"

"빼돌리다뇨?"

빽 소리가 튀어나왔다. 화가 나서 약간 싸가지가 없어질지 모른다고 생각한 수진의 눈에 진경의 손이 들어왔다. 진경의 손은 하얗고 예뻤다. 완벽한 귀부인의 손이었다. 그 손이 잡힌 옷을 짓뭉개고 쥐어뜯고 있었다. 불안하고 불안정해 보이는 손이었다.

뭐야?

수진은 엄마의 얼굴과 손을 번갈아 바라보았다. 얼굴엔 아무 표정이 없는데 손엔 표정이 있었다. 뭐라 말할 수 없지만 좋지 않았다.

"그럼 그 애가 왜 달아났겠니? 한 번도 부모 말을 거스른 적이 없던 아인데……."

정말로 엄마는 내가 은수 언니랑 작당을 해서 언니를 달아나게 만들었다고 생각하는 것일까?

냉정한 엄마의 말을, 엄마의 손이 아니라고 한다. 감히 소리 내지 못하고 필사적으로.

하지만 손이 표현하는 것은 작았다. 그리고 수진 역시 전부 알아듣기엔 너무 어렸다. 뭔가 이상하다는 생각에 주춤 막말하는 것을 멈추긴 했지만 그뿐이었다.

수진은 이제 스물둘이었다. 아직 어렸다. 손보다 확실하게 말하는 진경의 말에 상처 입는 것은 당연했다. 수진은 엄마의 말에 뺨을 한 대 맞은 듯한 충격을 받았다.

그랬구나!

깊은 배신감이 느껴졌다. 그동안 엄마에 대해 간직했던 그리움과 사랑은 그녀만이었던 게 분명했다.

싫다고 하려 고개를 드는데 엄마와 눈이 마주쳤다. 아주 짧은 순간이었다. 안타까운 눈으로 뭔가를 사정하는 눈빛이었다. 수진은 멈칫했다. 급히 진경이 눈을 내리뜨는 탓에 정확히 볼 수 없던 짧은 순간에 수진은 그만 진경의 눈 속에 든 여러 가지 감정을 봐버렸다.

그립다. 보고 싶다. 그리고 사랑한다. 누르고 감췄던 그녀의 감정이 엄마의 눈 속에도 있었다. 얼떨떨했다. 잘못 본 것이 아니다.

'엄마가 나를 두고 간 것을 슬퍼하며 보고 싶어할 거야.'

그런 생각으로 살아왔던 그동안의 생각이 맞았단 말인가?

그 때문이었다. 차마 거절하지 못했던 것은. 은수가 입었어야 할 분홍 드레스가 반강제로 수진에게 입혀졌다. 반강제란 것은 수진의 의지가 포함되었다는 것이다. 수진은 혹시나 하는 생각을 끝내 뿌리치지 못했다.

어쩌면 박인성이란 사람은 자신의 뜻대로 안 됐을 때 주위 사람을 들들 볶는지도 모른다. 엄마는 그게 싫어서 이런 강요를 할지 모른다는 생각을 하며 분홍색의 드레스를 입고 말았다. 한눈에 봐도 약혼 드레스라는 것이 표시가 나는 분홍색과 레이스와 꽃 장식의 옷은 결코 취향이 아니었음에도 수진에게 완벽하게 어울렸고 그런대로 맞았다.

핑크색을 싫어했지만 드레스가 아름답다는 것은 인정해야 했다. 풍성한 치맛자락이 딱 종아리까지 내려와 그녀의 가는 발목과 매끈하게 빠진 다리를 감질나게 내보이게 했다.

"은수 씨 동생이라더니 아가씨도 한 인물 하네요."

"정말 너무 곱네요. 하긴 사모님 딸이니 인물이 어딜 가겠어요?"

드레스를 입은 수진을 보고 뷰티숍의 직원들이 이구동성으로 탄성을 질렀다.

"그래. 꾸며놓으니까 그런대로 봐줄 만은 하구나."

수진은 그 순간 은수의 본데없는 말투가 누굴 닮은 건지 깨달았다.

"어허, 당신도. 그 무슨 말을 그렇게 하나. 예쁘기만 한걸. 자, 가자."

헤어진 지 16년, 대체 그동안의 엄마의 삶은 대체 어떠했을까?

수진은 그녀의 앞에 내밀어진 분홍색 하이힐에 발을 들이밀었다. 10센티가 넘는 힐의 굽이 마음에 들지 않았다. 높은 힐은 당장 보기엔 아름답지만 발목과 종아리 근육에 무리를 준다. 평소의 수진은 결코 높은 힐의 구두를 신지 않았다.

"작아요. 그리고 굽이 너무 높아. 이것 신고 걷다 발목 부러지면 책임질 거예요?"

"힐은 다 이 높이의 굽밖에 없어요. 어쩌죠?"

수진이 하는 일에 이런 높은 하이힐은 금물이었다. 수진이 구두를 신지 않고 고집스럽게 서 있자 박 사장이 재촉을 했다.

"자, 그만 가지. 늦겠군."

전혀 미안해하지 않는 얼굴로, 미안하다는 말을 연신 해대던 원장은 박 사장의 재촉에 이내 홀가분한 얼굴로 웃었다.

도살장에 끌려가는 소의 기분을 알 것 같은 기분으로 수진은 일어섰다. 막상 약혼 드레스를 입고 나자 이 후에 일어날 일이 감당되지 않았다.

정말 약혼식을 치러야 해?

뒤늦게야 사태의 심각성을 깨달았다. 절대 있을 수 없는 일이었다.

말도 안 돼, 달아나야 해.

집은 아까 뷰티숍으로 떠날 때와 확연히 바뀌어 있었다. 약혼식이 거행될 거실은 꽃과 얼음조각 장식으로 아주 화려하게 꾸며져 있었다. 파티를 좋아해서 개조했다더니 맞는 말이구나 싶어졌다. 거실은 웬만한 연회실은 상대되지 않을 정도로 훌륭하게 꾸며져 있었다.

"난 너를 알 수가 없다."

수진을 따라 방으로 들어온 진경이 주위를 살피며 급히 말했다.

알 수가 없다?

내가 누구 때문에 이런 옷을 입었는데…….

서운한 감정이 물밀듯 밀려와 더 이상 말을 할 수가 없을 정도였다.

엄마 때문이야, 엄마가 곤란해질까 봐 그랬다고.

소리 내지 않으면 듣지 못하는 걸까? 반드시 말해야 알아듣는 걸까?

"너로 인해 우리가 곤란해졌어. 네가 지금 우리를……."

엄마는 '우리'라는 말이 수진과 자신의 사이에 금을 긋는다는 것을 미처 깨닫지 못하는 것 같았다. 수진과 아빠, 그리고 엄마와 은수. 16년 전에 한 부모의 이혼은 어느새 수진에게 엄마는 남이 돼버렸다. 그녀를 제외한, 은수와 엄마의 우리란 말이 얼마나 큰 담을 쌓는지 얼마나 큰 상처가 되는지조차 알아차리지 못하고 있었다.

어쨌거나 엄마의 말은 채 이어지지 못했다.

"사모님, 연어 도착했는데요."

노크도 없이 문을 열고 가정부가 고개를 들이밀자 진경의 얼굴은 삽시간에 가면을 쓴 듯 무표정해졌다.

"알았어요."

돌아서는 진경의 눈엔 아직 할 말이 많았다. 문득 수진은 진경의 무표정에서 뭔가를 느꼈다.

무표정이 아니야. 무표정은 그저 표면이다. 뭔가 하고 싶은 말이 많다. 하지만 말을 하는 걸 남에게 알릴 수 없다는 것을, 진경은 타인이 끼어들면 가면을 쓴 듯 무표정으로 돌아가는 것을 어렴풋이 깨달았다.

내가 본 것이 맞나요?

수진은 속으로만 외쳤다.

말로 해요. 소리 내서 말하지 않으면 난 몰라요.

눈에 할 듯 말 듯한 망설임이 번개처럼 빠르게 지나갔으나 옅은 한숨만 내쉰 엄마가 고개를 돌리더니 방을 나갔다.

수진은 자신이 본 것을 믿을 수가 없어 잠시 멍해졌다.

분명 진경은 눈으로 이렇게 말했다.

'달아나' 라고.

수진은 시계를 올려다보았다. 20분 후면 약혼식이 시작될 것이다.

달아나자!

창문을 열고 밖을 내다보았다. 정식으로 문으로 나가는 것이 불가능하다면 나갈 만한 곳을 빨리 찾아야 했다. 그때 담 밖에서 집 안으로 담을 넘어 들어온 나뭇가지가 눈에 띄었다. 담으로만 기어오르면 저 나무를 통해 바깥으로 나갈 수 있다는 생각이 번쩍 스쳤다. 창밖으로 의자를 들어 던지고 창문을 넘었다. 의자를 담 밑으로 들고 가 그 위로 올라섰다. 의외로 쉽겠다. 부잣집치곤 경비가 참 허술하다는 생각으로 그다지 높지 않은 담장으로 올라앉았다. 올라앉은 순간 왜 담장이 낮았는지 이해가 됐다. 경사진 지형 탓으로 담장 밖의 땅은 까마득하게 아래에 있었다.

첫 번째 만남,
세 번의 키스,
⑦

수진과 통화를 끝내자마자 걸려온 전화에 재준은 긴장했다.
액정에 뜬 글씨는 회장님.

전화 1번에 입력된, 재준이 모시고 있는 케이엔 그룹의 회장
인 이성천의 전화였다.

뉴스를 보셨군.

재준은 직감했다. 아마도 뉴스에서 그와 수진을 알아봤다면
그 인물은 성진일 것이다. 수진이 입고 있던 드레스는 성진이
자신의 약혼녀가 될 이은수에게 선물한 것이니 아무리 짧은 시
간 동안 방송을 탔다 해도 알아보는 것은 당연한 일일 것이다.

[집으로 좀 오너라.]

웬만해선 성천은 집으로 재준을 부르지 않았다. 재준이 자신의 계모와 만나는 것을 무척이나 껄끄러워하는 것을 잘 알고 있기 때문이었다.

성천의 집으로 달려간 재준은 거실로 안내되었다. 거실엔 온 집안 식구가 모여 있었다. 그가 모시고 있는 이성천과, 그의 동생인 성진, 그들의 아버지인 명예회장 이영득과 그리고 그의 부인 정애경 여사. 그들을 향해 재준이 깊이 허리를 숙였다.

"부르셨습니까?"

"이 새끼!"

당장이라도 멱살을 쥘 것처럼 흥분해서 성진이 으르릉거렸다.

"개새끼, 네놈이 감히 내 약혼녀를 훔쳐 달아나?"

얼마나 흥분해 있는지 성진의 입에선 금방이라도 거품이 나올 것 같았다. 그럴 만도 한 것이 성진에겐 오늘의 일은, 살아생전 없었고 이 후에도 없을 치욕이었다.

성진은 대전에서 돌아와 하루 종일 분노로 펄펄 뛰었다. 약혼식장에서 버려진 신랑 노릇을 한 걸 생각하면 화가 나서 견딜 수 없었다.

그년이 왜 달아났지?

알 수 없는 일이었다. 성진은 원하는 모든 것을 전부 다 주었다. 뒤에서 남들이 바보 같은 짓이라고 수군대는 걸 알면서도 말이다.

성진이 이은수를 처음 본 것은 두 달 전 내려간 유성의 한 클럽에서였다. 비록 서울이 아닌 대전에 있지만 대한민국의 여자 연예인들의 절반이 넘는 숫자가 이곳의 호스티스 출신이라는 소문이 돌 정도로 물이 좋은 곳이었다. 환락을 위한 모든 것이 구비되어 있는, 재벌 2세나 3세가 아니면 입장도 되지 않는 그런 곳이었다.

은수는 그곳에서 별이었다. 많은 남자에게 둘러싸인 채 여왕처럼 빛나고 있었다. 수많은 미녀들이 같은 공간에 있었지만 다른 여자들은 아무도 눈에 들어오지 않을 정도로 우뚝 두드러진 미인이었다.

그가 은수에게서 시선을 떼지 못하자 눈치 빠른 매니저가 다가와 은근하게 여자에 대한 정보를 알려주었다.

이은수, 신영제약 사장인 박인성의 딸. 20살 처음 약혼한 이래로 세 번이나 더 약혼과 파혼을 거듭하면서 약혼한 남자들의 돈을 모두 빨아낸 뒤에 다 쓴 휴지처럼 남자를 버린 여자.

보통 남자들이 들으면 눈살을 찌푸릴 신상이었지만 성진은 오히려 은수에게 매혹당했다.

그는 다가갔다. 케이엔의 회장인 이성천의 동생이라는 메리트가 있으니 이은수의 구미를 충분히 동하게 할 것이라는 생각을 했다. 그에게 이성천과 케이엔은 후광이었다.

'아버지가 명예회장이고 케이엔의 이성천 회장이 내 형님

이야.'

그렇게 말하면 모두 깜박 넘어갔다. 이 여자도 그럴 것이라 생각한 그가 은수에게 다가가 자신을 소개했다.

그래서?

눈으로 그렇게 말한 은수는 아무런 관심도 표시하지 않고 그대로 고개를 돌려 버렸다.

무시당했다.

깊이 감춰둔 그의 열등감이 그를 분노케 했다. 어떤 것도 뛰어넘을 수 없는 잘난 형에게 느끼는 열등감으로 성진은 언제나 많은 것을 탐냈다. 돈과 여자, 쾌락, 그리고 주위 사람들의 관심. 그가 비록 무능하고 한심한 인간이라 해도 그것을 아는 것은 주위의 사람들뿐이지 이런 곳에까지 알려진 것은 아니었다.

그럼에도 그를 무시하는 계집이라니. 아무리 매혹적이라 해도 그건 용납할 수 없는 일이었다. 자신의 비위를 거스른다면 그 맛을 보여줘야 했다.

도도하고 건방진 계집의 콧대를 꺾어버리자.

약혼은 그래서 하려고 했다. 약혼을 한 뒤 실컷 갖고 놀다 먼저 버려주리라.

약혼을 하기 위해 들어간 돈은 그의 예상보다 많았다. 박인성은 성진만큼이나 탐욕스런 자였다. 그는 아주 대놓고 흥정을 시작했다. 그가 요구하는 것을 들으며 성진은 박인성이 딸을 팔아먹기 위해 작정을 했다는 것을 깨달았다. 그만큼 박인성의 요구는 가관이었다. 신영제약의 주식과 케이엔의 주식을 맞바꾸자는 억지스런 요구를 했다. 박인성은 자신이 원하는 것이 케이엔의 대주주라고 아주 대놓고 말했다.

좋다. 팔아먹으려 한다면 사주지.

오기인지도 모른다. 아니, 오기였을 것이다. 그토록 거만한 계집을 돈으로 샀다는 만족감에 성진은 모든 반대와 우려의 목소리에 귀 닫고 박인성의 요구에 고개를 끄덕였다.

"넌 지금 무슨 생각을 하는 거냐? 네가 박인성에게 양도해 주는 주식이 겨우 1프로라고? 신영제약이 가지고 있는 우리 케이엔의 주식은 2퍼센트야. 그럼 박인성은 총 3퍼센트를 갖게 되는 거다. 그는 지금은 주주 자리를 원하고 있지만 앞으론 운영권을 탐낼 거라는 생각은 안 해봤니?"

그에게 배당된 주식을 넘겨달란는 박인성의 말을 듣고 성천은 무리한 요구라며 이은수를 포기하라고 말했다. 모두 그랬다. 아버지도 계모도 하다못해 빌어먹을 신재준 이 녀석까지.

성진은 하지 말라고 하면 더욱 뻗대는 성질이었다. 성진은 박인성의 요구를 모두 들어주었다. 요구하는 게 많을수록 비싼 계집을 갖고 놀 것이란 기대감에 충만해서 성천에게 들어주라고 억지를 썼다.

그랬는데 막상 약혼도 하지 않고 달아나 버린 것이다. 그것도 이놈과 함께.

성진은 표정없이 그를 바라보는 재준의 건방진 얼굴을 보면서 주먹을 불끈 쥐었다.

재준은 그에게 열등감을 일으키는 또 다른 존재였다. 성진은 재준이 싫었다. 잘난 성천은 어쨌든 친핏줄인 형이었다. 그러니 열등감을 느끼면서도 성천이란 존재를 참아줄 수밖에 없었다. 하지만 이 녀석, 신재준은 달랐다. 아무 상관 없는 놈, 그럼에도 결코 무시하고 지낼 수 없는 놈이 신재준 이놈이었다. 형이 친동생인 자신보다 더욱 신뢰하는 놈. 그리고 그가 어머니라 부르고 싶은 계모의 친아들인 놈.

재준에 대한 열등감의 원인은 재준이 계모의 아들인 것에 있었다. 성진은 계모가 좋았다. 비록 친 모자간은 아니지만 계모는 그에게 어머니였다. 아버지는 여자 복이 없는 양반이었다. 성천과 성진 두 아들을 낳고 부인이 죽은 후 네 번이나 결혼했지만 전부 파경을 맞이했다. 그리고 마지막으로 결혼한 것이 지금의 계모였다. 지금 계모는 아버지의 다른 부인들과 달리 성천 형제를 친아들처럼 사랑했다. 모성애를 모르고 자라던 그들 형제에게 친어머니처럼 다가온 소중한 존재였다.

그러니 어느 날 성진 앞에 느닷없이 나타난 계모의 친아들은 그에게 미움의 대상일 수밖에 없었다.

"네놈이 감히 내 발을 물어? 은공도 모르는 놈 같으니라고."

"성진아, 자초지종을 들어야지."

"내가 약혼할 여자와 줄행랑을 친 놈에게 욕도 하지 말라고? 왜 지금도 내가 잘못했다고 하고 싶은 거지."

재준은 잠자코 그를 바라보는 이영득 명예회장과 그의 부인인 정애경 여사를 바라보았다. 애경의 얼굴은 금방이라도 쓰러질 것처럼 파리했다. 친아들과 의붓아들 사이에 끼어 어쩔 줄 모르고 있는 난처한 표정이 안쓰러워 보였다.

"이놈이 우리 집을, 나를 얼마나 우습게보면 그랬겠어?"

"들어와 앉아라. 우선 자초지종을 듣고 보자."

성천의 말에 재준은 의자로 가 앉은 뒤 거두절미하고 본론부터 끄집어냈다.

"방송 속의 여자는 이 부장과 약혼할 여자가 아니었습니다."

"그럼 누구냐?"

"미친놈. 내가 보낸 드레스를 내가 모를까 봐?"

스커트가 연꽃잎을 엎어놓은 것 같은 드레스였다. 그러니 아까 뉴스에 나온 여자가 약혼녀가 아니라는 재준의 말은 얼토당토하지 않은 거짓말일 뿐이다.

"이 부장의 약혼녀가 미용실에서 달아나자 가짜로 약혼을 시키려고 박인성 사장이 다른 여자에게 드레스를 입혔던 것입니다."

"말도 안 되는 소리. 내가 병신이야? 바뀐 여자인 줄도 모르고 약혼식을 치르게?"

"막상 약혼식이 열리면 이 부장으로선 어떤 말도 하지 못했겠지요. 사람들에게 약혼녀가 달아났다는 치욕을 드러내지 못하고 약혼식을 치를 것이라고 계산했을 겁니다."

성진은 입을 꾹 다물었다. 약혼식이 시작되기 전 박 사장이 그의 소매를 잡아당겼던 것은 그 얘기를 하려 했던 걸까?

"좀 난처한 일이 생겼네."

박인성이 번들거리는 얼굴에 난처한 기색을 감추지 못하고 그에게 뭔가를 말하려 했고 다급히 달려온 가정부로 인해 그 말은 듣지 못했다.

"틀림없는 말이니?"

"네."

성진이 휴대전화를 꺼내 신경질적으로 박인성의 전화번호를 눌렀다. 신호가 갔지만 전화를 받지 않았다. 재다이얼을 눌렀지만 여전히 전화를 받지 않자 성진이 벌떡 일어섰다.

"너 어딜 가려는 거야?"

성진에겐 어린애 같은 충동이 있었다. 말리지 않는다면 이 밤에 대전까지 내려갈 것이다. 성천이 엄하게 말했다.

"네 방으로 가 있어. 그리고 재준이 넌 내 방으로 올라가자. 어머니, 제 방으로 뭐 마실 것 좀 갖다주세요."

"죄송합니다만 말씀이 끝났으면 전 가보고 싶습니다. 죄송합니다."

이상하게도 재준은 생모와 같이 있는 시간이 너무도 부담스러웠다. 그의 거부에 파리해지는 생모의 얼굴을 보면서도 그는 그렇게 말을 자르고 일어섰다.

끼익, 끼익.

그네가 흔들릴 때마다 조금은 귀에 거슬린 소리가 났다. 수진은 그네를 흔들면서 멍하니 아파트를 올려다보았다. 어떤 곳은 불이 꺼지고 어떤 곳은 불이 들어온 네모난 건물, 저 속엔 얼마나 많은 인간이 살고 있는 것일까? 하지만 아무리 많은 사람이 살면 뭐 할까. 텅 빈 놀이터에 혼자 앉아 있는 수진을 돌아봐 주는 사람은 아무도 없는데.

외롭구나.

비록 은수를 쫓아냈지만 마음이 편할 리가 없어 수진은 집에서 있지 못하고 바깥으로 나왔다. 너무 답답해서였다. 하지만 나와서도 답답한 것은 마찬가지였다. 결국 갈 곳이 없어 빈 놀이터 그네 위에 올라 앉아 있자니 너무도 자신이 처량 맞게 느껴졌다. 세상은 넓은데 지금 그녀의 마음속에 있는 화나 억울함을 아무도 알아주는 사람이 없다는 것이 서글펐다. 수진은 침울해졌다.

이럴 때 마술의 램프라도 있으면 얼마나 좋을까? 쓱 문질러 요정을 불러낸 뒤 이런 소원을 빌 텐데.

누군가를 좀 보내주세요.

마법이란 꼭 매개체가 있어야 하는 걸까? 그냥 마법을 걸면 이뤄지진 않을까? 이렇게 눈을 감고 빈다면.

누구든 좋으니 나타나라, 얍!

누구든 나타나 말동무를 해주는 사람이 있다면…… 여자라면 평생 친구가 되어주고 남자라면 애인이 되어주겠어.

허튼 생각을 하며 수진은 피식 웃었다.

나 약해지나 봐. 약해지면 안 되는데.

그렇고말고. 그녀는 약해지면 안 된다. 약해지면 살아가는 게 힘들어질 테니까. 수진은 지금 은수에 대한 불만, 정후에 대한 욕, 아빠에 대한 걱정, 엄마에 대한 분노를 털어놓을 말동무가 절실히 필요한 것이 그만큼 자신이 약해졌기 때문이라는 생각을 했다.

"이건 다 이은수 때문이야."

그녀가 가장 싫어하는 것이 누구 때문이라는 말인데 지금 이 순간 그 말이 저절로 흘러나왔다.

지금 은수는 정후네 집에 가 있다. 문을 두드리는 은수를 아줌마가 데리고 들어갔다.

"수진이가 화가 났나 봐요. 저 가라고 내쫓았어요."

아마도 순진하고 착한 표정으로 눈도 깜박거렸으리라.

"수진이가 안 하던 짓을 하는구나. 내버려 두렴. 화났을 땐 혼자 두는 것이 좋아. 수진인 화가 나면 혼자 있는 걸 좋아하니 그

애 화 풀릴 때까지 우리 집에 가 있자꾸나."

그렇게 아줌마가 은수를 데리고 들어가는 소리를 듣고 수진은 더 화가 나버렸다. 적어도 은수는 문을 열어달라고 사정하는 모습이라도 보여줘야 했다. 만일 그랬다면 수진은 문을 열어줬고 이렇게 혼자 나와 청승을 떨지도 않았을 것이다.

'현정후, 이 나쁜 놈. 너라도 건너와 내 화를 좀 풀어줬어야지.'

은수가 정후의 집으로 들어가는 소리가 끝난 뒤 수진은 잠시 정후를 기다렸다.

건너올 거야. 와서 왜 그랬어? 이렇게 물어줄 거야. 그럼 말해주리라. 은수가 얼마나 얌체 같은 소리를 했는지. 하지만 한참을 기다려도 정후는 건너오지 않았다.

"나아쁜 놈."

"누가?"

"엄마야!"

느닷없는 말에 비명을 지른 수진이 돌아보니 뒤에 재준이 서 있었다.

맙소사. 마법이 들었나?

"아저씨?"

"아닌데?"

"아, 신재준 씨."

짙푸른 색의 티셔츠와 짙은 회색빛의 면바지를 입고 있는 재준의 모습은 아까 양복 차림일 때와는 달리 꽤 젊어 보였다.

"여기 웬일이세요?"

"지나가는 길이야."

재준의 대답에 수진은 풋 하고 웃어버렸다.

"어딜 가는데 여길 지나쳐요?"

"저기."

"저기 어디요?"

재준이 턱으로 가리킨 밤하늘엔 별이 반짝이고 있었다. 수진이 그곳을 올려다보며 되물었다.

"저기에 무슨 볼일이 있는데요?"

대답 없이 재준이 수진의 옆 그네에 앉았다. 긴 다리가 땅에 질질 끌리는 것이 꽤 불편해 보였다.

"아저씨, 몸무게 많이 나가죠? 그죠?"

"나갈 만큼 나가, 왜?"

"그런데 그네 끊어지면 어쩌려고 거길 앉아요."

"끊어지면 다시 이어주면 되지."

"아저씨랑 나랑은 생활 방식이 다른가 보다. 난 끊어지면 달아나면 되지 이렇게 생각했는데."

재준은 그네와 어울리지 않았다. 커다란 덩치 때문인지 재준이 어린 시절 없이 그냥 어른으로 갑자기 세상에 태어났을지 모른다는 생각이 들어 수진이 픽 웃었다.

"왜 웃어?"

"아저씨 어린 시절 생각했어요. 아기 때 아이 때 소년 때 청년 때…… 근데요, 그 모든 상상 속의 얼굴이 전부 지금의 아저씨인 거예요. 아저씬 어린 시절도 청소년기도 없을 것 같아요. 그냥 지금 이 모습 이대로 태어났을 것 같아. 혹시 아저씨, 어릴 때 애늙은이라는 소리 듣지 않았어요? 혹시 어른들이 어려워하는 어린아이였지 않아요?"

수진을 바라보는 재준의 얼굴에 알 수 없는 표정이 서렸다.

"지금이 진짜인가?"

"네?"

"아까완 너무 달라. 말이 많은데, 지금 보니까."

재준은 입가에 미소가 어렸다.

"그게 보기 좋은데. 귀여워."

"……아저씨도, 아까와 달라요. 왠지 무거워 보여요."

수진은 보기보다 상당히 날카로운 눈썰미를 가진 모양이었다. 수진의 말대로 그의 기분은 지금 많이 무거운 상태였다. 생모를 보면 기분이 늘 바닥으로 가라앉는 것은 재준의 습관 같은 거였다.

"그런데 아저씨, 정말 여기에 왜 온 거예요?"

"꼬맹이가 시집을 가서."

"네?"

"꼬맹이가 다른 남자를 택하느라고 날 내동댕이쳤거든."

꼬맹이란 누구를 말하는 걸까?

공연히 기분이 상했지만 내색하는 것은 굉장히 웃기는 일 같아서 수진은 공연히 눈만 깜박거렸다. 재준이 꼬맹이를 입에 올리든 헐크를 입에 올리든 자신과는 아무 상관 없는 일이니었다.

하지만 말야, 뭐야. 왜 여기 갑자기 나타나서는 모르는 여자 얘기를 하는 거야.

밤이라 재준의 벨벳 같은 눈빛은 보이지 않았지만 대신 그늘져 보이는 눈매와 날 선 콧날의 음영이 기가 막히게 멋져 보였다. 수진은 저도 모르게 감탄을 했다. 다리 모델도 모델이라 남자 모델들과 접하는 기회가 많은 터라 수진은 남자의 얼굴에 많이 무감각한 상태였다. 너무도 많이 잘생긴 남자들과 접하다 보니 아무리 잘난 사람을 만나도 잘생겼다는 감각이 오지 않아 이렇게 그녀도 모르게 남자의 얼굴을 보고 잘생겼다고 감탄하는 것은 한류 스타인 몇몇 남자배우들 외엔 없던 일이었다.

반듯하구나.

나 참 이상하네. 밝은 대낮에 볼 땐 아무렇지도 않았는데 왜 지금은 이 아저씨 얼굴에 감탄이 나오지?

이상한 것은 또 있었다. 두근두근 가슴이 뛰기 시작한 것이다.

"왜?"

"네?"

"네, 소리를 습관적으로 하는군."

"아, 저 갑자기 왜라고 물으니까……."

"얼굴이 빨개진 것 같아서."

"얼굴이 빨개요?"

뺨에 손을 대니 손바닥에 열기가 느껴졌다.

"이런, 정말로 얼굴 붉히고 있었던 거야? 왜? 혹시 나한테 반한 건가?"

"아, 씨이. 아저씨, 지금 저 놀려요?"

"응."

웃는 재준의 얼굴이 눈부시게 보여 수진은 잠시 눈을 깜박거렸다. 이상했다. 갑자기 재준이 눈부시게 보였다.

'아무래도 난 내가 건 마법에 빠져 버렸나 봐.'

시선을 돌리지 못할 정도로 재준의 얼굴이 멋져 보였다. 남자답고 넉넉하고 무엇보다 푸근해 보이는 것이 너무 좋다.

"발은 어때?"

"네? 아, 아. 발목이요? 괜찮아요."

마네킹 다리처럼 쪽 빠진 하얀 수진의 다리를 발끝에서 거슬러 올라가며 바라보던 재준의 시선은 수진의 짧은 반바지에서 멈췄다. 허벅지 중간에 닿는 반바지는 아주 평범한 모양이었다.

'하지만 저 속에 입고 있는 것은……'

재준은 놀라울 정도로 섹시했던 수진의 속옷을 떠올렸다. 지금도 입고 있을까? 아니면 다른 것을 입고 있을까?

"아저씨, 지금 뭘 보고 있는 거예요?"

"네 다리."

"아저씨."

"정말 예쁘다."

감탄 서린 재준의 말에 수진은 조금 우쭐해졌다. 사실 수진은 다리에 대해선 누구보다 예쁠 것이라 자신하고 있었다.

"네, 사실 제 다리가 한 매혹 하죠."

"매혹이란 말까지 쓰다니 대단한 자신인걸."

"정말 한 매혹한다고 생각하지 않으세요? 저 이래 봬도 모델이거든요."

"모델?"

"뭐, 부분 모델이긴 하지만. 다리 모델이에요. 내 이 예쁜 다리가 날 모델로 만들어줬어요."

부분 모델이란 재준에게 생소한 분야였다.

"부분 모델이 뭐지?"

"광고 찍을 때 말이에요. 모델이 전부 찍는 것은 아니에요. 부분 부분을 저처럼 부분 모델이 대신 찍어요. 허리가 예쁜 사람의 허리를, 목이 예쁜 사람의 목을, 손이 예쁜 사람의 손을, 저처럼 다리 예쁜 사람의 다리를 클로즈업해서 메인 모델의 신체처럼 찍는 거예요. 메인을 빛내주는 보조라고나 할까?"

"그렇다면 네겐 다리가 재산이란 얘기군."

"네."

"그런데 발을 다치다니, 프로는 아니군."

재준의 말이 꼭 준엄한 꾸지람 같아서 수진은 얼굴을 붉혔다. 담을 넘다가 다리를 다친 것은 정말 프로답지 못한 행동이었다.

"반성하고 있다고요."

"꼭 누구 같군."

"네?"

"우리 꼬맹이. 너처럼 금방금방 잘못한다는 말을 잘하지. 뭐 그래 놓고 잘못도 잘 저지르지만."

수진은 어쩐지 기분이 나빠졌다. 재준의 말을 못 들은 척하며 아무 대꾸도 하지 않았다.

어떤 꼬맹인지 정말 싫어.

"우리 꼬맹인 이렇게 그네를 밀어주면 좋아했어."

일어선 재준이 수진의 뒤로 가더니 가볍게 그녀의 등을 밀었다. 그네가 휙 앞으로 나갔다가 되돌아가자 재준이 다시 수진의 등을 밀었다. 휘익 공기를 가르고 그네가 다시 허공을 갈랐다.

"이러면 깔깔대고 웃곤 했지."

그리움이 묻어나는 것 같은 재준의 말투에 수진의 기분은 더 나빠졌다.

"그만 미세요. 어지러워요."

재준이 그네 줄을 잡자 그의 가슴에 수진의 머리가 닿았다.

난 꼬맹이가 아냐, 그리고 난 아저씨가 내 앞에서 꼬맹이란 존재를 생각하는 게 싫어.

"아저씨, 난 지금 좀 더 어두웠으면 좋겠어요."

아저씨의 부드러운 눈빛이 안 보이게.

아저씨의 입술이 바로 고개만 들면 닿을 거리에 있는 것이 안 보이게.

아니면 아저씨에게 지금 느끼는 이 키스하고 싶다는 생각을 실천할 수 있게 뻔뻔스럽게 만들 정도로 아주 깜깜했으면.

"왜?"

"더 어두우면 아저씨에게 키스할 수 있으니까."

잠긴 목소리가 수진의 입에서 흘러나왔다. 갑자기 든 키스하고 싶다는 생각에 수진은 깜짝 놀랐다. 그것은 그녀 스스로도 깜짝 놀랄 만큼 위험한 충동이었다. 또한 그 충동을 소리 내 말한 것은 더욱 놀랍고 위험한 일이었다.

"그건 안 돼."

다행이라고 해야 할까? 아니면 거절당한 것을 무안해해야 할까.

"오늘치 키스는 다 했거든."

재준은 돌아섰다. 위험했다. 아까 수진의 팬티를 보고 아우성을 치던 부분이 그녀의 목소리에 불시에 깨어났다. 말로도 이렇게 욕망을 깨울 수 있다는 사실에 놀라고 나이 어린 여자의 한마디에 흔들릴 수 있는 자신에게 재준은 깜짝 놀랐다. 어떤 실수를 저지르기 전에 돌아서야 했다.

"오늘치 키스? 키스에도 할당량이 있어요?"

"물론. 첫 번째 만남에 세 번의 키스면 충분한 거야."

그 말을 하는 재준의 뒤로 보이는 밤하늘엔 별이 보석처럼 반짝이고 있었다.

똑똑. 노크 소리에 정후가 고개를 돌리니 은수가 방문을 잡고 서 있었다.

"나 수진에게 쫓겨났어."

자기 방에 들어오는 것처럼 거침없이 들어온 은수가 그의 침대에 걸터앉았다.

"정후야, 나 눕고 싶은데. 네 침대에 누워도 돼?"

"누워."

"누우라면서 왜 나가?"

일어선 정후가 못마땅한 은수였다.

"편히 누워서 쉬라고. 나가 있을 테니까."

"그냥 있어. 그럼 내가 미안해지니까. 너 공부하던 중이었잖아."

"아냐, 쉬려던 참이야."

"정후야."

따라잡는 은수의 목소리를 떨치고 거실로 나오니 어머니가 누군가와 통화를 하고 있었다. 정후는 전화를 방해하지 않기 위해 자신의 기척을 죽였다.

"아니야. 그래, 걱정하지 마. 알았다니까. 응? ……너나 잘 지내고 있어. ……그래, 걱정 마."

지금 엄마는 수진의 엄마인 진경 아줌마와 통화하는 것이 분명했다. 대전에 산다는 진경 아줌마와 엄마는 주기적으로 전화 통화를 했고 그때 엄마는 수진에게 일어나는 일을 모두 알려주곤 했다.

정후는 두 사람이 그렇게 통화를 하고 있다는 것을 알기까지 수진처럼 진경 아줌마가 수진을 나 몰라라 하고 살고 있는 줄 알고 있었다.

엄마의 신신당부로 수진에게 말하지 않고 있었지만 가끔 정후는 수진에게 이 사실을 알려주고 싶었다. 수진은 자신의 엄마가 자기에게 아무런 관심도 없다는 것에 깊은 상처를 받고 있었다.

"난 버려졌어. 엄마에게 한 번, 아빠에게 한 번, 내 팔자는 왜 이러냐?"

수진의 엄마가 주기적으로 전화를 걸어오는 것을 정후가 안
것은 그리 오래되지 않았다.

"수진에겐 비밀이야. 제 엄마가 우리 집으로 전화해 수진이 얘
기 묻는 거 알게 하면 안 돼. 절대로. 알았지? 이건 수진 엄마의
부탁이니까. 혹시라도 수진이 이 사실을 알면 수진에 대한 관심
도 끊어야 한다고 했으니까."

이유를 알 수 없지만 정후는 고개를 끄덕여야 했다. 이렇게
전화라도 해주는 수진의 엄마가 고맙기에 그 전화가 끊어지는
일은 없어야 한다는 생각이 들어서였다.
　전화를 끝낸 뒤 엄마가 거실로 나왔다.
　"수진이가 요즘 힘이 드는 모양이지? 스트레스가 쌓인 모양
이다. 은수에게 못되게 구는 걸 보니."
　"모르죠."
　"너 뭐 화나는 일 있니?"
　"왜요?"
　"네 말투가 좀 이상하구나."
　"화나는 일 같은 거 없어요."
　거짓말이었다. 지금 정후는 무척이나 화가 나 있었다. 수진이

발을 삐고 들어온 것은 그랬다 치자. 뉴스를 본 순간 놀랐던 것을 생각하면 발을 다친 것은 아무것도 아니었다.

키스.

망할! 주먹에 힘이 들어갔다. 자신의 눈에서 벗어난 수진이 그런 짓을 벌이고 다녔단 말인가?

그놈이었어.

뉴스에 나왔던 남자는 수진을 태우고 왔던 남자였다. 정후는 이를 악물었다. 또다시 가슴에서 불이 치솟기 시작했다.

놀이터에서 올라온 수진은 집으로 들어가려다 마음을 바꿔 정후네 집 벨을 눌렀다. 그래도 언니다. 화가 나서 나가라고 소리는 쳤지만 진짜 쫓아낼 순 없는 일이 아닌가. 정후가 뚱한 표정으로 문을 열었다.

"이은수, 네 집에 있어?"

"그래."

"나오라고 해."

"내 방에서 자니까 네가 들어와 깨워."

"그럼 잠 깨면 보내. 그런데 넌 네 방에 벌써부터 여자를 재우니?"

"네가 무슨 참견이야?"

"아, 그래. 미안하다. 참견해서."

팩 돌아서는 수진의 태도는 칼끝처럼 쌀쌀맞았다.

"이은수 깨면 보내."

정후는 수진에게 또 화가 나버렸다.

"망할 가시나."

문을 닫고 들어가는 수진의 뒤에서 정후가 중얼거렸다.

정후의 방에서 한잠 푹 자고 거실로 나온 은수는 턱을 괴고 앉아 있는 정후를 발견했다. 시간은 새벽 1시에 가까운 밤이었다. 혹시 소영 아줌마에게 엄마나 그녀의 생활에 대한 질문을 받을지 몰라, 그리고 그녀가 연약하다는 인식을 주기 위해 잠시 눕겠다고 하다 진짜 잠이 들었던 것이다.

"깼어? 아까 수진이 와서 일어나는 대로 집으로 오라고 하고 갔어."

"그랬어? 역시 수진이는 착하구나. 난 또 수진이 진짜 날 쫓아내고 다신 안 본다고 할까 봐 걱정 많이 했는데."

"수진인 그런 애가 아냐."

내 앞에서 수진이 편을 들어?

은수에게 있어 누군가의 두 번째라는 건 견디기 힘든 모욕이었다. 몹시 불쾌하지만 그래도 동생에게 밀린 것이니 참자고 생각했다.

그래, 너희들은 오랫동안 붙어살았으니 그럴 만도 할 거야.

아마도 정후의 감정은 순정일 것이다. 마음으로는 그녀가 더 애틋하게 생각되지만 가까이 두고 보살펴 온 수진에 대한 습관

일 거다.

그렇게 저 편한 대로 생각해 버리자 정후의 괘씸함이 용서되었다.

"그래? 그럼 진즉 깨우지 그랬어? 수진이가 기다리다가 잠들었으면 어쩌지?"

그때서야 시계를 올려다본 정후가 곤란한 표정을 지었다. 그는 이렇게 시간이 간 줄 미처 모르고 있었다.

이 바보. 분명 은수가 돌아오길 기다려 문도 잠그지 않고 기다리고 있었을 텐데.

"아줌마 아저씨는 주무셔?"

"응. 어서 가봐. 수진이가 기다릴 거야."

"흐응, 설마, 그럴 거면 쫓아내지도 않았을걸?"

"누나는 동생을 그렇게 몰라?"

"모르겠는데?"

정후가 자신의 집에서 먼저 나와 수진의 집 현관문의 손잡이를 당겼다.

찰칵. 소리를 내고 돌아가며 열린 문으로 거실에 앉아 있는 수진의 모습이 보였다.

그럼 그렇지. 늘 쌀쌀한 척해도 누구보다 여린 수진이었다. 이 늦은 밤 현관문도 잠그지 않고 앉아 있는 것은 은수가 들어오길 기다리고 있는 것이 분명했다. 수진이 보고 싶다는 말을 하지 않았지만 사실은 언제나 언니나 엄마를 그리워한 것을 정후는 알고 있었다.

문소리에 고개를 돌린 수진이 들어서는 은수에게 억지로 만든 듯한 화난 표정을 지어 보였다.

여자들은 참 이상해.

꼭 저렇게 화난 표정을 지어 보여야 하나? 그래야 마음이 풀리는 것일까? 이미 화가 다 풀린 눈동자건만 표정만 앵돌아지게 짓고 있다.

"정후야, 잠시 들어갔다 갈래?"

마치 집주인같이 은수가 말했다.

"아니."

"그래? 그럼 잘 자."

정후의 시선이 수진에게 향한 것도, 뭔가를 말하고 싶어하는 것을 알면서도 은수는 모른 척하며 문을 닫았다.

"아우, 자다 깼더니 피곤하다."

은수는 천연덕스런 얼굴로 기지개를 켠 뒤 아주 당당하게 안방 방문을 열었다.

"나 오늘부터 이 방 쓴다."

기가 막혀서!

수진은 자신도 모르게 코웃음을 쳤다. 아주 가끔 미안하다는 말을 하는 것을 자기 자존심 상하는 일로 생각해 무슨 큰일처럼 생각하는 인간이 있던데 이 언니라는 인간도 그런 종류인가 보다.

"그 방은 아빠 방이야."

"아빠 지금 안 계시잖아. 우선은 내가 써야겠어. 에효, 그런데 방이 너무 좁다. 너무 좁아 폐쇄공포증에 걸리지 않으려나?"

기가 막혀. 그 방이 폐쇄공포증에 걸릴 만큼 좁으면 더 작은 방을 쓰는 나는 뭐냐? 네 말대로라면 난 답답해서 열두 번도 더 죽었겠다.

"참, 잊지 마. 내가 얘기했었지? 나 아침에는 죽 먹는다고."

"너 정말! 또다시 쫓겨나기 싫으면 입 다물어!"

"얘 봐. 참자 참자 했더니 막가자고 하네? 이게 네 집이야? 누굴 쫓아낸다 만다 하는 거야? 막말로 이 집 아빠 집이잖아. 그리고 내가 언니야. 부모 안 계시면 맏이가 부모 대신인 것도 모르니, 넌?"

웃기고 있다. 하지만 이런 인간하곤 말싸움해 봤자 피곤만 할 것이다.

"이은수! 잘 알아둬. 여기 내 집이야. 아빠가 사업 실패하고 경매 넘어간 것을 정후 부모님이 은행 대출로 잡아주셨고 3년 동안 열심히 이자 내며 원금 갚아나가고 있는 내 집이라고. 알아?"

은수에게 그 3년 동안 얼마나 힘들게 살았는지까진 얘기하고 싶지 않았다.

더 이상 수진이 하는 말을 듣고 싶지 않다는 얼굴로 은수가 말했다.

"자라, 난 잘 거야. 너무 피곤해."

은수가 방으로 들어간 뒤 수진은 한참 동안 입술만 질겅거렸
다.

언니잖아, 언닌데 다만 한마디라도 해주면 안 되니? 그래, 고
생했구나' 라고. 적어도 혈육이라면 그동안 어떻게 살았는지 알
려주고 물어주는 게 기본 아니니? 난 정말 궁금한데. 엄마나 언
니에 대해서.

"참말로 네가⋯⋯."

은수가 들어간 방문을 허탈하게 바라보았다.

"내 언니가 맞니?"

지금의 은수는 그토록 보고 싶고 그리워하던 언니가 절대 아
니었다.

아침에 일어났을 때 발목에 조금 남아 있던 부기는 은수에 대
한 서운함과 괘씸함과 함께 전부 사라져 버린 상태였다. 수진은
욕실로 가 뜨거운 물과 찬물로 발목과 종아리를 번갈아 닦았다.
아침저녁으로 두 번씩, 뜨거운 물에 10분 푹 발을 담근 뒤 찬물
로 다시 닦아주는 것은 하루도 빠지지 않고 하는 일례 행사였
다.

아저씨 덕이야.

이렇게 빨리 부기가 빠진 것은 안 가겠다고 하는 수진의 말을
들은 척하지 않고 한의원에 데려가 침을 맞게 한 재준의 덕이

분명했다. 재준을 생각하자 수진의 입가에 슬며시 웃음이 번졌다. 시계를 올려다보니 8시가 넘어 있었다. 어제 늦게까지 잠 못 자고 헤매다가 늦잠을 잤던 탓이다.

수진은 쌀을 씻은 뒤 냉동실에서 잣을 꺼냈다.

그래도 이 집에 와서 처음으로 잔 날이니 아침으로 죽을 쒀주고 싶었다. 죽을 안쳐 놓고 수진이 세수를 하고 왔다 갔다 하면서 부산을 떨었으나 은수가 잠든 방문은 열리지 않았다.

8시 반이 넘어 9시가 다 돼가도 일어나는 기척이 없다. 수진은 죽이 다 된 것 같아 가스 불을 끈 뒤 문을 노크했다.

"언니, 그만 일어나지? 나, 나가야 해."

"나가."

"죽 끓였으니 아침 먹어."

"무슨 죽?"

"잣죽."

"잣죽은 싫어. 아침엔 담백한 야채죽이 좋아. 기왕 죽 쑬 거면 야채죽을 쑤지."

머리칼을 베개에 쫙 펼친 채 잠을 자던 은수가 눈도 뜨지 않고 칭얼거렸다. 그런 은수의 모습에 수진은 다시 발끈해 버렸다.

갈수록 태산이라더니 정말 갈수록 가관이었다.

밤새 마음 다잡고 사이좋게 지내려 했던 마음이 전부 흩어져 버렸다.

미쳤지. 뭔 정성이 뻗쳐서 죽까지 끓였을까? 정말이지 백번을 양보하고 예쁘게 보려 해도 전혀 예뻐 보이지 않는 인간이다.

고개를 절레절레 흔들며 수진은 은수가 자고 있는 방문을 소리나게 닫았다.

야채죽을 먹든 호박죽을 먹든 너 알아서 해.

재준의 아파트는 수진이 사는 곳과는 달리 출입문에서부터 보안문을 거쳐야 했다. 출입카드가 없는 수진에게 보안문 저편과 이편은 다른 세계였다. 투명한 문 저편, 건물 안에서 사는 사람들은 윤택하고 행복하며 그녀와는 사는 방법이나 수준이 다른 사람들로 생각됐다.

수진은 누군가가 문을 열고 나오거나 안으로 들어가길 기다리며 보안문 앞에서 5분을 서 있다가 아무도 들고나는 사람이 없자 결국 재준에게 전화를 걸었다.

[신재준입니다.]

재준의 전화 목소리는 아주 좋았다. 기대면 푸근할 것 같은 그런 느낌의 음성이었다.

"저예요."

[이수진?]

"네. 오늘 밥해 드리려고…….."

[언제쯤 올 거야?]

"지금 바깥이세요?"

전화기를 통해 들려오는 소음을 캐치하고 수진이 물었다.

[응. 넌 어딘데? 설마 벌써 내 집에 온 건 아니겠지?]

"아뇨, 가는 중이에요. 한 20분쯤 걸릴 것 같은데."

혹시라도 재준에게 부담을 줄까 수진은 아직 도착하지 않았다는 거짓말을 했다.

[그래? 다행이군. 난 한 10분쯤이면 집에 도착해. 얼른 가서 기다려야겠는데.]

"그럼 이따가 봬요."

전화를 끊고 다시 우두커니 서 있는데 하얀 차 한 대가 들어와 수진의 바로 앞에 주차를 했다. 차 문을 열고 젊은 여자 한 명이 내려서더니 가벼운 발걸음으로 계단을 올라왔다. 수진은 그녀가 카드로 문을 열고 들어가는 걸 따라 얼른 안으로 들어섰다. 여자를 따라 엘리베이터에 오르자 12층을 누른 여자가 웃는 눈으로 수진을 보았다.

"몇 층 가세요?"

12층? 공연히 가슴이 뜨끔했다. 설마 이 여자 아저씨네 사는 사람은 아니겠지. 아무리 봐도 재준과는 머리털 한 올 닮지 않은 여자였다.

"저도 12층 가요."

"그래요? 1208호 사시나 봐요."

머릿속이 하얘지면서 갑자기 핑글 눈앞이 돈다.

거짓말, 부인도 약혼녀도 애인도 없다면서.

수진은 1207호를 가는 여자의 얼굴을 물끄러미 바라보았다.

꽤 귀엽고 예쁜 여자는 두 눈이 순하고 인상이 밝디밝고 거기다 아주 행복해 보이기도 했다.

거짓말, 누구도 마주치지 않을 거라면서.

여자가 빤히 보는 수진에게 방긋 웃음을 보내왔다.

아, 이런.

너무도 면구스럽게 그녀를 바라보고 있다는 것을 깨달은 수진은 급히 눈을 내리깔고 대답했다.

"……네."

이 예쁜 여자는 아저씨와 어떤 관계일까? 속에서 씁쓸하고 시큼한 것이 넘어오려 했다.

여동생?

하지만 아무리 봐도 여자는 손톱만큼도 재준과 닮은 구석이 없었다. 핏줄 특히 형제란 아무리 안 닮았다고 해도, 아주 적더라도 어딘가 비슷한 곳이 있는 법이다. 이렇게 어떤 것 하나 닮지 않았다면 그것은 남매가 아니라고밖에 할 수 없었다.

땡 소리와 함께 12층에서 엘리베이터 문이 열렸다. 수진도 여자의 뒤를 따라 주춤거리면서 내려섰다. 여자가 번호 키를 누르는 동안 수진은 1208호 앞에서 우물쭈물 핸드백을 뒤지며 키를 찾는 척했다.

"들어가세요."

문이 열리자 인사성 밝게 여자가 수진을 향해 고개를 끄덕인 뒤 안으로 들어갔다.

수진은 몸을 돌려 엘리베이터로 가 버튼을 눌렀다. 아직 12층에 머물러 있는 엘리베이터의 문이 스르르 열렸다.

"괜히 왔어."

정말이다. 뭐 하러 왔을까? 약속 따위 무시해 버릴걸. 아무리 신재준이란 남자가 듬직하고 좋은 느낌을 줘 꼭 아빠를 보는 기분을 들게 해도 아빠가 아닌데, 아빠에게 밥을 해주는 것 같아 행복해하며 찾아오다니, 정말 바보 같았지.

"웃기는 아저씨야. 저 여자에게나 밥해달라지 왜 내게 밥은 해달라는 거야. 그냥 돈이나 받고 말 것이지."

혼자서 중얼거리던 수진은 엘리베이터가 움직이지 않고 있다는 것을 깨달았다. 버튼을 누르지 않았던 것이다.

"아, 정말!"

바보 같다. 1층 버튼을 세게 누른 뒤 수진은 혼자임에도 무안해 공연스레 발을 굴렀다.

엘리베이터에서 내린 수진의 어깨는 축 처져 있었다.

이럴 줄 알았으면 오지 않는 건데.

공연히 기분이 나빠진 수진은 아파트 단지 내에 있는 무성한 나무들이 봄꽃을 화려하게 피우고 있는 것도 하나도 보지 못하고 터벅터벅 걸어나갔다.

빠앙.

수진이 막 아파트 단지의 출입구로 나가려는데 그녀를 마주 보며 달려온 차가 가볍게 클랙슨을 울렸다.

"이수진."

재준의 차였다. 재준이 차창을 열고 고개를 내밀고 친숙한 표정으로 웃었다.

"벌써 도착한 거야?"

이 웃음은 반갑다는 거겠지. 아마 그럴 것이다. 그리고 또 집에 있는 여자에게도 이 웃음을 보여주겠지.

아, 표정 어두워졌을 거야.

수진은 억지로라도 웃으려 애썼다. 하지만 입가의 근육이 움직여지지 않았다.

"돌아가던 참이었어요."

"왜?"

"다 도착했는데 갑자기 발이 아파서요. 무리하기 싫어요. 밥은 다음에 해드릴게요."

"많이 아파?"

그녀를 살피던 재준의 시선이 5센티 높이의 구두를 신은 수진의 발로 향했다. 붕대도 없고 부기도 없는 멀쩡해 보이는 발이었다.

"발 다쳤는데 운동화나 단화를 신지. 어제 발 다친 사람이 그런 구두를 신어?"

"아침엔 괜찮았어요."

수진이 5센티 구두를 고집하는 것은 종아리 근육을 긴장시키며 종아리를 예쁘게 해주는 높이기 때문이었다. 서 있을 때 수시로 발끝을 들거나 시간날 때마다 높은 곳에 발을 올려놓는 것처럼 언제 어디서든 수진은 발을 위한 미용 방법을 실행하곤 했다.

"그리고 구두도 많이 높은 것도 아니고."

사실 수진은 발목은 전혀 아프지 않았다. 아픈 것은 마음이었다. 저쪽에서 이쪽까지 아주 날카로운 것이 깊게 긁고 지나가며 상처를 낸 것처럼 가슴에서 통증이 느껴졌다.

"정말 많이 아픈 거 아냐?"

걱정스럽게 물어주는 재준으로 인해 수진 마음의 아픔이 조금은 희미해졌다.

"네, 정말로 많이 아픈 건 아니에요. 단지 무리하지 않으려고 하는 거예요. 이런 날은 그냥 누워서 쉬는 게 좋을 것 같아서 돌아가려는 거예요."

"그럼 내 집에서 쉬어."

"아뇨, 집에 갈래요. 편안히 있고 싶어요. 아무래도 아저씨 집보단 우리 집이 더 편안해요. 음, 뭐 아저씨가 내 집까지 태워다 주신다면 사양은 안 할 거지만……."

이대로 재준이 집으로 들어가면 그 여자와 마주칠 거다. 그게 이상하게 싫었다. 그 여자가 재준의 애인이든 여자친구든 친척이든 뭐든 하여간 지금 재준과 그녀가 마주치지 못하게 방해하고 싶었다. 벨벳 같은 재준의 홍채에 그 여자의 상이 맺히는 것이 너무 싫었다.

"좋아, 데려다 주지. 타."

재준의 말에 수진은 환하게 웃으며 재빨리 조수석에 올라탔다.

"가는 길에 드라이브하는 셈치고 경치 좋은 곳을 들러서 가면 더 고맙고요."

"점심을 사주면 더 고맙겠지?"

"어머, 그럼 점심 안 사주려고 하셨어요? 아저씨 진짜 쩨쩨하구나. 하긴 쩨쩨하니 차비 흥정했겠지."

"차비 더 내고 싶은 모양이지?"

"아저씬 정말 치사해."

유턴을 한 재준의 차가 아파트를 벗어났다. 수진은 정문을 벗어나기 직전 그 여자를 생각하며 아파트를 살짝 뒤돌아봤다.

나도 앙큼하구나.

오늘 처음 안 사실이지만 뭐 나쁜 것만은 아니란 생각이 들었다.

"그런데 어디 갔다 오는 거예요?"

"스포츠 센터. 운동하러."

"일요일인데요?"

"주말만 하는 스포츠센터가 있어."

"회원제겠죠?"

안전벨트를 매며 수진이 지나가는 투로 물었다. 주말밖에 시간이 안 나는 돈 많은 사람을 겨냥한 주말 스포츠센터가 있다는 말은 들어서 알고 있었다. 그녀의 질문에 재준은 대답 대신 툭 질문을 던졌다.

"왜야?"

"뭐가요?"

"기분이 안 좋은 이유 말야."

"저, 기분 좋은데요."

기분이 나쁠 이유가 없다. 재준의 집에 여자가 들어가는 걸 보았어도, 그 여자가 상당히 미인이라는 사실에도, 기분 나쁠 이유는 되지 않는 것, 그러니 정말로 기분 나쁘지 않다.

"내가 뭐 아저씨랑 사귀는 사이도 아니고……."

이런 마음속의 생각이 말로 나와 버렸다. 못 들었길 바랐지만 그건 바보 같은 생각일 것이다.

"뭐라는 소리야."

"아저씨가 왜 제 기분을 살피는지 모르겠다고요. 우린 사귀는 사이도 아닌데."

수진이 투덜투덜 공연히 중얼거렸다.

"차 태워줘, 밥 사달래서 밥 사줘, 그럼 그건 어떤 사이라고 할 수 있지?"

"뭐 그건……."

정말 어떤 사이인지 모르겠다.

"그냥 세 번 키스한 사이요."

그리고 수진은 얼굴을 붉히고 말았고.

"그렇군."

재준은 피식 웃었다.

얼래? 이 아저씨 보래. 세 번이나 키스했으니 사귀는 사이가 되는 거 아냐? 이렇게 물어올 줄 알았는데 아무 반응도 보이지 않아?

"아, 아! 이수진. 사귀지도 않는 남자와 세 번이나 키스하다니 미쳤구나, 미쳤어."

수진은 일부러 자신의 머리를 콩콩 쥐어박았다.

"정말 미쳤어."

쿵 차창에 수진이 머리를 들이박자 재준이 쿡쿡 소리를 내며 웃었다.

"알았어, 이수진. 사귀어줄 테니 쇼는 그만 하지."

"내가 언제 아저씨한테 사귀고 싶다고 그랬어요?"

내가 집으로 여자가 드나드는 남자랑 사귈 줄 아나? 그야말로 흥이다.

흥, 흥 흥이라고.

　재준이 점심을 먹자고 데려간 곳은 의왕시에 있는 백운호수
였다. 그곳은 정후와 몇 번 온 적이 있는 곳이었다. 집에서 가깝
고 너른 호수 주변에 보고 즐길 곳도 많아서 가끔 정후가 그녀
를 데리고 와 밥을 사주곤 하던 곳이었다.

　수진은 호수를 돌아보았다. 이상하게 정후랑 왔을 때보다 호
수의 물결이 더 반짝거리고 스치는 바람도 더 상쾌했다.

　"오늘 시간 있어?"

　배 모양의 카페 주차장에 차를 대고 재준이 물어왔다.

　"왜요?"

　"밥 먹고 차 마시고 호수 한 바퀴 돈 뒤 자동차 영화 보게."

"그거 사귀는 사람들이 하는 데이트라는 코스거든요."

"그런데?"

"우리 사귀는 사이 아닌데 그런 걸 하면 연인들에게 미안해지 잖아요."

수진이 이렇게 엇나가는 것은 아까 더 이상 사귀자는 말을 해 오지 않는 재준에게 살짝 삐쳐 있어서였다.

남자가 칼을 뽑았으면 무라도 베어야 하는 거 아닌가. 사귀어 준다고 말을 꺼냈으면 우리 사귀는 거다라고 콱 다짐을 해야 하 는 거 아닌가 말이다.

"연습이야. 나중에 사귀는 사람 생기면 잘해야 하니까."

"아저씬 꼭 예전에도 사귀는 사람이 없었던 것처럼 말하네 요."

이 나이에 이 정도에 사귄 여자가 없었다는 건 진짜 새빨간 거짓말일 것이다.

"없었는데?"

그럼에도 재준의 말이 믿고 싶어지는 건 또 뭘까?

공연히 기분이 좋아지는 건 또 뭐고?

"안 믿어요."

"이건 다 아버지 영향인 거지?"

"네? 뭐가요?"

"부정적인 시각을 가진 것."

"내가 뭘 부정적인 시각을 가졌다고……."

느닷없이 재준이 몸을 굽히더니 수진의 입술에 인사처럼 가벼운 키스를 했다.

"뭐예요?"

"툴툴거리는 거 안 귀여워. 여자는 상냥하게 웃고 예쁘게 대답하고 약하게 기대오는 게 예뻐."

"……"

재준이 말한 귀여움의 관점은 수진에겐 하나도 해당되지 않는 거였다.

"그런데 말이지. 이상하게 네 모습이 좋긴 해."

재준이 조금 더 길게 키스를 해왔다. 조금 더 깊기도 했다. 그의 혀가 살짝 수진의 입술을 더듬었다.

"사귈까? 우리?"

"아저씨랑?"

아, 이렇게 말하면 안 되는데. 귀엽게 보이고 싶으면 얼굴 붉히며 고개 숙여야 하는 거 아닌가? 기어들어 가는 목소리로 네 하고 대답해야 하는 걸 거야.

"아저씨, 몇 살인데요? 저보다 아주 많죠? 그러면서 양심도 없이 저랑 사귀자고 하는 거예요, 지금?"

아, 아! 제멋대로 툭 터져 나온 말이라니.

평소의 수진은 절대 이렇지 않았다. 그녀는 말도 아꼈고 대화를 할 때도 상대의 말에 늘 생각한 뒤 대답하는 편이었다. 이렇게 즉흥적이고 투덜거리는 그녀는 스스로에게도 아주 낯설었다.

"헉!"

갑자기 재준이 그녀를 확 끌어당기더니 입술을 밀어붙여 왔다. 재준의 혀가 그녀의 입술을 가르고 입안으로 들어왔다. 혀와 혀가 얽혔다. 부드럽고 축축하게. 그리고 아주 오래.

어느새 그의 혀가 입안을 유영하며 부드러운 수진의 입안의 속살을 탐구하듯 훑어가기 시작했다.

에스프레소처럼 진하고 바다처럼 깊은 키스에 수진은 취해 버렸다.

아!

수진의 머릿속은 이제 완전히 백지가 되어버렸다. 캄캄한 어둠 속에서 방황을 할 때 한줄기 빛이 구원이 되는 것처럼 지금 수진에겐 손에 잡힌 재준의 옷이 그녀가 매달릴 수 있는 유일한 구명줄이었다. 수진은 재준의 옷깃을 꽉 움켜잡았다.

검은 시야, 하얀 머릿속, 그리고 키스.

검은 시야, 하얀 머릿속, 감미로운 숨결, 그리고 키스.

검은 시야, 하얀 머릿속, 감미로운 숨결, 두근대는 심장의 울림, 그리고 키스.

"서른 살이야."

응?

"한 번 약혼한 적도 있고."

응?

"독신주의자이기도 하고."

응?

"이제부터 우리 사귀는 거다?"

하얗게 비워졌던 수진의 머릿속에 조금씩 생각이 돌아오기 시작했다.

"대답해."

수진이 저도 모르게 고개를 끄덕이려는데 갑자기 재준의 휴대전화가 울렸다.

"꼬맹아."

하필 이때, 정말 그 많은 시간 다 놔두고 하필이면 이때 전화를 걸다니 그 꼬맹이란 여자 삼 년 동안 재수없어라.

암상이 난 수진과 달리 재준의 눈이 부드러워지더니 입가에 담뿍 미소가 어리기 시작했다.

"아니……. 하하하. 응? ……늦어. ……그래, 그래."

더 부드러워질 수 없을 만큼 부드러워지는 재준의 눈동자가 수진의 신경을 거슬리기 시작했다.

나한테 사귀자고 그랬잖아요. 그래 놓고 왜 다른 여자의 전화를 그런 식으로 받아요? 왜? 왜?

전화를 끊은 재준은 수진의 눈초리가 새치름해진 걸 보고는 눈을 좁혔다.

질투해?

눈으로 그렇게 물어와 수진도 눈으로 대답했다.

내가 왜 질투를 해요?

"우리 꼬맹이야."

"꼬맹이? 뭐 조카쯤 되나 봐요?"

둔한 척 물었다. 언젠가 우리 꼬맹이가 날 버리고 시집을 가버렸다는 말을 재준에게 들었던 것이 생각났지만 일부러 무시하고 말이다.

"아니, 여동생이야."

여동생 얘기를 하면서 저렇게 웃는 걸 보니 무척이나 사랑하나 보다. 문득 부러워졌다.

나도 이런 오빠가 있었으면. 이은수 언니 같은 인간이 아닌 이렇게 사랑해 주는 오빠가 있었으면 얼마나 좋을까?

"그건 그렇고, 우리 사귀는 거지?"

"생각해 보고요."

부모나 동생보다도 더 내가 우선이 된다면…… 이란 조건을 달고 허락하고 싶었지만 차마 그러지 못한 것은 동생의 전화를 받을 때의 재준의 표정 때문이었다. 너무도 사랑에 넘쳐 나는 재준의 얼굴.

부모나 동생보다도 더 나를 우선할 수 있어요? 이렇게 물었을 때 곤란해, 혹시라도 그런 대답을 듣는다면 견딜 수 없을 것 같아서였다.

점심 먹고 차 마시고 호수 한 바퀴 돌고, 다시 차 마시고 그리고 마지막으로 자동차 영화를 보는…… 가장 일반적인 데이트 코스를 거치는 동안 수진은 무척이나 즐거웠다.

"많이 늦었는데, 어른들께 야단 듣지 않겠어?"

재준이 수진이 사는 아파트 동 앞에 차를 세웠다. 수진은 호 숫가의 유흥 거리에서 재준이 야구공을 던져 떨어뜨려 받은 인 형을 안은 채 고개를 흔들었다. 11시가 가까운 시간이었으나 그 리 늦었다고 볼 시간은 아니었다. 일을 하다가 자정을 넘어 집 에 들어오기도 하고 아주 밤을 새고 아침에 들어온 적도 많았 다. 그러니 늦었다고 야단을 친다면, 그럴 수 있는 사람은 소영 아줌마뿐이지만, 아줌마는 11시도 안 됐으니 그다지 야단을 치 진 않을 것이다.

아니다. 이건 일을 하고 늦은 것이 아니니 어쩌면 야단을 맞 을지도 모르겠다.

"아저씨."

"신재준."

"재준 아저씨."

"재준 씨."

아저씨 소리가 그렇게 듣기 싫을까? 수진은 웃고 말았다.

"사귀는 첫날 늦게 들여보내 점수 잃는 거 아닐까?"

"저, 아직 사귄다고 안 했는데요."

"한 번 더 튕기고 응, 하면 뭐가 달라져?"

재준은 수진이 응할 것이라고 아주 굳게 믿는 것 같았다. 애초에 거절이란 단어조차 그에게 성립되지 않은 모양이었다.

하긴 이 정도의 사람이니 거절할 여자는 없었을 거야.

수진 역시도 금방이라도 고개를 끄덕이고 싶을 만큼 재준은 멋져 보였다. 하지만 그냥 끄덕일 수는 없었다. 수진은 아주 많은 부분을 확인하고 해결해야 했다.

꼬맹이라는 그 동생보다 나를 더 우선할 수 있어요?

집에 드나드는 여자들을 전부 정리할 수 있어요?

약혼했다면서 그 약혼에 대한 처리는 어떻게 됐나요?

그리고, 가장 중요한 것.

세상에 존재하는 어떤 것보다 내가 가장 귀하고 소중하다 여기고 대해줄 수 있어요?

이제 보니 그녀는 굉장한 욕심쟁이였다. 버림받는다는 것, 누구에게 밀쳐지거나 중요하지 않은 존재로 밀려나는 것 그런 것들을 더 이상 경험하고 싶지 않았다.

"왜 저랑 사귀고 싶으신 거예요?"

그냥이라든지, 예뻐서라든지 하는 대답 따윈 듣고 싶지 않았는데,

"그냥, 예뻐서."

재준이 그녀의 마음을 정면으로 위배하는 대답을 했다.

싫어요.

그래서 수진도 이렇게 대답해 주려고 입을 달싹였다.

난 나이 많은 남자는 싫어요.

아저씨는 내 타입 아니에요. 아저씨 돈은 많아요?

이중 어느 말이 가장 재준의 비위를 거스르게 만들까 상상하면서.

"그것보단 너니까."

아!

"너라서 좋다. 아마도 첫눈에 반했던 건지도. 넌 봄날의 꽃같이 고와 보이는데, 그런 꽃보다 귀해 보여서 좋다."

수진은 잠시 동안 재준의 낯간지러운 말에 취해 버렸다. 웃음이 샘처럼 퐁퐁 솟아나기 시작했다.

"아저씨, 뭐 하는 사람이에요?"

"회사원."

"직책은요?"

"비서."

재준이 풍기는 이미지와는 전혀 어울리지 않는 직업과 위치란 생각을 하면서 수진은 고개를 끄덕였다.

"좋아요, 아저씨. 지금부터 우리 사귀는 거예요."

차 문을 열고 내리려던 수진이 몸을 돌려 재준에게 키스를 청하듯 눈을 감고는 입술을 내밀었다. 재준이 그녀의 얼굴로 고개를 숙이는 순간 수진이 감았던 눈을 떴다.

"아, 이런. 오늘치 키스 다 했지. 참, 깜빡했네."

"이수진."

놀림을 깨달은 재준이 으르렁거리자 수진이 방글 웃으며 차에서 내렸다.

"엄마 아빠 제가 여섯 살 때 이혼했고요. 아빠하고 살았는데 아빠는 지금 외국으로 나가 저 혼자 살고 있어요. 잘못된 표현일 수도 있지만 지금 저 소녀가장이란 거죠. 그래도 사귀는데 변동없는 거죠?"

"물론이야. 아저씨라고만 안 부른다면."

"그럼 다음에 봐요."

뒤돌아서던 수진이 손을 흔들며 외쳤다.

"아저씨, 이렇게 불러도 사실 사귀는 것에는 변동없지요?"

재준이 픽 웃었다. 민들레 홀씨가 바람에 터져 나가는 것처럼 재준의 웃음이 공기 중에 가볍게 흩어졌다.

"빚은 언제 갚을 거야?"

"어, 사귀는데도 빚을 갚아야 해요?"

"물론. 사귀는 건 사귀는 거고 빚은 빚이야."

하여튼 이 아저씨 쫀쫀하다니까! 굳이 빚을 갚으라는 걸 보면 치사한 성격인가? 아니면 수진이 아저씨라고 부른 것에 대한 보복성 발언인 걸까?

수진은 재준의 웃음을 홀린 듯 바라보다 크게 손을 흔들었다.

뭐래도 사실은 다 좋았다.

인성이 내민 물 잔을 받아 물을 마신 뒤 진경은 입안에 든 알약을 힘겹게 삼켰다. 그런 진경의 모습을 바라보는 인성의 눈길은 걱정과 근심으로 가득했다. 인자하고 자상한 인성의 이 얼굴은 흉포해지고 잔인해지기 직전의 모습이었다. 폭풍이 몰아치기 직전의 바다처럼 잔잔하고 조용하지만 언제 느닷없이 돌변할지 모르기에 진경의 마음은 조마조마했다.

"미안해요. 은수 때문에……. 그 애 때문에 힘드시지요?"

"뭐, 자식 키우며 이 정도 속쯤이야 누구나 썩을 것 아닌가. 왜 당신이 내게 미안해. 우리 자식 일이니 책임이야 우리 두 사람이 같이 져야지. 혹시 당신은 아직도 은수가 내 자식이 아니라고 생각하는 건가?"

"무슨 말씀을 그리하세요. 아니에요."

"그런데 왜 그리 신경을 곤두세워? 우리 딸이 원래 좀 철이 없어서 저지른 일이거니 하고 말지."

"신경 안 써요."

"안 쓰는데 왜 머리가 아파?"

인성의 말투는 너무도 다정하고 자상했다.

"엄마가 이렇게 아픈데 우리 딸은 헤어졌던 동생과 같이 있으니 좋은가? 어째 이틀이나 지났는데 전화 한 통이 없어."

"은수가 원래 좀 차잖아요."

"하긴 좀 차지. 녀석! 엄마를 닮았어야 하는데 누굴 닮았는지."

"죄송해요."

"또, 또."

그가 진경의 눈치를 살피듯 바라보며 조심스럽게 말을 이었다.

"은수가 집으로 가 친아버지를 만났다고 나를 잊는 것은 아닐테지?"

"아니에요. 그 사람은 지금 국내에 없잖아……."

진경이 급히 말을 끊었으나 이미 말이 바깥으로 튀어나와 버렸다. 입술을 깨물었으나 소용없었다.

"당신이 그 남자가 국내에 없는 걸 어떻게 알지? 아직도 연락을 하나?"

순식간에 바뀐 박 사장의 얼굴은 섬뜩할 정도로 차가워 보였다. 진경은 급히 부르짖었다.

"아니에요, 여보!"

"아니라고? 그런데 그가 국내에 없는지 어떻게 알아?"

늦었다! 이제 얼마나 오랜 시간을 들볶여야 하는 걸까? 이미 위험스럽게 빛나기 시작한 인성의 눈이 무서워 진경의 가슴은 조그맣게 오그라들었다.

"그건 당신이, 전에 말하셨잖아요."

"그런 적 없는데. 내가 말하지 않았어? 난 나를 속이는 인간이 가장 싫다고. 그것도 계집이 날 속이는 것은 견디지 못해."

"여보!"

"자식까지 데려다 여왕처럼 떠받들었더니 겨우 내게 돌아온 것은 이런 건가? 딸년은 날 망신 주고 마누란 날 속이고 다른 놈과 사통해?"

"그런 적 없다니까요."

"시끄러워."

"앗."

짝 소리가 나는 것과 진경의 몸이 휘청 쓰러진 것은 동시였다. 진경은 때리고 씩씩거리고 있는 인성을 향해 다급히 사정했다.

"여보, 아니라니깐요. 정말 아니에요."

"아니라고? 아니겠지. 조금도 보고 싶지 않다는 둘째 딸년 방에 기어들어 가 눈물지은 것도 아니고 은수 년이 달아나게 만든 것도 물론 아니겠지?"

인성의 말에 진경이 몸을 부들부들 떨었다. 다급하게 진경은 사정했다. 짐승을 깨어나게 하면 안 된다. 절대로. 필사적으로 사정을 했다.

"여보, 제발!"

"이 화냥년 같으니. 걸레 주제에 감히 제 분수도 모르고 날뛰어? 모든 것을 다 눈감고 그냥 애지중지했더니 은공도 모르고 그놈을 또 만나?"

진경은 몸을 웅크리고 눈을 감았다. 귀도 닫을 수만 있다면 얼마나 좋을까? 물리적인 폭력보다 더 아픈 언어의 날카로운 칼날이 사정없이 그녀를 베어오고 있었다.

인성은 사랑이란 이름으로 그녀를 괴롭히고 죽여간다. 아름다워서 눈에 담고 아름다워서 사랑에 빠져 버렸다며 숨 막히게 그녀를 구속했다. 진경에게 있어 아름다움은 축복만이 아니었다. 그것은 견디기 힘든 고통이었다.

이건 사랑이 아냐.

그녀가 아는 사랑은 이런 게 아니다. 다른 사람, 하다못해 그녀가 낳은 자식에게조차 돌아보지 못하게 하는 것은 끔찍한 집착일 뿐이다.

차라리 보통 사람들처럼 평범한 외모를 가졌더라면.

그랬다면 사랑하는 남편과 헤어지지 않아도 됐고 자식을 마음껏 사랑하며 행복하게 살았을 것이다.

"이 더러운 년."

인성의 욕설에 진경은 고통과 분노 체념이 녹아 있는 피처럼 진한 눈물을 흘리기 시작했다.

수진은 밤새 꿈을 꾸었다. 알람 소리에 눈을 뜬 순간 다 잊었지만 아주 행복한 꿈이었다. 수진은 더듬더듬 휴대전화를 찾아 알람을 끈 뒤 일어났다.

아함.

죽죽 기지개를 켠 뒤 휴대전화에 문자를 찍고 전송을 한 뒤 발끝에서부터 지압점을 찾아 누르기 시작했다.

─문자가 도착했습니다.

휴대전화에서 문자 알림음이 낭랑하게 울려 나왔다.

『응, 좋은 아침이야.』

그녀가 보낸 잘 잤어요? 란 문자에 대한 답이었다.

이런 기분이었구나.

연애를 하는 기분, 남자친구가 있다는 기분이 이렇게 간질거리고 행복한 기분이었구나.

허벅다리까지 전부 지압점을 찾아 누른 뒤 수진은 상쾌한 기분으로 일어섰다. 정말 좋은 아침이었다.

하지만 수진의 기분은 주방으로 나가 어제 잣죽을 끓여준 냄비를 연 순간 모조리 사그라져 버렸다. 죽 냄비는 한 숟갈도 뜨지 않은 상태였다.

"언니."

노크를 했지만 대답이 없어 문을 열어보니 은수는 깊게 잠들어 있었다.

"언니, 그만 좀 일어나지?"

"몇 신데?"

"7시."

"왜 깨워. 아직 이른데."

"언니, 어제 죽 안 먹었어?"

"응."

"왜?"

"잣에서 쩐내 나서. 그런 걸 어떻게 먹어. 넌 그런 걸로 죽을 쑤면…… 그게 먹으라는 거야 먹지 말라는 거야?"

"내가 먹어봤는데 괜찮았거든?"

"내가 너랑 같니? 나는 좀 예민한 편이란 말이야."

말하는 싸가지 하고는!

언젠가 방영됐던 드라마 속의 유행어가 저절로 튀어나올 뻔했다. 하지만 언니라 차마 그렇게까지 말할 순 없었다.

미쳤지. 뭔 정성이 뻗쳐서 죽까지 끓여주었을까?

"근데 넌, 어제 언제 들어왔니? 너 오는 거 못 봤는데."

"너 잘 때 들어왔어."

은수가 억지로 눈을 뜨더니 일어나 앉았다.

"잘 때? 나 11시쯤 잠들었으니 그보다 늦었다는 말이네. 근데 왜 이리 일찍 일어났어?"

"밥하고 학교 가야 해."

"오늘은 야채죽 쒀줘."

수진은 기가 막혀서 흥 하고 콧소리를 낼 뻔했다. 성질대로라면 확 머리채라도 잡아 집 바깥으로 끌어내고 싶었지만 그래도 언니 아닌가.

무시하자.

주방으로 나와 쌀을 씻어 밥을 안치는데 점점 더 은수에게 화가 나기 시작했다. 욕이라도 한마디 해줬어야 했다. 아무 말 않고 나온 것이 너무 바보스럽게 느껴졌다.

지금이라도 들어가 한바탕 퍼부을까?

"언니라고? 웃겨. 이제 보니 순 애물단지네."

방을 치우는 동안 밥이 다 돼 수진은 우선 아빠 그릇에 밥을 펐다. 아빠가 집을 떠난 뒤 집 나간 사람의 밥그릇에 밥을 퍼 넣으면 굶지 않는다고 누군가 해준 말을 듣고는 하루도 빼지 않고 해온 일과였다. 이렇게라도 해서 아빠가 타지에서 밥을 굶지 않는다면…… . 미신이어도 스스로에게 위안이 되는 일이지만, 가끔씩 그냥이라도 돌아오기만 하시라는 메일을 보내고 아빠의 신용카드가 결제되는 통장에 돈을 집어넣는 것 외엔 수진이 할 수 있는 일은 이것밖에는 없었다.

　"아빠, 아침 드세요."

　아빠의 수저랑 가지런히 식탁에 올려놓은 뒤 수진은 자신의 밥을 퍼서 혼자서 아침을 먹었다. 양치질을 하려고 욕실로 들어가 막 칫솔을 꺼내 드는데 정후가 문을 두드렸다.

　"수진아, 노올자."

　이건 수진에게 청하는 정후의 화해 방법이었다.

　아, 그래. 나 지금 너한테 화가 난 상태지?

　"안 논다."

　수진이 빽 소리 질렀다.

　"그럼 학교 가자."

　"들어와, 정후야."

　언제 나왔는지 은수가 현관문을 열고 있었다. 목소리가 제법 청아한 것이 조금 전 잠에 빠져 있던 것과는 너무 달랐다. 얼굴 역시 잠에서 막 깬 부스스한 얼굴이 결코 아니었다.

"잘 잤어? 아침은 먹었니?"

"어? 어!"

"난 아직 안 먹었어."

은수의 모습은 연인에게 어리광을 부리는 것 같았다. 공연히 속이 터진 수진은 급히 양치질을 끝내고 가방을 찾아 들었다.

"학교 갔다 올게."

"나도 갈래."

네가 뭐 하러?

"뭐 하러?"

"나 혼자 집에 있는 것 심심하니까."

학교를 놀러 가는 줄 아나.

여러 가지로 못마땅한 은수에게 또 한 가지 못마땅함이 추가되었다.

"나 지금 놀러 가는 것 아니거든?"

"누가 뭐래? 내가 언제 너보고 학교로 놀러 갔대? 정후야, 얘 봐. 수진인 늘 이런 식으로 말하니? 어우 짜증나."

짜증은 내가 더 난다. 정후에 대한 어리광도 마음에 안 들고 그 모습을 바라보고 있는 정후도 마음에 들지 않았다.

"현정후, 그만 좀 봐. 눈 튀어나올 것 같다. 언니, 얘가 아무리 애로 보여도 남자야. 남자 앞에서 그런 차림으로 있는 거 신경도 안 쓰여?"

은수는 파자마 윗도리 하나만 입은 상태였다. 비록 파자마가 길어 허벅지까지 내려오긴 했지만 단추도 두 개나 풀어진 상태라 가슴의 골이 얼핏얼핏 비치고 있었다.

"뭐 어때서. 수영복을 입었다 생각하면 되지."

그렇게 대답하는 은수의 맨살은 아찔하게 유혹적이었다.

"이러다 늦겠다. 어서 가자."

확 정후의 팔을 잡아 끄는 수진을 보며 은수가 나른한 목소리로 말했다.

"그럼 먼저 가. 나 조금 더 잔 뒤, 준비하고 나갈게."

현관을 나온 수진은 소리나게 문을 닫았다.

"너, 누나에게 너무 퉁명스러운 거 아냐?"

은수를 편드는 것 같은 정후의 태도가 못마땅해서 수진은 짜악 째려봐 주었다.

"현정후, 뚝. 아무 소리 마."

수진은 엘리베이터에 오르며 전화기를 꺼내 들었다.

『전, 학교 가요.』

『열심히.』

금방 답이 왔다. 문자를 확인하는 수진의 입가에 행복한 미소가 고였으나 그런 수진을 보는 정후의 이마에는 살풋 주름이 졌다.

재준은 검토한 문서를 정리한 뒤 회장실 문을 노크했다.

"결재하실 서류입니다, 회장님."

케이엔 그룹의 젊은 용이라 불리는 이성천 회장이 재준이 내민 보고서를 받아 들었다. 재준이 먼저 검토해서 가부를 결정한 보고서가 같이 첨부된 서류들이었다. 이런 재준의 의견은 성천이 일을 결정하고 나가는데 커다란 힘이 됐다. 국내 정세는 물론 국제 정세까지 그 흐름을 읽어내는 것엔 탁월한 안목을 지닌 재준이어서 아직까지 그의 판단이 틀린 적이 없고 늘 성천과 보는 눈이나 생각하는 것이 흡사해 그가 나아가는 방향을 결정하는 것에 커다란 도움이 됐다.

성천은 올봄 재준의 그 능력을 높이 평가해, 그를 비서실장으로 임명했다. 그때 서른밖에 안 된 재준을 그렇게 중용하는 것은 너무 위험하다는 반대 의견으로 그룹이 발칵 뒤집어졌었다. 하지만 성천은 모든 반대를 물리치고 재준을 임명했다. 그리고 요즘 그는 자신의 결정이 너무도 옳았다는 것에 만족하고 있었다. 성천은 서류와 재준의 보고서를 꼼꼼히 비교하면서 모든 사안에 재준이 자신이 내릴 결정과 똑같이 내린 것에 만족스런 웃음을 지었다. 그가 젊은 용이라 불리는 데는 신재준이란 인물의 도움이 가장 컸다. 이성천의 여의주. 그것이 재준이었다.

"음?"

서류를 검토하던 성천의 눈이 가느다래졌다.

"삼우전자의 합병엔 반대구나."

"네. 삼우전자보다는 호승전자 쪽으로 눈을 돌리시는 게 좋을 것 같습니다. 삼우전자는 손에 쥘 게 아무것도 없습니다. 부채

가 감정평가단이 내린 것보다 더 많이 누적돼 있고 사원들의 월
급도 6개월 이상 밀려 있어 금방이라도 노사가 들고일어날 확률
도 높습니다."

─문자가 도착했습니다.

재준의 전화기에서 여자의 목소리가 흘러나왔다.

"죄송합니다."

성천에게 사과를 한 뒤 재준이 슬쩍 휴대전화의 액정을 살폈
다. 그의 입가에 슬그머니 미소가 어리기 시작했다.

"재준아."

"네, 회장님."

"너 혹시……. 아니다. 알았으니 나가봐라."

"네."

여자라도 생겼나? 여자에게 온 문자니 저런 웃음을 짓겠지?
아까도 휴대전화를 보고 웃고 있던 것 같더니.

성천은 재준이 나간 문을 바라보다 서류를 집어 들었다. 그룹
회장이란 자리는 5분도 편히 쉴 수 없을 만큼 바쁜 자리였다. 서
류를 꼼꼼히 살피기 시작하는 성천의 눈은 날카롭게 빛나고 있
었다.

강의실을 빠져나오면서 수진은 다시 전화를 꺼내 들고 문자
를 보내기 시작했다.

『수업 끝났어요.』

"수진아!"

은수의 목소리에 고개를 들었다.

정말로 왔네?

놀러 온다더니 정말 학교까지 올 줄은 미처 몰랐기에 수진은 약간 당황했다. 컬이 예쁘게 된 머리에 보석으로 빛나는 헤어밴드를 하고 하늘거리는 하늘색 원피스 차림의 은수의 모습은 꽃송이처럼 아름다웠다.

"진짜로 왔어?"

"온다고 했잖아. 난 내가 한 말은 꼭 지키는 사람이야."

잘났다, 잘났어.

꿀꺽꿀꺽 하고 싶은 말을 간신히 삼키며 수진은 급히 은수의 손을 잡아끌었다. 은수의 선명한 아름다움과 공주풍의 차림에 지나는 사람들이 한 번씩 흘깃거리며 바라보고 있었다.

"정후 불러서 점심 사달래자. 모처럼 나왔으니 맥심에 가서 에스카르고 먹을까?"

맥심이라면 프랑스 전문 요리점으로 이름 높긴 하지만 그 이름만큼 음식 값 또한 대단한 곳이기도 했다.

"정후 돈 없어. 걔 학생이잖아."

"그럼 내가 사주지 뭐."

수진은 은수 입에서 정후 이름이 불려질 때마다 눈살이 찌푸려졌다.

"언니가 정후 전화번호를 어떻게 알아?"

휴대전화의 단축번호를 누르는 은수를 보고 수진이 따지듯 물었다.

"걔하고 나 사이에 전화번호 아는 것은 당연한 것 아니니?"

"언니하고 정후가 무슨 사인데?"

"우리 사이 좋은 사이! 훗, 아, 정후야, 나야. 나 학교에 왔어. ……여기 체육관 앞에 수진이랑 같이 있어. ……응. 기다릴게."

전화를 끊는 은수의 입가에 어린 미소가 사뭇 요염했다. 공연히 기분이 나빠진 수진이 눈을 찡그렸다.

"언니, 혹시 정후 좋아해?"

"응. 좋아해."

"정말로? 정말 정후가 좋아?"

"응."

"왜?"

"넌 사람 좋아하는데 이유가 있어야 한다고 생각하니?"

어떻게 보면 천진스럽고 어떻게 보면 백치 같은 얼굴로 은수가 방긋 웃었다.

"그렇진 않지만……."

수진은 은수의 눈이 탐욕으로 번쩍이는 것을 미처 파악하지 못하고 손가락을 입에 넣고 질겅거렸다. 뭔가 생각이 풀리지 않을 때에 나오는 수진의 버릇이었다.

"넌 정후 안 좋아한다고 했지?"

"으응……."

"혹시 말로만 그러는 거 아니니? 네 마음속에 정후가 떡하니 집 짓고 있는 것은 아닐까?"

"아니야. 내가 정후를 좋아하는 것보다는 하늘이 두 쪽 나는 쪽의 확률이 더 높을걸. 난 어린애 싫어."

기를 쓰고 반박을 할 필요는 없는데도 '거짓말 마!' 하는 은수의 표정에 반발심이 솟구쳐 수진은 생각보다 훨씬 강한 마음으로 부정을 해버렸다.

기묘한 표정으로 그녀의 뒤를 바라보는 은수의 시선을 따라 고개를 돌린 수진은 보았다. 잔뜩 굳은 표정으로 서 있는 정후를.

"저, 정후야."

일그러진 정후의 얼굴에 떠오른 게 웃음인가? 가슴이 선뜻해진 수진은 순간 아차 싶었다. 아니야. 내 말은 너 싫다는 것이 아니었어.

급한 부정은 그러나 말로 나오지 못했다. 재빨리 은수가 끼어들었기 때문이었다.

"빨리 왔네. 나 보고 싶어서 달려왔구나. 우리 셋이서 밥 먹으러 가자."

"강의 들어가야 하는데."

"한 번쯤 빠져도 되잖아. 수진아, 가자."

두 사람 사이에 서먹하고 묘한 기운이 형성되었지만 아무것도 모르는 얼굴로 은수가 정후와 수진의 가운데 끼어들어 양쪽 팔을 꼈다.

'언니는 정후의 얼굴을 보고도 아무 눈치도 못 챘어?'

잔뜩 가라앉은 정후의 기분은 아랑곳 않고 은수가 부드럽게 말했다.

"자, 가자. 오늘을 프랑스 정통요리를 맛보는 날로 정하는 거야."

맥심은 수진이 한 번도 와보지 못했던 고급 음식점이었다. 웨이터가 안내해 주는 자리에 앉고 난 뒤 수진은 아직까지 한마디 말도 하지 않고 있는 정후를 흘끔 바라보았다.

뭐야, 아직까지 꿍해 있다니. 내가 너 싫다고 한 것이 한두 번이 아닌데 왜 이리 심각한 거야. 이제 고만 좀 하지.

은수처럼 여유있게 행동하고 싶지만 낯설고 호화로운 식당은 수진을 충분히 주눅 들게 만들었다.

"대전에서 살면서 여긴 어떻게 알아?"

"가끔 먹으러 왔어."

"가끔? 얼마나?"

"한 달에 두어 번? 친구 중에 여기 음식을 좋아하는 애가 있거든."

아하, 그랬단 말이지? 한 달에 두어 번씩 외식을 하러 왔어도 집엔 한 번도 찾아오지 않았었단 말이지?

수진이 벌떡 일어섰다.

"너 왜 그래?"

"나 먼저 간다. 갑자기 생각났는데 나 양식 아주 싫어해. 돈가스도 안 먹는 사람이야."

"돈가스가 무슨 양식이니? 돈가스는 양식이 아냐. 그건 일본 애들이 자기들 입맛에 맞춰 만든⋯⋯."

"이은수, 잘났어."

가족이라고, 세상에 단 하나뿐인 언니라고, 아무리 좋아하려고 애쓰면 뭐 해. 이렇게 얌통머리없이 말하는 인간인 것을.

"아주 잘 어울리는 두 사람이 사이좋게 달팽이를 먹든지 거위 간을 먹든지 하셔. 난 갈 테니까."

수진이 일어서서 그대로 자리를 박차고 걸어나갔다. 꼿꼿하게 어깨를 펴고 실내를 가로질러 뒤돌아보지 않고 그대로 나와 버렸다.

악. 악. 악.

수진은 악을 쓰고 싶었다. 발을 구르고 욕을 하고 싶었다. 수진은 지금 너무도 큰 배신감에 어찌할 줄 모르고 있었다.

대체 이은수는 어떤 인간이야?

한 달에 두어 번씩 외식을 하러 올라왔다고?

그런데도 단 한 번도 연락하지 않았다고? 한 번도 찾아오지 않았다고?

나만 언니였던 거야. 언니에게 난 동생이 아니었어?

이은수 미워해 주마. 내가 널 싫어해 준다.

학교로 돌아온 수진은 전화를 팽개치고 잔디밭에 벌렁 누워 버렸다. 책으로 얼굴을 덮었다. 이공과 건물과 도서관 건물 사이의 잔디밭은 누워서 낮잠 자기 딱 좋을 정도로 나무 그늘이 적당했다.

"이수진, 낮잠 삼매경에 빠졌네?"

목소리를 들으니 얼굴을 아는 항공학과의 선배였다. 다른 때 같으면 웃어줬겠지만 기분이 안 좋아서 그냥 잠든 척했다. 수진이 잠들었다고 생각한 선배가 가버린 뒤에도 감은 눈을 뜨지 않았다.

진짜 잠이나 자자.

잔디에서 올라오는 풀 냄새가 코끝을 간질였다. 온몸의 힘을 쭉 뺀 뒤 눈을 감았다. 이대로 어딘가 그녀도 모르고 그녀를 모르는 세계 속으로 날아간다면 어떨까. 아빠도 엄마도 언니도 다시 만날 수 없고 생각 안 나는 그런 세계 속으로.

수진은 잠시 망상 같은 생각 속을 헤매다 문득 궁금증을 느꼈다.

그런데 나 왜 이리 화가 나는 거지? 서운한 거야 그렇다 치겠지만 왜 이렇게 화가 나는 걸까? 한참을 생각한 뒤에 답을 깨달았다.

기대했었구나. 그랬던 거다. 수진은 기대했던 것이다. 비록 떨어져 살았어도 엄마의 사랑을 언니의 사랑을 받을 것이란 기대를 했었던 거다. 그녀가 엄마 생일이나 언니 생일날 보고 싶다는 마음을 사랑한다는 마음을 장문의 메일로 쓰고 수십 번 망설이다 결국 보내지 못하고 삭제한 것처럼 언니나 엄마도 늘 그녀 생각을 했을 것이라고 기대했던 것이다.

바보같이. 제멋대로 기대하고 제멋대로 실망하다니.

쓸쓸한 웃음이 저절로 배어 나왔다.

휴대전화에서 컬러링이 흘러나왔다. 방송국에 코디네이터로 있는, 수진의 선배랄 수도 있고 스승이랄 수도 있는 여자였다.

"언니?"

휴대전화에서 다급한 목소리가 흘러나왔다.

[수진아, 너 나 좀 도와줘야겠다.]

첫 번째 만남, 세 번의 키스 ⑩

"브라운 새도우가 너무 진하다."

"네."

토크쇼에 출연할 사회자의 양복 재킷 주름을 스팀다리미로 다리며 선주가 수진을 향해 말했다. 선주는 아빠가 베트남으로 떠난 뒤 대학 진학을 포기하고 미래를 위해 미용학원을 선택했을 때 그곳에서 강의를 맡던 강사였다.

삼십도 안 된 젊은 나이지만 타고난 감각으로 방송국에서 인정해 주는 코디네이터로 이미 기반을 닦은 선주는 수진에게 친절했다.

"너 감각이 있구나."

그리고 말했다.

"하지만 넌 남을 위해 일하는 것보단 남이 너를 위해 일을 하게 하는 게 어울릴 것 같구나. 너 혹시 다리가 예쁘다는 건 알고 있니? 난 너처럼 예쁘고 긴 다리를 아직 본 적이 없다."

다리가 예쁘다는 말을 늘 듣긴 했었지만 그런가 보다 하고 지냈던 수진은 다리 모델을 하려고 처음 기획사를 찾아가 퇴짜를 받았을 때 선주의 말을 기억하며 포기하지 않았다.

수진은 그때 맺었던 인연으로 가끔 선주에게 불려와 일을 하곤 했다. 지금처럼 선주의 밑에 일하는 코디가 펑크를 낼 경우 급한 호출로 불려오곤 했던 것이다.

게스트로 출연하는 개그맨은 요즘 한창 인기몰이를 하고 있는 젊은 남자였다. 수진은 텔레비전 화면에서 그렇게 사람 좋게 잘 웃기는 남자가 화난 사람처럼 뚱한 표정을 짓고 있는 것을 보며 방송과 다른 얼굴의 연예인으로 첫손에 꼽아도 될 거란 생각을 했다.

"정 코디가 직접 해주지. 아무리 내가 신인이지만 순 생짜에게 내 얼굴을 맡기다니 날 너무 무시하는 것 아냐?"

"순 생짜라니요. 얘가 얼마나 감각적인지 모르시는군요."

"감각적이라서 자기 얼굴도 가꾸지 않아?"

"얘가 화장을 안 하는 것은 워낙에 내추럴한 걸 좋아해서예요. 그리고 마무리는 내가 할 테니 걱정 마세요."

수진은 두 사람의 대사를 완전 무시하고 자신의 일에만 몰두

했다. 전문가로 인정을 받지 못하면 얕보이기 십상이었다. 게다가 지금 수진의 모습은 무시당하기 딱 좋은 차림새였다. 질끈 동여맨 머리에 펑퍼짐한 티셔츠 그리고 낡은 청바지 차림이 영락없는 아르바이트 학생 같았다.

"하긴 화장을 하면 예쁜 얼굴인데."

"안 해도 예쁘잖아요. 이래 봬도 얘 역시 모……."

"언니!"

"아, 알았어. 그래, 그만두자. 말 안 할게."

수진은 어디서든 자신이 다리 모델 일을 한다는 말을 하기 싫었다. 그 말을 듣고 나면 상대의 시선이 수진의 다리에서 떨어지지 않았다. 그런 관심이 싫은데다 다리 좀 보자고 치마를 들췄던 경우도 있었고 또 부분 모델이라고 하면 상대가 그녀를 아주 쉽게 생각하고 함부로 대하는 경우가 많아서였다.

"그럼 내가 궁금하잖아. 모델 지망생이라도 되는 거야?"

"비슷해. 모델 섭외도 받았던 애야. 얼굴 조금만 손보면 아주 훌륭한 비주얼이 나올걸?"

"하긴, 입체 화장을 하면 윤곽이 확 살긴 하겠군."

조금만 화장을 하면 훨씬 성숙해 보이고 예쁘다는 것을 수진도 알고 있었다. 수진은 사촌의 결혼식장에 갔다가 수군대는 친척들의 말을 듣고 난 뒤에는 웬만해선 화장을 하지 않았다. 그녀는 조금만 화장을 하면 자신에게 존재하는 요사스러움이 드러난다는 것을 그때 처음 알았다.

"수진이 쟤가 지엄마를 그대로 빼다 박았네."

"지엄마보다 색기가 더 넘치잖아, 쟤 저렇게 크면 남자 여럿 잡을 거야. 쯧쯧쯧."

"딸이 엄마를 빼닮았으면 틀림없지. 쟨 어떤 남자 신세 망치려나. 뭐, 어떤 남자든 우리 조카만큼 신세 버릴까? 우리 조카도 그 요물만 만나지 않았다면 지금 떵떵거리며 살 텐데 그 요물 만나는 바람에 신세 오그라졌지."

"남편 자식 내버리고 가서 편안히 잠이 오나 몰라."

"그러게, 우리 조카만 불쌍하다니까."

들지 말았어야 할 수군거림에 수진은 도망가듯 화장실로 뛰어들어 가 거울을 바라보았다. 거울 속에는 화장으로 완벽해진 자신의 낯선 모습이 있었다. 콧날도 더 높고 보라색과 푸른색의 아이섀도로 눈매가 한없이 깊어진 스무 살의 여자가 붉은 입술을 부들부들 떨며 서 있었다.

색기가 흐른다고?

섹시하다는 말도 그다지 좋게 들리지 않는, 여자라기보단 소녀 쪽에 훨씬 가까운 스무 살 나이의 여자에게 색기가 흐른다는 말은 감당키 어려운 욕이었다.

화장을 해서 색기를 띤다는 말일까?

그런 생각이 들어 수진은 티슈를 꺼내 입술의 립스틱을 지우고 눈의 화장도 지워 버렸다. 아침에 미용학원에서 배운 대로 화장을 하자 달라진 자신의 모습이 너무 마음에 들어 즐거운 마음으로 온 예식장이건만, 생각도 안 한 친척들의 수군거림에 커다란 상처를 입은 것이다.

그때까지 아빠가 사업에 실패했어도 친척들에게 손 벌리지 않고 떳떳하게 산다는 자부심으로 뿌듯했던 수진은 자신의 생각이 틀렸다는 것을 처음 알았다. 돈에 환장해 남편과 자식을 내팽개친 못된 년으로 인식된 엄마로 인해 딸인 그녀는 원죄처럼 정숙하지 못한 아이라는 꼬리표가 붙어 있었던 것이다.

그것은 참으로 억울하기 그지없는 일이었다. 먹고살기 바쁜 수진은 다른 아이들처럼 남자친구에 대한 호기심이나 연예인 또는 선생님 등에게 갖는 동경조차 갖지 못했다. 제 또래 아이들이 하는 그런 동경조차 수진에겐 일종의 사치였다. 그랬기에 사춘기의 한창 호기심 많은 시절에 수진은 또래의 모든 아이가 갖는 이성에 대한 동경조차 팽개치고 살고 있었다.

그랬는데 왜 엄마와 같은 동일 선상에 올려놓고 엄마를 닮아 여러 남자 망치겠다고 그녀에 대한 평가를 하는 것일까? 그때의 생각은 하면 할수록 가슴이 아팠다.

일이 끝나자 집까지 태워다 준다며 선배가 사양하는 수진을 차에 태웠다.

"여긴 차 없이 다니긴 불편한 곳이니 사양 말고 가. 내가 집까지 태워다 줄게."

"하지만 그러면 언니가 돌아가셔야 하잖아요."

"좀 돌지 뭐."

"안 그러셔도 돼요. 저 오늘 누구 만날 사람 있어서 집으로 바로 안 가도 돼요."

아무런 약속이 없음에도 그저 혼자 있고 싶어서 거짓말을 했다. 수진의 마음을 읽은 것일까? 선주의 얼굴은 영 믿지 못하겠다는 표정이었다.

"누굴 만나는데? 아니면 만나고 싶은 사람이 있는 거니?"

선주의 말에 불쑥 재준의 얼굴이 떠올랐다. 갑자기 견딜 수 없이 그가 보고 싶어졌다. 재준을 보면 은수에게 받은 상처가 치유될 것 같았다.

아무 연락 없이 그냥 찾아가도 될까? 그래도 아저씨 나 귀찮아하지 않을까?

전화기의 폴더를 열고 수진은 열심히 문자를 보내기 시작했다.

『보고 싶어요.』

"너 남자 생겼구나?"

수진의 얼굴이 발그레해졌다.

"어머, 진짜인가 보네?"

"아저씨예요."

맞아요, 나 사귀는 사람 있어요.

공연히 재준을 자랑하고 싶어졌다. 재준을 생각하자 저도 모르게 미소가 배어 나왔다.

"아저씨? 몇 살이나 먹었는데?"

"서른 살이요."

"서른 살이라고? 그 남자 재벌 2세니?"

"아니요."

"그럼 대통령 아들쯤 돼?"

"언니는!"

"난 네가 이 남자 저 남자 소개팅해 주는 거 다 싫다고 해서 그런 남자쯤 돼야 만날 생각을 하나 보다 했지."

"아저씬…… 평범한 회사원이에요."

"회사원? 이수진, 그만 때려쳐라. 너 미모 되지 나이 어리지 게다가 부분 모델이라고 해도 엄연한 모델로 수입 좋지, 그런 애가 왜 평범한 회사원 따윌 만나?"

"언니는 참……."

"내 말 명심해. 헛똑똑이, 이수진."

겉으로 드러난 것이 모든 것을 가늠하는 척도는 아닐 것이라는 생각을 했지만 말을 하진 않았다. 순간 수진의 전화에 문자가 들어왔다는 신호음이 울려 나왔다.

『보러 와도 돼.』

수진의 미소가 한껏 커지기 시작했다.

"언니, 나 방배동으로 갈 거니까 아무 전철역에서 내려주세요."

"방배동? 알았어. 거기까지 데려다 줄게."

선주의 차가 재준의 아파트 단지에 도착한 것은 그로부터 30분 후였다. 재준이 편한 차림으로 단지 입구에서 수진을 기다리고 있었다. 운전석에 있던 선주는, 수진과 눈이 마주치자 빙긋 웃음을 던지는 재준을 바라보고 눈을 동그랗게 떴다.

"저 남자니?"

"네."

"정말 회사원이야?"

"네."

선주의 눈에 비친 재준은 결코 회사원의 얼굴이 아니었다. 느긋하게 서 있었지만 재준의 모습에선 조금의 허점도 보이지 않았다.

"저 남자는 얘, 아무리 봐도 군주의 상이다."

"언닌 관상도 봐요?"

"관상은 볼 줄 모르지만 적어도 지배하는 사람의 기운은 읽을 줄 안다. 이수진."

"왜요?"

"저 남자 내게 넘길래?"

"언니! 농담도 그렇게 하면 싫어요."

차가 멎자 재준이 다가와 차 문을 열고 내리는 수진의 얼굴을 빤히 바라보았다.

"오늘 기분이 안 좋구나?"

"그래 보여요?"

"응."

"글쿠나. 왜 그럴까? 아, 언니 태워다 줘서 고마웠어요."

아직도 재준을 자랑하고 싶은 마음이 가득하지만 혹시라도 선주가 재준에게 반할까 싶어 수진은 재준을 선주에게 소개시키지 않았다. 재준과 인사를 하기 위해 목을 빼고 있는 선주의 표정이 뜨악해졌다.

너 진짜!

선주는 수진을 향해 눈을 흘기며 피식 웃었다.

이 아이, 이 남자를 굉장히 좋아하나 보구나. 그녀는 수진의 태도가 무척이나 신기했다.

"안녕히 가세요."

어서 가라는 압력에 선주가 쓰게 웃었다. 그때서야 겨우 선주의 존재를 알아차린 재준을 향해 한 번 더 웃은 뒤 선주가 차를 출발시켰다.

선주의 차가 멀어지자 재준이 슬쩍 수진의 볼을 토닥거렸다.

"창백해."

"그래요?"

"요즘 힘들어?"

"아니요."

사실은 힘들었다. 몸이 아닌 마음이 견딜 수 없을 정도로 피곤했다. 은수를 쫓아버려야 해. 안 그랬다간 언니라는 사실 자체가 이가 갈리게 싫어질지 모른다. 아직은 그렇지 않을 때 가라고, 그렇게 보내 버려야 할 것 같았다. 이은수의 존재는 그만큼 스트레스였다.

"많이 피곤해 보이는데?"

"그럼 아마도 사람 때문에 피곤한 걸 거예요."

"누구 때문에?"

"언니가, 그 인간이 좀 많이 사람을 힘들게 만들어요."

"음, 언니에게 인간이란 말은 좀 심한데."

엄한 재준의 말투가 꼭 꾸중을 하는 것 같았다. 수진은 입을 다물었다. 그건 재준의 말이 맞았다. 아무리 화가 나도 언니는 언닌데 너무 적나라하게 은수를 깎아내렸나 보다. 아무리 화가 나도 입 밖으로 내보내선 안 되는 말이었다.

그래도, 그래도……

친구와 싸우고 울고 집으로 들어가는 꼬마의 심정으로 달려온 수진이었다. 재준이 그녀의 투정이나 서운함 같은 것을 모조리 받아주었으면 하는 기대를 품었었는지 그녀를 나무라는 듯한 그의 태도가 조금 서운했다. 하지만 재준의 말이 옳았다. 불과 며칠 전만 해도 존재하는 줄도 몰랐던 재준에게 언니에 대한 욕을 한 것은 경솔하기 짝이 없는 일이었다.

수진은 살짝 얼굴을 붉혔다.

"미안해요."

"내게 미안할 건 없어. 미안해야 한다면 언니에게 미안해야겠지. 세상이 뒤집어져도 가족은 그대로야. 네가 죽어도 언니는 언니고, 언니가 죽어도 언니는 언니로 남아. 그러니 인간이니 뭐니 하고 막 나가는 건 좀 그렇지. 동생으로 말이야."

"네. 그건 잘못했어요."

"잘못을 바로 수긍하는 네 태도는 아주 바람직한데?"

재준의 입이 웃더니 곧이어 눈이 따라 웃었다.

"그리고 사실은 그 언니라는 인간, 내 마음에도 안 들어."

조사의 힘이 이리도 대단했던가. '도'라는 조사 하나가 수진과 재준 사이에 순식간에 공감대를 형성시키며 수진의 가슴에 응어리져 있던 억울함을 단숨에 해소시켰다. 은수에 대해 억울했던 감정이 어느 순간 모조리 사라져 버렸다. 대신 이유를 알 수 없는 눈물이 차오르기 시작했다.

대체 너 왜 이래? 왜 눈물을 흘리려고 하는 거야?

눈물이 흐를까 눈을 깜박이는 수진을 물끄러미 내려다보며 재준이 말했다.

"밤에 유람선 타봤어?"

"아뇨."

"그럼 타러 갈까? 뭔가 넓은 곳을 바라보면 가슴이 탁 트이니까."

재준이 수진의 손을 잡아왔다. 그의 손이 그녀의 손을 폭 감싼 순간 수진은 체온이 사람을 얼마나 기분 좋게 만들 수 있는지를 처음 알았다.

"가자."

그리고 짧은 키스! 수진은 눈을 감았다. 거리에 내린 어둠처럼 그녀의 입술에 다정함이 내리기 시작했다.

집에 도착한 시간은 꽤나 늦은 밤이었다.

"이제 와? 꽤 늦었네?"

"응."

재준과 유람선을 타고 강변 카페에서 차를 마시는 동안 은수에 대한 서운함을 어느 정도 씻어냈는지라 은수에 대한 수진의 표정은 편안했다.

"너 참 성질 이상하더라. 대체 왜 그렇게 화를 낸 거니?"

아, 인간아! 눈치 좀 있어라. 내가 왜 화를 냈는지 정말 모른 단 말이야? 그리고 화가 풀어진 것 같으면 그냥 넘어가지.

결국 또 인간이란 소리를, 아무도 듣지 않는 속말이라도 하고 말았다.

"나, 피곤해. 아무 말도 하고 싶지 않아."

"피곤? 나만큼? 이유도 없이 네게 그런 식의 화를 당한 나는? 난 안 피곤할 것 같니?"

"비키라고, 나 피곤하다고."

"나쁜 버릇도 있네. 이런 식으로 대화를 단절하는. 하지만 이 수진, 말을 해줘야지. 넌 이유없이 화를 내서 내 기분을 상하게 했잖아."

"넌……."

"언니야, 언니라고 불러."

"넌 그렇게 사니?"

"이수진."

"세상 모든 사람이 네 비위 맞춰야 하고 네 질문에 대답해야 하고 너를 우선으로 생각해야 하니? 내가 이유없이 화를 냈다고? 그래서 네 기분을 상하게 했다고? 그래서? 그러면 난 안 된데? 왜?"

"언니라고 부르라니까."

"언니 소리 듣고 싶으면 언니 노릇을 해. 네가 내게 언니 노릇한 게 뭐가 있어?"

"언니 노릇은……."

할 말이 없어진 은수가 우물거렸다.

"어쨌거나 그래도 내가 언니잖아."

"웃기지 마. 네가 나 아플 때 옆에 있어주길 했니? 나 힘들 때 옆에서 도와주길 했니? 좋다. 헤어져 있었으니 그럴 수 없었다고 치자. 그래. 한 달에 두 번 강남에 있는 음식점에 외식하러 오면서 단 한 번이라도 내게 들러보길 했니? 언니라면서? 그런게 언니냐? 너 편한 대로 살다가 갑자기 나타나 대접받으려 하다니 참 웃긴다."

수진의 기세에 몰린 은수는 잠시 대답을 하지 못했다.

"지금 너 내쫓고 싶지만 아빠 생각해서 꾹 참는 거야. 어쨌든

아빠 딸인 것은 분명하니까. 그러니까 더 이상 허튼소리하지
마."

"이수진, 너무 막간다. 맥심에 두어 번씩 올라왔지만 나 혼자
온 것도 아니야. 그리고 나 혼자 잘살았다고 하지만 네가 나 어
떻게 살았는지 모르잖아. 그러면서 이러는 것은 너무 심해. 안
그래? 너도 나 아팠을 때 옆에 있어주지 않은 것은 마찬가지잖
아. 너 혼자만 힘든 것 아니야. 나도 사는 것 힘들었어."

"그랬니? 그럼 미안하다. 그런데 나 너랑 더 이상 말하고 싶
지 않거든? 제발 그냥 놔둬."

가끔 말이 안 통하는 사람이 있다. 자기의 주장만 옳고 자신
의 생각만 중요한 사람. 아마도 지금 수진과 은수의 경우처럼.

은수가 자신에 대해 어떤 배려나 생각을 하지 않고 자기 처지
만 주장하는 것에 화가 났다. 자신 역시 은수의 말에 이해하려
는 최소한의 노력을 하지 않은 상태지만 그것에 대해선 생각하
고 싶지 않았다.

탁 문을 닫고 들어가는 수진의 등에다 은수가 소리 질렀다.

"나, 잣죽은 싫어."

난 네가 싫다. 어처구니가 없어서!

수진이 들어간 방문을 바라보는 은수의 입가가 바르르 떨리
고 있었다.

힘들었다고? 이수진? 나보다 더?

무시하려 했다. 눈길도 주지 않으려 했다. 하지만 은수의 태도는 수진의 모든 생각을 날려 버렸다. 자고 일어난 은수는 어제 수진이 화가 났다는 것을 완전히 잊은 얼굴이었다.

"수진아, 나 녹차."

하품을 쩍쩍 하면서, 쌀을 씻고 있는 수진에게 당당히 요구를 했다.

어제 그렇게 격한 말이 오고 간 건 모두 싹 잊은 모양이다.

"나 녹차 달라는데 뭐 하는 거야?"

수진이 끝까지 못 들은 척 무시했더니 아주 짜증까지 낸다. 기가 막혀서 말도 나오지 않았다.

"나 지금 뭐 하는 것으로 보이니?"

"뭐 하는데?"

"밥하잖아."

"나 아침엔 죽 먹지 밥 안 먹는다니까."

"먹고 싶은 사람이 해먹어."

짜증도 이런 짜증이 없다. 폭폭 속을 찌르는 은수의 희한한 재주가 눈부실 정도였다.

눈치도 없나? 생각도 없나? 아무리 이해하고 싶어도 이해되지 않는 이은수였다.

단지 저런 얼굴로 저런 말을 함에도 여전히 예뻐 보인다는 것이 놀라울 뿐이다.

참말로 사람은 예쁘게 생기고 봐야 한다.

수진은 은수의 모든 말과 행동을 무시하고 저 할 일만 했다. 밥을 푸는데 은수가 먼저 식탁에 앉았다.

"너무 많다. 반의반만 퍼."

수진은 먼저 아빠의 밥그릇을 식탁에 올린 뒤 언제나처럼 중얼거렸다.

"아빠, 진지 드세요."

은수가 놀랍다는 표정으로 바라보든 말든 자신이 먹을 것만 퍼서 식탁에 앉았다. 먹든 말든 상관하지 않을 생각인데 은수가 턱 아빠의 밥그릇을 잡아당겼다. 아빠 밥이니 먹지 말라고 한소리 하려다 그냥 참았다. 어차피 딱 두 그릇만 한 터라 그 밥 외엔 더 밥도 없으니 하루쯤 아빠 자리에 밥그릇을 놔두지 않는다고 해도 상관없을 것 같았다.

"숟가락은?"

그 옆에 수저통이 있건만 수저까지 챙겨달라는 말인가?

"밥 먹기 싫어?"

수진이 빽 소리를 지르자 은수가 조금 찔끔해했다.

"너 진짜 못됐어."

수저를 집어 들며 중얼거리는 은수를 보고 수진은 저절로 고개가 절레절레 흔들어졌다.

개념없는 인간 같으니라고.

이런 사람 또 있을까 싶을 만큼 은수는 정말 독특한 캐릭터였다.

수진은 어느 분이든 좋으니 제발 자신에게 인내심을 좀 더 베풀어달라며 간절히 기도하고 있었다. 생각대로 모든 것을 하고 사는 세상에 산다면 이 언니라는 별종을 그대로 집어 창문으로 던져 버렸을 것이다.

'뻐꾸기 띠가 틀림없어.'

뻐꾸기 어미가 자신의 알을 다른 새의 둥지에 낳으면 일찍 알을 깨고 나온 새끼가 나머지 알을 둥지 바깥으로 밀어버리고 저 혼자 새끼 노릇을 한다더니, 은수가 하는 짓은 완전 그 뻐꾸기였다. 이 집의 주인은 지금 은수고 수진은 더부살이를 하는 객 같았다. 지금 은수는 거실에 하나뿐인 1인용 소파에 올라앉아 텔레비전을 보고 있고 수진은 신데렐라처럼 열심히 거실 바닥을 걸레질하는 중이었다.

"여기도 좀 닦아."

걸레질을 시작하자 다리를 올리고 앉더니 턱짓으로 일을 부리려 한다. 수진은 걸레를 집어 던지려다 꾹 참았다.

참자. 참아. 무시하는 거다. 무시하는 거야! 쟨 이 공간에 없다. 이 집엔 지금 나 혼자다.

"수진아, 물 떠와."

물 좀 떠다 줄래도 아닌 물 떠오라는 명령이 아주 당당했다.

"너는 지금 뭐 하고 있는데?"

"지금 텔레비전을 보잖아."

"야!"

"시끄러워. 지금 저 나쁜 놈이 오리발 친 게 들통나느냐 마느냐 하는 이 중요한 때에 왜 소리는 질러."

머리를 갈라 뇌를 해부해 보고 싶다는 말은 아무래도 이런 순간에 쓰라고 생긴 것이 틀림없었다. 저 머릿속엔 대체 뭐가 들었을까?

"네가 걸레질해. 그럼 물 떠다 줄 테니까."

"넌 내가 걸레질을 할 사람으로 보이니?"

"걸레질하는 사람은 따로 있다던?"

"누가 따로 있대?"

하지만 걸레질 안 할 사람은 따로 있는 모양이었다. 특히 자신? 웃기지도 않는다.

"그리고 말이야, 요즘 누가 너처럼 엎드려 걸레질을 하니? 남들처럼 너도 편안히 살아. 청소기 돌리면 되잖아."

"그런 것 없어."

"하나 사. 몇 푼 되지도 않는 걸……."

"이은수, 지금부터 아무 말 하지 마."

생각대로 하란다면 걸레로 은수의 얼굴을 닦아주고 싶었다. 아니, 이 골치 아픈 언니라는 인간을 접고 또 접어 조그맣게 만든 뒤 휴지통에 탁 던져 버리고 싶었다.

"16년 만에 보는 언니에게 물 한 잔 안 떠다 주다니. 이수진

왜 이렇게 못되게 컸어?"

"너 진짜 걸레로 한 번 맞아볼래?"

치솟는 성질을 이기지 못하고 손에 든 걸레를 바닥에 힘껏 내동댕이치자 은수가 일어섰다.

"관둬라, 관둬. 치사해서 내가 떠다 먹는다."

하나님, 부처님, 공자님, 그리고 알라시여. 어느 분이 제게 이런 인내를 내리셨는지 모르지만 남보다 많은 인내를 내려주신 것에 정말 감사드립니다.

속을 꾹꾹 누르고 있는 수진의 속마음을 아는지 모르는지 냉장고 문을 연 은수가 닫을 생각도 않고 하염없이 바라보고만 서 있었다.

"그만 물 꺼내고 냉장고 문 좀 닫지?"

"물이 없어."

"거기 패트병에 옥수수차 있잖아."

"생수 안 사다 놨어? 난 죽은 물 안 먹는다고 말했잖아."

"죽은 물만 먹고살아도 사는 데 아무 지장 없어."

"싫어. 산 사람이 왜 죽은 물을 먹어? 난 죽은 물 먹기 싫어."

아주 가지가지 한다. 한 번만 더 참자고 수진은 이를 지그시 악물었다. 벌써 열두 번째였다. 당장 너희 집으로 가라고 소리치고 싶은 것을 겨우겨우 넘기는 중이다.

"수진아, 물 사다 주지 않고 뭐 하는 거야?"

눈치가 없는 건지 아니면 생겨먹길 그렇게 생겨먹었는지 은수의 하는 짓은 점점 가관도 아니었다. 은수의 말을 묵살한 수진은 걸레를 들고 욕실로 들어갔다. 지금 나가서 은수의 얼굴을 보아봤자 좋을 것은 아무것도 없으니 아예 샤워를 하자는 생각으로 물을 틀었다. 원래 목마른 놈이 샘 판다고 했으니 먹고 싶으면 지가 사다 마시던지 맛만 좋은 옥수수차를 마시던지 양단간에 결정을 내리라.

다른 때보다 느긋하게 샤워를 하고 욕실에서 나오자 언제 들어왔는지 정후가 와 있었다.

수진은 오늘 오전 강의도 없지만 정후는 분명 오전 강의가 있다. 그런데 왜 학교엔 안 가고 여기 와서 죽쳐?

은수를 보러 아침부터 왔구나 하는 생각이 들자 수진의 목소리에 날이 섰다.

"아침부터 왜 왔어? 나 오늘 오전 강의 없는데."

"학교 가자."

"나 오늘……."

"학교 가자고!"

정후가 갑자기 소리를 질러 수진은 깜짝 놀랐다.

애가 아침부터 못 먹을 걸 먹었나?

"어머 정후야, 오늘은 수진이 학교 못 가. 나랑 갈 데가 있거든."

가다니? 어딜?

"나랑 옷 돌려주러 같이 가야지. 옷을 찢었으니 적어도 그 정도는 해줘야잖아. 안 그래?"

웃겨, 정말!

 결국 수진은 1시간 후 은수에게 끌려, 정식 명칭은 모르지만 케이엔 빌딩이라고 불리는 50층의 케이엔 사옥 앞에 서 있었다. 같이 가야 한다는 은수의 말을 무시하려다 옷을 찢은 죄가 있어 어쩔 수 없이 따라나섰다. 케이엔의 사옥은 참으로 높고 웅장했다. 웬만한 사람은 범접을 못할 정도로 차갑고 단단해 보이기도 했다.

 수많은 사람이 드나드는 회전문을 통해 안으로 들어가자 호텔 로비처럼 말끔하고 호화롭게 꾸며진 실내가 눈에 들어왔다. 은수가 몸을 곧추세우고 현관 데스크로 당당하게 걸어갔다. 은수가 안내원을 상대하는 걸 바라보면서 수진은 감탄을 금치 못했다.

참 대단한 언니야.

지금의 은수는 사람 열받게 하던 집에서의 은수가 아닌, 아주 당당하고 세련된 여성이었다. 은수는 안내데스크에서 부서를 알지 못하면 연락을 해줄 수 없다는 직원들을 세련되고 절제된 음성으로 들었다 났다 하며 이성진이란 사람이 일하는 부서를 알아내고 한 걸음 더 나아가 그에게 전화를 걸도록 요구하고 성공했다.

"대전에서 이은수가 왔다고 전하세요."

전화를 걸라는 은수의 말이 얼마나 당당한지 직원이 순순히 전화기를 들었을 정도였다. 안내직원은 전화를 걸어 연결이 되자 약간은 주눅이 든 소리로 말을 하고는 은수의 요구대로 말을 전했다.

"이성진 부장님이십니다. 전화 받아보시죠."

직원이 전화기를 내밀었지만 은수는 받지 않았다.

"내려오라고 하세요."

어린애처럼 징징거리고 사람 속을 폭폭 뒤집던 은수는 어디에도 없었다. 은수가 몹시도 낯설고 신기했다.

"부장님께서 사무실로 올라오시라는데요. 저쪽에 있는 엘리베이터를 사용하십시오. 사무실은 25층입니다."

"수진아, 올라가자."

다시 수진을 향한 은수는 조금 전과 너무도 다르게 여전히 어리광이 담뿍 담긴 철없는 표정을 하고 있었다.

"조용히 넘어가야 하는데 좀 걱정스럽다."

대체 어떤 얼굴이 진짜인 거야?

은수의 얼굴이 어떤 것이 진짜인지 판단을 내리기엔 엘리베이터가 25층에 이르는 시간은 아주 짧았다.

25층에서 내려 사무실 앞에 선 은수가 심호흡을 했다. 순간 은수의 얼굴은 현관 로비에서 보던 얼굴로 순식간에 바뀌어 버렸다. 사무실로 들어서자 연락을 받았는지 여직원이 벌떡 일어서서 맞이했다.

"이은수 씨인가요?"

"그래요."

"이쪽으로 들어가세요. 부장님, 이은수 씨가 오셨습니다."

여직원이 문을 열어준 사무실 안으로 은수를 따라 수진도 들어갔다. 그들이 들어가자 업무용 책상에 앉아 있던 남자가 고개를 들었다.

이런!

성진의 얼굴을 본 순간 수진은 하마터면 신음 소리를 낼 뻔했다. 아니, 저 남자가 언니의 약혼자가 될 뻔한 남자란 말이야?

수진이 잘 아는 얼굴이었다. 그가 수진을 알지는 모르지만 말이다. 성진은 수진이 소속한 기획사의 모델 킬러였다. 케이엔의 광고를 찍으며 많은 모델과 접촉하며 그녀들에게 모조리 손을 뻗었다는 말이 도는 요주의 인물이었다. 그가 촬영장에 오는 것은 광고를 위해서가 아니고 집적거릴 모델을 발굴하기 위해서라고 소문났을 정도였다.

수진은 지금 방영 중인 광고에서 메인 모델의 다리 부분을 촬영하면서 촬영장을 찾아온 이성진을 두어 번 보았다.

"이은수예요."

이은수예요? 처음 보는 사람을 상대하는 것 같다. 하긴 이 남자는 억수로 돈 많은 남자인 것 같지만 대머리도 배 나온 남자도 아닌 것을 보면 은수가 이 남자에 대해 모르는 모양이었다. 모양 좋은 남자의 얼굴에 미소가 비뚤어진다.

"이은수라니. 마치 처음 만나는 사람에게 하는 인사말 같은데?"

"우리가 만났던 사이인가요?"

"만났던 사이인가요? 당연한 것 아냐? 너는 아주 비싸잖아?"

이건 지독한 빈정거림이었다. 은수를 상품으로 취급하고 있었다. 확 수진이 열이 올라 버렸다. 그녀가 은수를 언니라고 인정 안 하고 재수없는 인간이라고 생각하는 것과 남들이 은수를 막 대하는 것은 또 다른 문제였다.

이 약혼 절대 안 돼.

혹시라도 약혼을 한다면 도시락을 싸 가지고 다니면서라도 말리고 말리라.

"내가 비싼 것은 잘 알아요. 그래서 당신관 어울리지 않잖아요?"

은수의 반격이었다. 마치 약을 올리는 것같이 말꼬리를 잡아 말싸움을 시작하려는 듯 보이는 은수였다.

"난 값을 치렀어."

"난 받은 적 없어요."

"네 아버지에게 물어봐."

"저런, 당신은 사기 거래를 한 모양이군요. 나의 주인은 나예요."

은수가 쇼핑백을 책상에 올려놓고는 핸드백에서 봉투를 꺼냈다.

"보내주신 드레스를 그만 훼손해서요. 이건 수선비예요."·

너 그만 성 좀 내보지? 지금 은수의 태도는 꼭 이런 식이었다. 성진의 얼굴이 붉어진다 싶더니 감정적인 인간이란 표시를 냈다.

쾅!

성진이 책상을 내려쳤던 것이다. 그러더니 책상 건너로 팔을 뻗어 번개처럼 은수의 옷을 움켜쥐었다.

"야만적인 분이셨군요."

은수의 말투는 달콤했다. 그럴 줄 알았다는 듯 눈썹 하나 까딱하지 않았다. 분노로 떠는 성진을 향해 웃기까지 했다.

"감히 날 우롱해?"

성진이 생긴 것은 멀쩡했지만 생긴 것과 인간성이 다르다는 것은 수진도 진즉 알고 있는 사실이었다.

"그 손 놔요."

인내심이 없는 인간이라면 여자든 뭐든 상관없이 칠지도 모른다. 은수가 손톱만큼도 마음에 들진 않았지만 어쨌거나 그녀는 언니였다. 분명한 혈육이었다. 다치게 두고 볼 수는 없었다.

이건 뭐야?

그제야 수진의 존재를 알아차린 성진의 눈이 그렇게 말했다.

"당장 그 손을 놓지 않으면 이 문을 열겠어요."

당장 생각나는 협박은 그것뿐이어서 문손잡이를 잡고 수진이 말했다. 다행히 자기 부하에게 보이기엔 민망한 꼴이라고 생각했는지 성진이 손을 풀었다.

"난폭한 행동은 눈감아 드리죠. 약혼식을 망가뜨린 잘못도 있으니까. 드레스에 대한 배상이 적으면 계좌번호를 보내주세요, 부쳐 드리죠."

은수의 말에 수진의 가슴이 조마조마해졌다.

쟤 왜 저래?

수진이 그런 생각이 들 정도니 남자는 오죽하랴. 분노가 성진의 눈에서 불꽃처럼 이글거리기 시작했다.

"까불지 마!"

말속에 든 분노의 힘만으로도 방 안이 폭발할지 모른다. 하지만 은수는 여전히 태연했다.

"이렇게 돼서 유감이에요. 그럼……."

고개를 숙여 보인 뒤 은수가 우아한 손놀림으로 옷매무새를 바로잡았다.

"가자, 수진아."

"이은수, 이대로 가면 후회할 거야."

성진의 음산한 말투를 못 들은 척하며 은수는 벌써 사무실을 나가 버렸다. 수진은 망설이다 한마디 했다.

"소란을 피워서 죄송합니다."

수진이 바깥으로 나오니 은수는 벌써 엘리베이터 앞에 서 있었다. 은수가 잔뜩 겁먹은 표정을 짓고 있지만 수진에게는 그것이 진심으로 보이지 않았다. 은수는 약혼을 하지 않겠다며 사과를 하러 온 것이 아니고 이성진의 속을 폭폭 휘저어놓으려고 작정을 하고 온 것이 분명했다. 그렇지 않다면 그렇게 얄밉게 말하지 않았을 것이다.

수진이 옆으로 다가갔다.

"무서워 죽는 줄 알았어."

나른한 은수의 음성은 결코 떠는 사람이 낼 만한 것이 아니었다.

너 가면이 몇 개냐? 수진은 그렇게 묻고 싶었다.

"대체 왜 그랬어?"

"뭐가?"

"일부러 그 남자 화를 내게 만들려고 온 거지?"

은수는 수진의 말에 픽 웃음을 터뜨렸다. 보기보다 수진은 눈치가 빠른 모양이다. 맞았다. 은수는 되도록 이성진의 화가 하늘 끝에 닿도록 만들려고 이곳에 온 거였다.

화를 내라, 그래서 모든 분노를 박인성에게 되돌려라.

성진은 박인성을 파멸로 이끌기 위한 도구였다. 하지만 은수는 아직 수진에게 자신의 생각을 알려줄 생각은 없었다.

"너 나를 굳이 데리고 온 이유가 뭐니?"

"이수진, 언니에게 너라는 말을 너무 쉽게 그리고 자주 한다."

"어?"

엘리베이터가 도착해 먼저 오른 은수의 뒤를 따라 탄 수진은 놀란 표정을 감추지 못했다. 엘리베이터 안에 두 명의 남자가 타고 있었다. 그중 한 명은!

"이런, 여기에 웬일이야?"

"아저씨는요?"

반가움에 살풋 웃음부터 보내고 재준을 향해 손을 들려다 수진은 멈칫했다. 재준의 뒤에 서 있는 남자가 수진을 향해 눈을 부라렸던 것이다. 자신이 섬기는 상관에게 버릇없이 굴지 말라는 메시지가 분명했다. 삼사십 분마다 수진이 문자를 보내고 자신의 상사가 꼬박꼬박 답장을 한다는 것을 전혀 모르고 말이다.

"여기가 내 직장이야."

―세계로 달려나가는 케이엔의 남자를 믿어보십시오.

케이엔 그룹 광고의 카피가 생각났다. 믿음직스러워 보이는 것이 재준은 정말 그 카피에 꼭 들어맞았다.

"누구셔? 혹시 이분 뉴스에 같이 나왔던 분?"

재준을 빤히 바라보는 은수의 눈에 감탄의 표정이 서렸다. 흔하게 볼 수 있는 시시한 남자가 아니다. 이 정도면 충분히 진품이었다.

"어, 언니."

잘도 이은수 이은수 하더니 이제 언니라고? 수진이가 언니 소리를 하는 것을 보니 이 남자를 많이 의식하나 보다.

"뉴스 맞으세요?"

"아, 아!"

재준은 눈앞을 환하게 만든 여자의 얼굴을 한참 동안 바라보았다.

언니? 그럼 이 여자가 성진의 약혼녀?

봄꽃처럼 눈부신 황홀함을 지닌 여자의 얼굴에 살풋 초승달 같은 엷은 미소가 떴다.

"안녕하세요. 전 이은수라고 수진이 언니랍니다. 저번에 우리 수진일 도와주셨다고요? 감사드려요. 어머. 이런 정신을 봤나. 핸드백을 바꿔 들고 왔더니 명함을 빠뜨렸네."

아주 천진스러웠지만 재준은 은수가 눈썹 하나 까딱하지 않고 거짓말을 하고 있다는 것을 알았다. 명함 같은 것은 애초에 없으면서 핸드백을 뒤지는 척한다. 놀라운 순발력이라 할지 여우 같은 짓이라 할지 구별이 가지 않았다.

재준이 쓴웃음을 지으며 자신의 명함을 꺼내 들었다.

"신재준이라고 합니다, 이은수 씨!"

"어머나! 이성천 회장님의 비서실장이세요?"

"그렇습니다."

비서실장? 이렇게 젊은 사람이 그룹 내 계열회사 사장보다 더 실권이 높은 비서실장이라고? 비서실장의 권한은 대단한 것이었다. 회장의 최측근인 실세인 자리다.

은수의 얼굴에 미묘하지만 변화가 생겼다. 그녀가 좀 더 부드럽고 노골적인 호의를 띠며 웃기 시작했다.

"비서실장님이시라면서 나이가 굉장히 젊어 보이세요."

"제가 좀 동안이죠."

"호호호. 네, 그러시네요."

"그런데 여기엔 어떻게 온 거지? 이수진?"

재준의 관심이 수진에게 돌아왔으나 대답을 은수가 가로챘다. 은수로선 자신을 두고 남에게 관심을 갖는 남자가 있다는 것을 용납할 수 없었다.

"이성천 회장님 비서실장이시니 잘 아실 것이에요. 제 일을요."

약혼을 말하는 은수를 향해 재준이 고개를 끄덕여 주었다.

"혹시 모르시나요?"

"아닙니다. 잘 알고 있습니다."

"이성진 씨 만나러 왔어요. 없던 일로 하려고요."

약간은 높고 과장된 목소리였지만 은수의 표정은 아주 잔잔

했다. 감정 하나 흔들리지 않는 아름다운 얼굴 그대로였다.

은수는 물결처럼 부드럽게 흘러내린 머리칼을 시작으로 해서 신고 있는 구두코가 동그랗게 예쁜 것까지, 눈 닿는 곳 어느 한 군데 예쁘지 않은 곳이 없는 여자였다. 하얀 손으로 입술 밑을 긁어내려 자연스럽게 시선을 잡아당겨서 보니, 손과 입술이 특히 더 아름다웠다.

이 여잔 자신의 아름다움을 강조할 줄 알고 있었다.

웃고 있지만 은수의 눈 속에 빛나는 것은 웃음이 아닌 냉정한 계산이었다. 계산이 빠른 여자는 영악한 법이다. 게다가 이 정도의 미모라면 성진을 마음대로 조종할 수 있을 것이다. 성진과 맺어진다면 그를 조종해 케이엔을 쥐고 흔들고도 남을 여자였다. 생각만으로도 얼마나 골치 아픈 일인가.

은수가 자신을 바라보는 재준의 시선을 감지한 듯 미소를 보냈다. 남자들의 심장을 단숨에 잡아챌 정도로 위험하고 달콤한 웃음을 보내왔지만 재준의 관심을 끌지는 못했다. 재준이 살짝 수진의 손을 잡았다. 손을 잡힌 수진이 깜짝 놀라 몸을 움찔했으나 뿌리치진 않았다. 대신 눈을 흘기는 듯, 혹은 눈웃음을 보내는 듯 그렇게 재준을 보면서 아주 조금 얼굴을 붉혔다.

손을 잡는다는 것은 별것 아닌 일이라 할 수 있지만 그것이 아무도 모르게 은밀해지자 상당히 농염한 몸짓이 돼버렸다. 좁은 공간에서 두 사람만의 비밀스런 행동으로 수진의 가슴은 두근거리기 시작했다.

엘리베이터에 2라는 숫자에 불이 들어오자 생각도 않은 이 만남을 그냥 흘려 버리기가 너무 아까워 재준은 성천의 스케줄을 생각했다. 운 좋게도 두 시간 정도 시간을 뺄 수 있었다.

"먹는 것 좋아해?"

"사주시게요?"

은수가 대답을 가로채 버렸다.

"전, 프랑스 요리 좋아해요."

망할 계집.

성진은 은수가 두고 간 쇼핑백을 휙 집어 던졌다. 팔랑팔랑. 공중으로 날아올랐던 분홍의 드레스가 꽃처럼 펼쳐져 바닥으로 떨어져 내렸다. 호기를 부려 보낸 드레스였다. 입이 떡 벌어질 정도의 액수였지만 드레스를 보는 순간 은수의 이미지와 너무 어울린다는 생각이 들어 두 번 생각하지 않고 구입을 결정했었다. 여왕의 옷처럼 화려해서 은수에게 잘 어울릴 것이다 생각하며, 이것을 입으면 얼마나 아름다운 모습일까 생각하며 조금은 설레기도 했다. 그런데 이 옷이 치욕으로 변해 돌아온 것이다.

버릇없는 년.

은수로 생각하고 화난 마음으로 드레스를 모질게 밟았다. 꽃다발 같은 화려한 새틴 위에 발자국이 새겨졌지만 성진의 분노는 없어지지 않았다.

박인성은 오늘 아침에야 통화가 됐다. 으르릉거리는 그에게 인성은 한참을 쩔쩔맸다. 그리고 그가 한 말은 자신의 딸을 꼭 붙잡아다 대령시킬 테니 조금만 기다리라는 것이었다.

박인성은 약혼은 깨졌지만 변한 것은 조금도 없다고 강조했다. 그의 말의 요지는 자신의 의붓딸을 바칠 테니 주기로 한 케이엔의 주식이나 반드시 챙겨달라는 것이었다. 그런 전화를 한 지 2시간도 채 지나지 않았는데 찾아온 계집의 입에서 나온 말이라니.

'사기 거래를 하신 모양이군요' 라니. 참으로 깜찍한 계집이 아닐 수 없다.

네 아버지와 주고받은 거래에 대해 잘 알고 있단 말이지? 그러면서 혼자 쏙 빠져나간다고? 어림없다. 그동안 들인 공이 얼만데.

사기 거래든 아니든 그는 대가를 치렀으니 이제 은수는 그 값을 치러야 했다.

성진은 분노로 인해 점심시간이 될 때까지 아무것도 하지 못했다. 응석받이로 큰 성진은 인내를 갖지 못했다. 화나면 펄펄 뛰고 탐나면 갖고 싶으면 악을 쓰며 커온 습관이 들어버린 성진에게 은수는 비싸고 손에 넣기 힘든 장난감이었다. 장난감은 갖고 놀기 싫어지거나 부서질 때까지 갖고 노는 것이라는 게 성진의 생각이었다.

"부장님, 유성 감독님께서 오셨습니다."

문을 두드리는 여직원의 말에 성진이 일어섰다. 새로 런칭하는 화장품의 광고를 맡은 젊은 감독과 오늘 점심식사를 같이하기로 한 약속을 기억한 그는 서둘러 표정을 관리했다. 유성 감독은 재준과 친구 사이였다. 성진은 어지럽혀진 사무실을 보이기 싫어 그를 바깥으로 유도했다.

"어서 오십시오. 기다리고 있었습니다. 감독님, 바로 식사하러 나가실까요? 제가 프랑스 요리점에 예약을 해놓았는데 괜찮으십니까?"

그렇게 바로 유성을 데리고 맥심으로 향한 성진은 그곳에서 뜻하지 않은 사람들을 발견하고 우뚝 걸음을 멈추었다.

이은수, 그의 속을 폭 지르고 갔던 계집이 재준과 함께 앉아 있었다.

성진은 주먹을 불끈 쥐었다. 둘의 모습을 보자 가슴속에서 불길이 치솟았다.

역시!

그의 예감이 맞았던 것이다. 재준은 뉴스에 나온 여자가 은수가 아니라고 했지만 그건 거짓말인 것이 분명했다.

저 망할 녀석이 감히 내가 약혼하려던 계집을 훔쳤던 거야.

재준이 앉은 자리로 발길을 옮기려던 성진은 재준의 웃음이

은수에게 머문 것이 아니란 것을 깨달았다.

그는 잠시 서서 그들의 모습을 지켜보았다. 은수에게 잠깐 향했던 재준의 시선이 머문 것은 그녀 옆에 앉아 있는, 아까 은수와 사무실에 들어왔던 여자에게였다.

뭔가 묘하다.

재준의 얼굴이 낯설어 보였다. 부드럽게 흐트러져 있다. 재준의 얼굴엔 분명 상대에게 관심이 높은 남자가 짓는 표정이 나타나 있었다.

재준의 여자? 저 여자가? 그랬단 말이지?

갑자기 재미있는 생각이 들었다. 성진은 같이 들어온 부하직원을 돌아보았다.

"유 감독, 잠깐만 먼저 가 앉으시지요. 갑자기 김 대리에게 지시할 업무가 생각나서."

케이엔의 CF를 맡기로 한 유성 감독을 향해 양해를 구한 성진이 김 대리를 데리고 문 쪽으로 갔다.

"자네 오늘 이 일을 좀 해보지 않겠나?"

"네?"

김 대리가 어리둥절한 얼굴로 성진이 턱으로 가리킨 쪽을 바라보았다.

"신 실장 앞에 앉은 여자 보이지? 저 여자 신상명세서 좀 알아와."

눈치 빠른 김 대리가 고개를 끄덕였다. 성진은 비릿한 웃음을 베어 물었다.

재준은 성진에게 손톱 밑의 가시였다. 아니꼽고 싫은 놈이기에 몇 번이나 재준에게 타격을 먹이려 했으나 한 번도 성공하지 못했다.

여자가 생겼다? 이번엔 성공할 것 같군.

재준을 골탕 먹일 수 있을 것이란 생각에 성진은 소리 내 웃었다.

수진은 물 잔을 꽉 움켜쥐었다. 생각대로라면 식당에 들어와서 계속 재준을 향해 웃는 은수의 얼굴을 향해 들이붓고 싶었다. 하지만 차마 그렇게 하지 못하고 대신 수진은 물 잔의 물을 모조리 마셔 버렸다.

"음식 먹으면서 물 마시는 습관은 안 좋아."

나무람은 꼭 아빠나 오빠 같았으나 오늘 재준이 보여주는 행동은 완벽한 신사의 모습이었다. 수진은 접시를 물끄러미 내려다보았다. 그녀의 접시 위에 먹기 좋게 잘라진 고기는 재준의 솜씨였다.

"흐음."

주의를 끌고 싶은지 은수가 헛기침을 하며 와인 잔을 들었다.

"제건 안 잘라주셔도 돼요. 그것보단 이렇게 만난 것도 인연이니 우리 건배하죠. 수진아, 너도 잔 들어."

막무가내로 밀어붙이는 은수의 행동이 싫어 수진은 눈살을 찌푸렸다.

밤도 아닌 대낮에 무슨 술이란 말이냐. 술꾼도 아니면서. 물론 한 잔 정도야 마실 수는 있었지만 꼬인 것이 많은지 은수의 모든 행동이 수진의 눈에 다 거슬렸다. 무엇보다 재준을 탐욕스럽게 보는 은수의 눈이 너무 싫었다.

"난 술하고 안 친해. 건배 안 할래."

"나도 그래야 할 것 같은데."

"술 안 드세요, 신 실장님?"

"아뇨, 아직 근무 중이라서……."

물 잔을 들어 보이며 재준이 빙그레 웃었다. 은수의 눈초리가 대번에 샐쭉해지더니 잔을 테이블 위로 내려놓았다. 자신이 주도하는 일에 따라주지 않자 은수의 표정에 불만이 가득 들어찼지만, 수진도 재준도 신경을 쓰지 않았다.

"신 실장님은 재미없으신 분이시네요?"

"그런가요?"

"네."

재준의, '진짜 그래? 하고 묻는 얼굴을 보며 수진은 살짝 웃어주었다.

아니, 아저씨 참 재밌거든요?

은수는 지금 재준의 시선을 붙잡기 위해 애를 쓰는 것이 역력했다. 은수는 재준의 관심을 잡기 위해 안달이 나 있었고 재준은 느긋하게 그런 은수를 무시하고 있었다. 재준의 무시는 노련

할 정도로 세련되었다. 결코 노골적이지 않은데도 은수에 대해
아무 관심 없다는 표시가 아주 두드러졌다.

수진은 재준이 잘라준 고기를 입에 넣었다. 스테이크를 그다
지 좋아하지 않았음에도 입안에 든 고기 맛이 꿀맛이었다.

"맛있어요."

"많이 먹어."

"어쩐지 신 실장님이 하시는 것을 보니까 꼭 아빠가 딸에게
하는 것 같아요. 우리 수진이가 딸로 보이나 봐요?"

"언니!"

수진은 은수를 잡아서 반으로 접은 뒤 다시 또 접어 공처럼
꼭꼭 뭉쳐 드리블을 하듯 바닥에 탕탕 튕기며 이 홀을 나가는
상상을 했다.

이 무슨 망발이란 말인가. 물론 재준에게서 느껴지는 아빠 같
은 푸근함이 못내 좋긴 했지만 딸과 아빠처럼 보여진다는 것은
말도 안 되는 일이었다. 빈정거림, 악의 그리고 심술이 느껴지
는 은수의 말에 재준이 살짝 어깨를 으쓱거렸다.

"아직 딸을 낳지도 키워보지도 않아서 아빠가 하는 행동이 어
떤 건지 모르겠지만, 이은수 씨 눈엔 그렇게 보였나 보군요. 음,
충격인데?"

수진은 은수에게 대꾸해 주면서 끝은 늘 자신에게 향하는 재
준에게 감동받았다.

'나, 이 아저씨 정말 좋아.'

은수에게 우리 사귀는 사이야라고 말한다면 어떤 얼굴을 할까? 입이 근지러울 지경이었다.

　"전언이 있습니다."

　웨이터가 다가와 재준의 귓가에 무언가를 낮게 속삭였다. 듣고 있는 재준의 얼굴이 아주 짧은 순간 찌푸려졌다. 하지만 수진과 은수를 향해 고개를 든 재준의 표정엔 조금 전처럼 기분 좋은 웃음이 걸려 있었다.

　"이성진 씨가 점심을 먹으러 마침 이 식당으로 왔다가 우릴 본 모양입니다. 합석을 청해왔습니다."

　"그래요? 합석하죠, 그럼."

　은수의 즉각적인 대답에 놀라 수진이 고개를 번쩍 들었다. 당연히 거절할 것이라 생각했던 재준도 미처 놀란 표정을 감추지 못했다.

　"거절해도 됩니다."

　그의 음성엔 아직도 놀라운 기색이 담겨 있었다.

　"거절할 게 뭐 있어요?"

　재준이 고개를 끄덕이자 웨이터의 안내를 받고 성진과 낯선 남자가 다가왔다.

　"오랜만이야. 어떻게 지냈어?"

　재준이 일어서더니 성진을 따라 들어온 남자와 반갑게 악수를 했다. 친숙한 웃음이 오가는 걸 보니 잘 아는 사이 같았다.

　"나야 늘 그렇고, 자넨 어때? 회장님 보필하느라 바쁘지?"

장발이 치렁치렁하고 양복 재킷 속에 티셔츠를 입고 있는 남자의 차림은 분명 이곳의 분위기완 전혀 어울리지 않았는데도 불구하고 아주 자연스러웠다.

"앉으시지요, 이 부장님! 너도 앉아."

"이 부장님의 약속인지라 차마 어기지 못하고 나왔더니 어겼으면 땅을 치고 후회할 뻔했어. 이런 미인들과 있는 신재준을 훼방 놓을 기회를 놓쳤을 테니까."

재준을 무시하고 자리에 앉는 성진과 달리 낯선 남자의 너스레는 분위기를 붕붕 띄웠다. 말과는 달리 눈매가 날카로운 남자가 찬찬히 은수를 보고 다시 수진을 바라보았다.

"여긴……"

소개를 하려는 재준의 말을 남자가 잘랐다.

"반갑습니다, 유성이라고 합니다."

"유성? 혹시 CF 감독이신 그 유성?"

"아, 맞습니다. 제가 그 유성입니다."

은수의 말에 남자가 크게 웃었다. 유성이라면 요즘 CF계에 떠오르는 신성감독이었다. 만드는 광고마다 이슈가 되어 공전의 히트를 치고 출연 모델들을 단숨에 톱스타로 만들어 버리는 스타메이커이기도 했다.

우와.

수진은 감탄했다. 아직 유성이 만드는 CF에 참여해 본 적이 없었지만 유성 감독의 이야기는 아주 많이 듣고 있었다. 전설과도 같은 광고업계의 남자는 아주 젊었다.

"대단하신 분을 뵙네요."

은수가 고개를 비스듬히 내리며 웃었다. 유성을 볼 땐 살짝 유혹의 기운을 띤 표정과 몸짓이더니 성진을 향하는 얼굴은 얼음처럼 싸늘하게 식어 있었다.

"전 대단한 미인을 뵙는군요."

유성의 말은 진심이었다. 수많은 스타를 봐 여자들의 미모엔 많이 익숙해진 유성이었다. 하지만 그가 만난 많은 미녀들은 철저히 매스컴의 입맛에 맞춰 인공적으로 변형된 미인들이었다. 얼굴을 전혀 손대지 않고도 은수는 그런 미인들과 비교도 안 되게 아름다웠다.

"혹시, 두 분 모델이나 그런 쪽에서 일하시진 않으십니까?"

그렇지 않아도 유성은 케이엔 화장품의 시놉과 콘티를 결정한 뒤 그것에 어울리는 모델을 찾느라 동분서주 중이었다. 벌써 한 달을 넘게 수많은 여자를 후보에 올려 만나봤지만 아직 마음에 드는 얼굴을 구하지 못하고 있던 유성의 눈이 은수와 수진을 본 순간 확 떠졌던 것이다.

"아뇨."

"그럼 한 번 해보실 생각은?"

"없어요."

새침하게 대답했지만 은수의 표정엔 채 숨기지 못한 욕망이 슬쩍 지나가고 있었다.

"마음 한번 돌려서 이번 케이엔 화장품에서 찍는 광고에 카메라 테스트 한 번 받아보지 않으시겠습니까?"

"이봐, 유 감독!"

성진이 제지하려 했으나 유성을 막지 못했다.

"케이엔의 광고를 맡고 아직 마음에 드는 얼굴을 발견하지 못해 시작을 미루고 있었는데 오늘 이미지와 근접한 미인을 두 분이나 보게 될지 누가 알았겠습니까?"

"케이엔의 광고를 맡으셨어요?"

"이 친구가 하도 압력을 넣어서……."

재준을 턱짓한 뒤 유성이 다시 수진 쪽을 바라보았다.

"어떤 광고인데 카메라 테스트를 받아보라는 거예요?"

흥미없는 척 묻는 은수의 눈이 반짝 빛나고 있었다.

집으로 들어서자 은수의 고상하고 우아한 태도는 단번에 사라져 버렸다.

"아우, 피곤해. 한숨 자야 할 것 같아."

은수는 신발을 벗어도 결코 가지런히 벗어놓은 적이 없었다. 한 짝은 이쪽 한 짝은 저쪽에 아무렇게나 벗어 던졌다. 가뜩이나 좁은 현관이 은수의 구두만으로도 형편없이 어질러져, 웬만하면 은수에게 신경을 끊으려 했던 수진은 단박에 눈살을 찌푸렸다. 생긴 건 안 그렇게 생겼건만 하는 짓은 영 아닌 은수였다.

"이은수, 신발 제자리에 예쁘게 놔."

"야, 이수진. 넌 내가 언니라는 걸 가끔 잊나 본데……."

"신발!"

"그런 건 동생이 해줘도 되잖아."

"신발!"

"어이구, 잔소리쟁이."

중얼거리며 은수가 발을 내밀어 신발을 끌어당겼다. 비딱하게나마 제짝을 맞추고 돌아서는 은수를 향해 수진이 다시 말했다.

"이은수, 신발!"

"진짜 왕짜증이네. 야! 그런 건……."

"너 나갈래? 신발 제대로 정리할래?"

"치사하다. 그래, 한다 해. 치사해서 내가 하고 만다. 너 내가 케이엔 모델이 되어도 이러는지 두고 보겠어."

아까 유성의 권유를 못 이기는 척하며 은수는 그를 따라가 카메라 테스트를 받고 오는 길이었다. 그것만으로도 이미 모델로 발탁이 된 듯 행동하는 은수였다.

하긴, 저 정도라면…….

은수 정도면 충분히 카메라 테스트를 통과할 수 있으리라. 수진은 카메라 테스트를 받아보라는 유성의 말을 끝까지 사양했다. 어릴 때는 예쁘장하단 말을 들었지만, 또 작년부터 피기 시작한다는 말을 듣기 시작했지만 원래 수진의 미모는 눈에 띄게 아름다운 것과는 거리가 멀었다. 그래서 3년이나 다리 모델 일을 하면서도 남의 눈에 띄지 않았는지 모른다. 그리고 그것은 일을 하는데 많은 도움이 됐다.

이 바닥에서 눈에 띤다는 것은 그만큼 유혹의 손길이 많이 뻗어오는 거니까. 성공과 명예 그리고 돈. 톱스타가 되면 거머쥘 수 있는 그런 것을 미끼로 다가오는 유혹은 치명적일 만큼 거센 힘을 가졌고 그 힘은 굉장한 파괴력을 지니고 있었다.

유혹이 뻗어오면 거의 누구나 대부분 솔깃해했고 대부분 유혹에 넘어갔다. 그리고 대부분은 파멸의 구렁텅이로 굴러떨어졌다. 눈이 멀게 예쁜 동료들이 욕심을 내고 유혹에 끌려 타락해 버린 것을 보아온 수진은 결코 허황된 것에 욕심내지 않았다.

그래, 제발 부탁이니 케이엔 모델이 돼 이 집에서, 아니, 내 눈앞에서 사라져 주라.

은수의 성격은 수진이 보아온 제멋대로의 스타들 성격과 아주 흡사했다. 저만 알고 저만 중요한 그런 자기중심적인 성격은 유명하면 할수록 더 강하게 나타나는 스타들의 공통적인 성격이었다. 아마도 그놈의 성격 때문에라도 은수는 스타가 될 것이다.

"수진아, 욕조에 물 좀 받아놔."

욕실로 들어가는 수진의 뒤로 은수의 말이 꼬리처럼 따라왔으나 수진은 살짝 무시해 버렸다.

"뭐야, 물 받아놓으라니깐."

수진이 이를 닦고 세수를 하고 나오자 뒤이어 욕실로 들어간 은수가 신경질을 부렸다.

"야, 이수진. 수도꼭지만 틀어놓으면 되는데 그게 그렇게 어렵니?"

무시하자. 내겐 아무 말도 안 들려.

주방으로 들어가 쌀을 씻는데 초인종이 울렸다. 문을 여니 외출복 차림의 소영이 서 있었다.

"어, 어디 갔다 오세요? 오늘 아주 예쁘시네요."

"집에 있었구나. 뭐 하고 있었니?"

"쌀 씻고 있었어요."

"은수는?"

안을 들여다보며 소영이 물었다.

"지금 목욕해요."

"이거 은수랑 하나씩 입어라."

소영이 불쑥 쇼핑백을 내밀었다.

"뭐예요?"

"오늘 백화점에 갔다가 경품으로 받은 옷이야. 숙녀복이라서 옷 생겼다고 좋아했더니 너희들에게나 어울릴 옷이지 뭐니."

"또 당첨되셨어요? 그런 자리에 저 좀 데려가시라니깐요."

"그래, 다음엔 같이 가자꾸나. 호호호."

소영은 곧잘 경품에 당첨됐다고 이렇게 옷이나 다른 것들을 수진에게 주곤 했다. 그 종류와 개수는 열거할 수 없을 만큼 많아서 수진은 언젠가부터 소영을 경품의 여왕이라고 일컬었다.

하지만 사실 소영이 경품으로 받았다고 한 모든 물건은 진경이 사서 보낸 것이었다. 그것을 수진은 꿈에서도 알지 못했다.

"어머, 아줌마. 이 브랜드 옷 되게 비싼 거예요. 그냥 입기 미안할 정도로요."

"마음엔 드니?"

"네. 너무 예뻐요."

"그럼 그냥 입어. 어차피 공짜로 생긴 건데 뭐."

"이야, 저 수지 맞았네요. 감사합니다. 잘 입을게요. 근데 보통 경품은 하나씩 주던데 여긴 옷을 두 벌이나 줬나 봐요?"

"응. 통이 큰 곳이지?"

똑같은 디자인이지만 보라와 자주색의 색감 때문인지 전혀 분위기가 달라 보이는 옷을 꺼내 들며 수진이 호들갑을 떨었다. 그렇지 않아도 요즘 입을 만한 옷이 없다고 생각하던 참이었다.

아줌마가 하루만 일찍 경품에 당첨됐으면 오늘 이 옷을 입고 아저씨와 만났을 텐데.

사랑에 빠진 여자처럼, 예쁜 옷을 보자 재준이 생각났다. 이 옷을 입으면 오늘 갔던 레스토랑에서도 기죽지 않을 것이다.

소영이 옷을 주고 간 뒤 한참 후에야 목욕을 끝낸 은수가 수건으로 칭칭 감고 욕실에서 나왔다.

"뭐니? 이 옷은?"

"아줌마가 경품으로 받았다고 너랑 한 벌씩 입으래."

"이런 싸구려 옷을 어떻게 입어. 너나 다 입어."

"너, 진짜. 안 입을 거야?"

"응. 너나 입으라니까."

"나중에 후회 안 할 거지?"

"후회는! 그게 아르마니라도 돼? 그까짓 것 갖고 뭘 후회씩이나 해?"

그래, 싫으면 말아라.

그저 부딪히지 않고 무시해 버리는 것이 가장 정신 건강에 이로울 것이기에 수진은 자신의 옷장에 두 벌의 옷을 다 걸었다.

동생이면 동생답게 나긋거리면 좀 좋을까? 저것은 꼭 덜 삶은 나물처럼 뻣뻣해서는.

수진이 자기 방으로 들어간 뒤 은수는 타올을 풀고 바디로션을 바르기 시작했다. 물기 머금은 피부가 로션을 흡수하면서 더 촉촉해졌다. 은수는 누구든 한 번 보면 눈을 돌릴 수 없는 뽀얗고 고운 피부를 갖고 있었지만 그건 그냥 가진 것은 아니었다. 원래부터 은수는 아름다워지기 위해 필사적인 노력을 퍼부었다. 집과 여자는 가꿔야 된다는 옛말은 맞는 말이었다. 본래의 미모도 출중했지만 노력을 하면 할수록 그녀는 더욱 아름다워졌다.

아름다워질 거야.

엄마의 딸이니만큼 엄마보다 더 아름다워지고 싶었다. 엄마가 너무 예뻐서 불행했다고 했지만 은수가 보기엔 아니었다. 엄마가 불행한 것은 타고난 미모를 활용하지 못해서였다.

가끔 은수는 생각하곤 했다. 그녀가 엄마였다면 결코 그렇게 살지 않았을 것이라고. 남자가 빠져들게 하는 것이 어렵지 여자에게 빠진 남자를 조종하는 것은 아주 쉬운 일이었다.

계부인 박인성은 엄마에게 완전히 빠져 있었다. 얼마든지 손가락으로 휘두를 수가 있었다. 그런데 엄마는 늘 전전긍긍 그저 계부에게 벗어날 꿈만 꿀 뿐 벗어날 시도를 할 엄두도 내지 못했다. 은수는 그것이 너무 답답했다.

만일 나였다면…….

그랬다. 만일 그녀였다면 결코 엄마처럼은 안 살았을 것이다. 그 모진 학대를 묵묵히 견뎌내진 않았을 것이다.

기다려 보세요, 새아버지.

성진을 이용해 무너뜨리지 못한다면 케이엔의 광고 모델이 돼 박인성을 무너뜨릴 힘을 잡고 말리라.

은수는 이제 옛날처럼 박인성과의 정면 승부는 결코 하지 않을 것이다. 힘있는 자를 쓰러뜨리기 위해선 힘있는 자와 싸우게 만들면 되는 것이다. 힘있는 남자를 조종하는 것은 여자의 아름다움이다. 은수는 그렇게 믿었다. 그러니 그러기 위해서 이 세상 누구보다 아름다워져야 했다.

며칠 동안 은수는 우유를 훔쳐 먹은 새끼고양이 같은 얼굴을 보여주었다.

카메라 테스트 받는다고 다 통과되는 줄 아나?

수진은 은수가 조금 한심했으나 그냥 놔두었다. 무엇보다도
은수는 이제 더 이상 수진을 갈구지 않았다. 얌통머리없는 소리
를 톡톡 해대며 떨던 얄미움이 사라지자 아주 친절하고 나긋해
졌다.

"내가 모델 계약을 하면 말이지……."

꿈꾸면서 행복하라고 놔두고 수진은 언제나처럼 생활했다.
학교에 가며 오며 시간나는 대로 재준에게 문자를 보냈다.

「일어났어요.」

「밥 먹었어요.」

「커피가 맛있어요.」

「비가 와요.」

「지하철 탔어요.」

재준은 반드시 답을 해줬다. 그럴 때마다 수진은 흐뭇했다.
문자를 볼 때도 그녀를 생각하겠지만 답을 보낼 때 또 한 번 생
각하는 것이니.

재준의 문자는 아주 간략했다.

'파이팅' 혹은 '응. 많이 먹었어?' 하고 묻는 문자도 있었다.

재미있다. 이것이 사귀는 것이다. 이름하여 교제 또는 사랑하
는 것.

그리고 금요일, 늘 그녀의 문자에 답만 보내던 재준이 먼저

문자를 보내왔다.

『내일 빚 갚아.』

내일은 토요일, 그리고 지금은 금요일 밤!

첫 번째 만남,
세 번의 키스 ⑬

"잘 지냈어?"

문을 열어준 재준의 하얀 티셔츠가 눈부시게 빛났다. 그리고 재준의 웃음은 그보다 더 하얗게 빛났다.

"아저씨?"

"난 누가 하도 많이 문자를 보내서 일일이 대답하느라고 피곤하게 지냈어."

"문자를 기다리신 것 같은데요?"

"그랬을 거야. 그렇게 줄기차게 오니, 아마도 나도 모르게 길들여진 것 같아. 이제 문자 올 때쯤 됐는데 하고 기다리고 있는 나를 깨닫곤 했으니까."

수진을 안으로 들인 뒤 재준이 문을 닫았다.

넓다.

재준의 아파트로 들어선 순간 수진에게 든 생각이었다. 30평 쯤 돼 보이는 아파트인데도 모델하우스처럼 깔끔하고 모던해선 지 거실이 상당히 넓어 보였다.

"아저씨, 밥이요. 먹고 싶은 메뉴 있어요?"

"우선은 네 입술!"

양 뺨을 손에 쥐고 재준이 키스를 해왔다. 수진은 눈을 감았 다. 따뜻하고 부드러운 재준의 입술이 이제는 그녀에게 익숙해 졌다.

"맛있어요?"

"응."

"아저씨도."

떨어졌던 입술이 다시 서로를 찾았다. 잘근잘근 한참 동안 재 준이 수진의 입술을 물고 빨았다.

"아저씨, 나 밥하러 온 건데."

"해!"

"키스하면서 밥하는 재주 없어요, 나."

"이제 할 수 있지?"

놔준다 싶더니 어느새 뒤에서 끌어안고 재준이 입술 대신 수 진의 목을 지분거렸다.

"안겨서 밥하는 재주도 없는데요?"

"열심히 노력해서 갈고닦아."

아무래도 이러다간 밥보단 다른 걸 하게 될지 모른다. 수진은 억지로 재준의 품에서 벗어났다.

"아저씨! 이게 뭔 줄 아세요?"

"칼."

"이걸로 뭘 할 것 같아요?"

"음, 밥."

"아뇨. 빚 갚는 것 방해하는 남자 혼내줄 거예요."

"누가 널 방해하는데?"

"아저씨!"

느물거리는 재준의 말에 수진은 웃어버리고 말았다.

"제발 제가 빚 좀 갚게 협조 좀 해주세요. 전 빚지고 못 산다고요."

"좋아, 못 살게 할 수는 없지. 협조하지 뭐. 그런데 넌 뭘 잘하지?"

"뭐든, 제가 할 수 있는 것은 최선을 다해요."

"비빔밥 할 줄 알아?"

"비빔밥이요? 그럼요. 비빔밥 좋아하세요?"

"응."

수진은 팔을 걷어붙였다. 손이 많이 가는 음식이긴 하지만 아저씨가 좋아한다는데 그쯤이야 뭐.

"냉장고 열어봐도 되죠?"

"당연하지."

냉장고는 크기에 비해 실속은 없었다. 냉동실엔 고기도 있고 생선도 있고 냉장실엔 맥주 캔 이온음료 과일, 그리고 우유 계란 치즈도 있지만 야채는 아무것도 없었다. 전형적인 혼자 사는 남자의 냉장고였다.

"재료가 아무것도 없네."

"없으면 주문하면 되지."

수진은 냉장고 점검을 끝낸 뒤 종이에 필요한 것들을 적었다.

"시금치, 콩나물, 표고버섯, 고사리, 도라지, 오이, 비듬나물? 이상한 이름이군."

"그게 들어가면 부드럽고 맛있어요."

재준이 마트로 전화를 걸어 수진이 적어준 것을 보며 주문을 하는 동안 수진은 냉장고에서 이것저것 꺼내어 손질을 시작했다.

"우선 고추장을 볶아야 해요. 고추장을 볶으면 더 매워지고 맛이 있어요."

수진의 입과 손은 매우 재빨랐다. 그녀는 냄비에 고추장과 쇠고기 간 것을 넣고 볶았다.

"잘하는데."

식탁에 앉아 수진을 지켜보던 재준이 불쑥 말을 꺼냈다.

"생활인걸요."

10분 만에 마트 직원이 주문한 재료를 가지고 왔다. 식탁에 신문지를 죽 깔아놓고 수진이 나물을 다듬기 시작했다.

"지금부터 할 일이 많으니까 도와주세요."

"나 고급 인력인데?"

다듬으라고 나물을 내밀자 재준이 중얼거렸다.

"아저씨!"

"응?"

"착한 아들 아니었죠? 엄마 도와준 적 한 번도 없었죠?"

"이수진."

"왜요?"

"난 빚 받는 사람이야. 이렇게 야단맞으며 밥 얻어먹을 이유가 없어."

확 수진을 잡아당겨 재준이 그녀의 입술에 꾹 키스를 했다.

"자, 이걸 다듬으라고? 어떻게?"

수진은 아직도 재준의 여운이 남아 있는 입술을 베어 물었다.

아무래도 이러다 습관이 들겠어.

키스가, 하면 할수록 하고 싶어지는 것인 줄 미처 몰랐다. 이렇게 입술만 쪽 빨고 마는 키스를 당하고 나면 곧바로 입안으로 혀가 들어왔던, 진하고 길었던, 그래서 숨 쉬는 것조차 잊었던 깊은 키스가 생각났다.

미쳤어, 이수진.

비록 달다고 해도, 키스는 어린아이가 사탕을 먹는 것처럼 단순하게 생각할 것은 아닐 것이다. 키스를 하고 싶다니, 키스를 당할 때의 느낌이 좋다는 것은 위험한 생각이었다.

정신 차려.

지금 그녀의 처지로는 사랑 타령이나 하면서 이런 것에 홀려 있으면 안 되는 것이다.

수진은 빠른 손짓으로 쌀을 씻어 밥을 안친 뒤 나물을 다듬고 삶고 볶았다. 국물을 위해 한 움큼 남긴 콩나물로 국까지 끓이자 지켜보던 재준의 눈에 감탄이 어렸다.

"잘하는데. 생긴 것과 다르군."

이 말이 욕일까? 칭찬일까?

수진이 입을 열기 전 재준이 앞질러 말했다.

"칭찬이야."

"접수해 드리지요."

고슬하게 한 밥을 그릇에 퍼 색색의 나물과 고추장을 올려놓은 뒤 계란 프라이를 해 올림으로써 완벽한 비빔밥으로 탄생시켰다. 콩나물국과 함께 비빔밥을 재준의 앞에 놓았다.

"비빔밥이 이렇게 손 많이 가는 것인 줄 미처 몰랐어. 어머니가 자주 해주시던 거라 쉽게 생각했는데, 수고했어. 그런데 네 건 왜 없어? 밥은 같이 먹어야 하는 거 아닌가?"

"같이 밥 먹는 것은 계약에 없었잖아요?"

"같이 안 먹는다는 것도 계약에 없었지."

그다지 밥 생각이 없었지만 재촉하는 재준의 시선에 수진이 자신이 먹을 그릇을 식탁에 놓고 마주 앉았다.

"맛있는데!"

쓱쓱 비벼 한 수저 입에 넣은 재준이 감탄의 소리를 냈다. 정말로 맛에 탄복한 표정이어서 수진의 마음은 흐뭇해졌다.

"상으로 키스해 주고 싶을 정도야."

"키스가 상이 될 수 있다고 생각하다니 그 어처구니없는 발상에 삼가 조의를 표하고 싶군요."

"상 받는 게 싫은 거야, 키스가 싫은 거야?"

"둘 다 좋지만 신재준 씨가 싫어요. 앗."

참기름 고추장 그리고 나물 범벅의 냄새가 가득한 재준의 입술이 부딪쳐 왔다. 기습 같은 키스에선 고추장 맛이 진하게 났다.

"키스가 매워요."

수진의 중얼거림에 재준이 몸을 반만 일으켰다. 식탁을 사이에 두고 그녀에게 몸을 굽혔다.

키스는 아까보단 길었지만 수진에겐 여전히 짧다는 생각을 들게 했다. 아쉽게 재준의 입술이 물러가자 수진이 눈을 흘겼다.

"이봐요!"

"네 얼굴에 쓰여 있었어. 키스해 달라고."

"아저, 아니, 신재준 씨. 아무 말 마세요. 나 지금 화나려 하니까."

어처구니없게도, 재준이 키스를 했다는 것이 아니라 너무 짧게 했다는 것에 화가 났다. 게다가 비빔밥의 맛이 너무 강해 키스의 맛이 느껴지지 않은 것에도 화가 났다.

진짜 키스를 해보고 싶어. 진지하고 격렬하게.

이 무슨 난잡하고 음란한 생각일까?

갑자기 수진의 몸이 홱 당겨졌다.

"나도 비빔밥 맛보다는 키스 맛이 더 좋아."

아직도 재준의 입술에 비빔밥의 맛이 강하게 남아 있었지만 먼저와는 달리 이제는 입술의 부드러운 맛과 그녀에게 감겨오는 혀의 맛을 정확히 알 수 있었다.

재준의 입술은 강하고 혀는 집요했다. 그러면서 부둥켜안는 손길은 부드러웠다. 수진은 정신없이 재준의 목을 끌어안았다.

키스를 할 때 종소리가 나는 것 같은 환상에 빠진다는 소설의 구절에 어처구니없다고 코웃음 쳤었는데 지금 보니 사실인가 보다.

정말로 종소리가 들려온다. 맑은 새소리와도 같은 종소리가!

"조금 쉬었다 하면 안 되겠니?"

종소리에 이어 다정한 여자의 음성이 귀에 들려왔다.

뭐야, 사람의 말소리가 들리네?

"인사부터 하지, 아들?"

환상이 아닌 진짜 목소리라는 것을 깨닫고 수진은 재빨리 재준에게서 떨어졌다.

"어머니!"

주방 입구에 서 있는 사람들을 보고 얼이 빠진 수진만큼이나 재준도 놀란 얼굴이었다. 중년 남녀와 젊은 남녀 두 쌍이 흥미진진한 얼굴로 두 사람을 지켜보고 있었다.

"아버지, 어머니. 언제 오셨어요?"

아버지 어머니? 맙소사!

인상 좋은 중년의 부부가 서로를 바라보며 싱긋 웃었다.

"금방 왔다."

"연락이나 하고 오시지. 그럼 마중 나갔을 텐데요."

수진은 재빨리 입술을 닦았다. 얼굴이 홧홧거리는 걸 보니 새빨갛게 달아올랐나 보다.

대체 이게 무슨 벼락인가 말이야. 어디로 숨고 싶은 생각이 굴뚝이었다.

"오빠, 우리도 사람이야. 아는 척 좀 해줘."

이 여잔⋯⋯.

눈이 마주친 순간 수진과 여자의 표정에 어? 하는 빛이 동시에 떠올랐다.

"1208호에 사시는 분?"

수진을 기억하고 있는 여자의 얼굴에 호기심이 한가득이었다.

"어, 왔니? 그런데 아버지 어머닌 연락도 없이⋯⋯."

"아들집에 오는데 뭘 연락씩이나 하니? 앞으로도 연락없이 와야겠구나. 이런 구경을 할 줄 뉘 알았니?"

둘러선 사람들은 재준의 가족임이 분명했다. 어머니로 보이는 중년의 부인은 쾌활하고 싹싹한 음성으로 농을 건네며 안절부절 어찌할 줄 몰라 하는 수진에게 슬쩍 웃음을 보냈다.

"절부터 받으세요."

재준이 식구들을 거실로 데리고 나간 뒤 수진은 거실 한편에 우두커니 서 있었다. 이대로 살금살금 나가야 하나? 하지만 거실을 통해 나가야 하니 그냥 달아나는 것은 아무래도 불가능할 것 같았다.

거실로 나간 재준이 그의 부모가 자리에 앉자 큰절을 올렸다. 그리곤 부모에게 궁금한 것부터 묻기 시작했다.

"공항에서 바로 오신 거예요?"

"그래. 진하하고 재희가 마중 나와서 얘들 차 타고 왔다."

"오실 거면 제게 연락하셨어야죠. 그럼 제가 나갔잖아요."

"뭐 하러? 리무진 버스 타면 편히 오는걸. 니들 나오지 못하게 그냥 얘들에게도 말 안 하고 나오려고 했는데 네 엄마가 어제 재희랑 통화하면서 오늘 나온다고 하는 바람에 괜히 얘들만 번거롭게 했다. 자, 그럼 우리가 갑자기 네 앞에 나타난 것에 대한 설명은 됐으니 이제 네 설명을 들어보자."

재준의 아버지로 보이는 남자의 시선이 주방 입구에 서 있는 수진에게 향했다.

수진은 눈이 마주치기 전 급히 고개를 숙였다. 다정한 가족의 모습이었다. 사랑하고 사랑받는 것이 완연한 가족들의 얼굴은 따뜻하고 밝았다. 호기심을 빛내며 그녀를 보는 모녀와 호기심은 어느 정도 감추고 수진을 슬쩍슬쩍 바라보며 빙긋대는 남자들 모습에서 진한 우대가 엿보였다.

흠.

재준은 체념의 숨을 들이쉬었다.

"이리 와요, 수진 씨. 우리 부모님이세요. 인사드리세요. 작년에 노후 이민 가셔서 필리핀의 세부에 살고 계십니다."

내가 왜 인사를 해요?

수진은 소리치고 싶었다. 인사를 할 이유가 없는 거니까. 하지만 못한다고 무시할 수도 없는 전개였다. 어쩔 수가 없었다. 그녀는 에라 모르겠다 하는 심정으로 재준의 부모 앞으로 다가갔다. 재준이 큰절 올리는 것을 보고 난 후라 '안녕하세요' 하고 고개만 까딱이면 너무 버릇없어 보일 것 같아서 약식으로 절을 올렸다.

"이수진이라고 합니다."

"예쁘게 생겼네. 나이는?"

그의 모친이 먼저 질문을 시작했다.

호구조사. 어른들이 처음 보면 시작하는 질문을 수진은 그렇게 명명했다. 나이, 부모, 학교 등이 차례로 호구조사처럼 시작될 질문, 수진이 가장 싫어하는 절차였다.

"스물두 살입니다."

"스물둘?"

재준의 부모가 얼굴을 마주 보는데 옆에서 수진을 지켜보던 여자가 높은 소리를 냈다.

"어머, 오빠. 나보다 두 살이나 어리단 말이야? 오빠 순 도 둑…… 님이네. 너무했다. 앞으로 언니 소리를 어떻게 하라 고."

이것은 뭐야? 수진을 결혼할 사이라고 생각한 걸까? 키스한 것을 들켰지만 그건 그냥 말 그대로 키스였을 뿐이다. 결혼이라 니 생각도 못한 일이다.

이제 와 결혼할 사이가 아니라고 말해보았자 사람 꼴만 우습 게 되는 것 같아 수진은 재준을 향해 구원을 요청하는 눈빛을 보냈다.

말 좀 해요, 말 좀. 아니라고.

입을 다물고 있는 재준을 한 대 치고 싶었으나 그러진 못하고 대신 바짓단을 잡아 내렸다. 꿇어앉으니 짧은 바지라 허벅지가 훤히 드러나 있었다.

이럴 줄 알았으면 치마 입고 올걸.

"지금 뭘 하고 있나?"

"학교에 다닙니다."

"뭘 전공하는데?"

"식품영양학과입니다."

"그럼 요리를 잘하겠군. 부모님은 뭘 하시나?"

드디어 올 것이 왔다. 수진은 입술을 꾹 물고 나서 얕은 숨과 함께 대답을 했다.

"아버진 지금 국내에 계시지 않습니다. 사업을 하시다가 실패하셔서……."

"어, 그럼 어머니와 둘이 사나 보군."

생각보다 반응이 친절했다. 재준의 아버지가 급히 말을 돌리는 것을 보니 적어도 다른 사람처럼 얕은 호기심으로 그녀를 괴롭히진 않을 셈인가 보다.

인격적인 분들이시군.

겉으론 그랬다. 겉과 속이 얼마나 다를지 모르지만 하여간 지금으로 봐선 다른 사람들처럼 수진의 아버지가 사업 실패로 외국에 나가 있다는 것을 듣고도 대놓고 무시하진 않는다.

"아니에요. 어머닌 따로 살고 있습니다. 부모님은 제가 어렸을 때 이혼하셨습니다. 그래서 혼자 지내고 있습니다."

굳이 말하지 않아도 좋은데 말해 버렸다. 솔직한 것이 아니고 경솔한 것인지 모른다. 하지만 어쩐지 말하고 싶었다.

"스물둘이래, 진하 오빠. 어떻게 생각해?"

수진의 말에 잠깐 어색해진 공기를 깨며 재준의 여동생이 끼어들었다.

"6살 차이 난다고 날 도둑놈으로 몰았던 옛날 일이 막 생각나는데. 8살 차이라니 진짜 도둑놈이야. 재희랑 결혼한다고 나보고 도둑놈이라고 생난리쳤던 것이 겨우 2년 전인데 야아, 아주 양심이란 걸 팔아먹은 모양이구나."

"매제, 말조심하지?"

"아, 예!"

매제라는 남자가 재준이 노려보자 시침 뗀 얼굴로 싱글거리며 웃었다. 말하는 걸 보니 재준과 매제라는 남자는 친구 사이인 모양이었다.

"그래, 집은 어디예요?"

재준의 어머니가 다시 질문을 해왔다. 여전히 친절하고 다정한 말투였다.

이혼했다고?

그다음부터 변하던 다른 사람들과는 확실히 달랐다.

"산본에 삽니다."

"좋은 곳에서 사네. 그런데 수진 양, 저 내가 수진이라고 부르면 기분 나쁠라나?"

"아니에요. 수진이라고 불러주세요."

재준의 어머니가 흡족하게 웃더니 곧바로 수진을 놀래켰다.

"그럼 지금부터 이름 부른다. 수진아."

"네?"

"우리 재준이 좋아하니? 나이 많은 아저씨인데도?"

"맞아. 우리 오빠 독재자거든요? 저기 그런데요, 나도 말 놓

으면 안 돼요? 내가 나이 더 많은데. 난 신재희라고 오빠 동생이
거든?"

"안 된다."

"오빠 치사하네. 뭐 좋아, 그럼 수진 씨라고 부를래. 반가워
요, 그런데 수진 씨 산본 살아요? 요 앞집에 사는 거 아니었어
요?"

"아니에요, 저 사실 여기 살지 않는데……."

"어? 아! 그럼 그날 오빠 찾아왔다가 나 때문에……."

수진이 얼굴을 붉히자 재희가 얼른 말을 돌렸다.

"여긴 우리 남편이에요. 강진하라고 세상에서 제일 잘생긴 남
자랍니다."

잘생기긴 했지만 재희의 말대로 세상에서 제일 잘생겼다고
할 순 없었다. 하지만 곧 수진은 마음을 바꿨다. 재희를 보는 진
하의 눈은 아주 따뜻했다. 저런 눈으로 자신을 본다면 이 세상
의 어떤 남자가 눈에 들어오랴. 세상에서 제일 잘생겼다는 말을
하는 재희의 말에 반대할 수 없었다.

"참, 아직 식사 안 하셨으면 비빔밥 드실래요? 수진이가 비빔
밥 했는데 아주 맛있어요."

재준의 말에 그의 아버지가 얼른 끼어들었다.

"어, 그래. 오랜만에 비빔밥 먹어보자꾸나."

"오실 줄 몰라서 밥이 좀 적을 거예요. 수진아, 밥이 얼마나
되지?"

"두 그릇 정도밖에 없어요."

두 그릇이란 말에 재희가 벌떡 일어났다.

"난 꼭 밥 먹을 거야."

"나도 먹을란다."

"아빠, 기내식 드셨을 것 아니에요?"

"미안하다. 또 먹는다."

미안하다 사랑한다를 패러디한 재준 아버지의 말에 재희가 높게 소리 내 웃었다.

"아빠, 썰렁해요. 그게 언젯적 유행언데……."

"미안하다. 썰렁하다."

"아빠!"

식구들이 우르르 주방으로 들어갔다.

"좋아요. 그럼 우리 싸우지 말고 다 같이 먹어요. 응?"

커다란 유리볼을 꺼낸 재희가 밥과 나물을 그곳에 담아 비비기 시작했다.

"맛있겠다. 엄마가 해주던 비빔밥 같아. 엄마, 나 그동안 비빔밥 무척 먹고 싶었어."

"해서 먹지."

"내가 하면 맛이 안 나는걸, 사먹어도 맛이 없고. 진짜 그동안 비빔밥 고팠어."

"나이도 어린데 솜씨가 아주 좋네. 버섯 찢어서 볶은 것 봐. 아주 얌전히도 했네."

수진은 밥을 먹기 전에 가버릴 생각으로 조심스럽게 말을 꺼냈다.

"저기, 저는 식사하시기 전에 이만 돌아가겠습니다."

"어머, 왜요? 놀다 가요."

수진은 붙임성있는 재희가 마음에 들었다. 두 살 위라면 은수랑 동갑인데 은수와 달리 재희는 예쁘게 말했다. 밝고 따뜻하게 웃을 줄도 안다. 어쩐지 재희를 비롯해 재준의 식구들이 좋아질지 모른다는 생각이 불쑥 들었다. 이런 것이 행복한 가족의 모습 아닐까? 서로에게 다정하고 따뜻한 가족을 가진 재준이 굉장히 부러워졌다.

"아니에요. 집에 가야 할 일이 있어서요. 먼저 일어나 죄송합니다."

"식사하고 계세요. 데려다 주고 올게요."

재준이 거들자 식구들이 우르르 일어났다.

"일어나지 마세요. 그만 가보겠습니다."

수진은 붙잡는 재준의 식구들에게 모양새 좋게 사양을 했다.

"또 봐요."

"수진 씨, 우리 집에도 오빠랑 놀러 오세요."

"네. 그럼……."

현관을 나오자 수진은 저도 모르게 후우 하고 큰 소리로 한숨을 내쉬고 말았다.

"미안, 부모님이 오실 줄 몰랐어."

재준이 어깨를 감싸 안아오자 눈을 흘기며 뿌리쳤다. 하지만 잊고 있었다. 이 남자 고집스러움을. 계속 뿌리치는데도 끄떡도 하지 않고 그가 굳건하게 수진의 어깨를 감싸 안았다.

"네, 미안해하세요. 그리고 앞으론 허락없이 키스하지 마세요."

"네 얼굴에 키스하라는 허락이 쓰여 있었어."

"그래요? 그럼 부탁인데 앞으론 제 얼굴을 마음대로 읽지 마세요."

느닷없는 재준의 가족들 등장에 얼마나 황당하고 창피했는지 아직도 수진의 얼굴은 화확 달아올랐다.

"그냥 읽혀지는데."

"글쎄 읽지 마시라고요."

엘리베이터를 타고 지하주차장까지 내려갔다. 그때까지 수진은 뾰로통한 얼굴을 풀지 않았다.

"화난 것 같군?"

화보다는 창피한 것이지만 뭐라 말하기 어려워 수진은 대답하지 않았다.

"키스 때문에 화난 거야? 아니면 키스하는 것을 들킨 것 때문에 화난 거야?"

"입 닫아주세요."

"닫아?"

"솔직히 말하기 싫으니 아무 말 마시라고요."

"솔직히 말하기 싫다?"

"그래요, 키스가 중간에서 중지된 것에 화났다는 말은 죽어도 안 할 거니까."

시동을 거는 재준의 입가에 미소가 그려지기 시작했다.

"너 되게 귀엽다."

"진작부터 알고 있어요."

재준의 웃음소리가 커다랗다고 생각하는데 갑자기 몸이 휙 당겨졌다.

"중지돼서 화난 건 내가 더해."

시작부터 격렬한 키스가 시작됐다. 서로의 영혼을 마실 것처럼 진하고 다급한 키스였다.

은수는 곧 유성에게서 전화가 걸려올 것이라고 자신했다. 하지만 그날, 그 다음날이 지나도록 유성에겐 연락이 없었다. 당연히 은수는 약간 초조해질 수밖에 없었다.

영화도 아닌 한낱 광고에 출연하기 위해 내가 카메라 테스트를 받았건만 이게 뭐 하자는 얘기지? 왜 연락이 없어?

아무에게도 얘기하지 않았지만 은수에겐 한 가지 치욕이 있었다. 캐나다에서 공부하던 은수의 나이 열여섯 살 때였다. 그때도 은수의 아름다움은 유별났다. 학교에서 동양 인형이라는 말을 들었다. 은수 리 하면 모르는 학생이 없을 정도로 유명했었다. 헐리웃에서 한창 잘나가는 감독이 우연히 은수를 보고 그녀가 갖고 있는 동양적인 미모에 혹하고 말았다. 마침 판타지이긴 했지만 블록버스터 영화 촬영을 앞에 두고 있던 그가 은수에게 거의 주연급에 가깝게 비중이 큰 요정 역을 제의했다.

은수는 당연히 승낙하며 즐거이 카메라 테스트를 받았다.

꿈을 꾸게 만들었던 첫 번째 기회였다. 스타가 된다면 계부에게서 엄마와 벗어날 수 있을 것이란 행복한 상상을 했다. 상상은 카메라 테스트 결과 처참하게 무너졌다.

참담했다. 아름답긴 했지만 거기서 끝이라고, 감독이 원하는 아우라가 없다는 거였다. 그때 요정 역을 맡았던 홍콩계 혼혈 여배우는 국제적인 톱스타로 이름을 날리고 있으니 은수가 그 역을 맡았더라면 그녀 역시 지금은 헐리우드에서 내로라하는 스타가 돼 있을 것이었다.

이번에도 그런 경우라면?

이틀이나 지났지만 유성의 전화가 오지 않자 은수는 그때의 일을 생각하고 많이 초조해졌다. 만일 그때처럼 된다면? 미리 나쁘게 생각지 말자. 게다가 이건 영화도 아닌 광고인걸. 순간의 아름다움만 극대화시키면 되는 광고.

이런저런 생각으로 마음을 다잡지 못한 은수가 수진이 다리 촬영을 하러 간다는 말을 듣고는 따라나섰다. 수진이 싫다는 티를 팍팍 내고 있지만 전혀 상관하지 않았다. 혼자서 망상에 빠지는 것보다는 수진을 따라가는 게 더 나았다.

"네가 왜 따라오려고 하는 거야?"

수진은 택시를 탄 뒤 은수를 향해 종알거렸다. 촬영장을 따라올 것이면 제 차로 태워다 주지 오늘은 운전이 하고 싶지 않다며 떡하니 아파트까지 택시를 부른 은수가 너무 못마땅했다.

"혼자서 심심해서."

은수가 수진을 따라 촬영장에 들어서자 모든 스텝의 눈이 동그래졌다. 단번에 시선을 잡아끄는데 성공한 은수는 아주 여왕처럼 품위있게 행동했다. 촬영감독이나 수진을 담당한 매니저에게도 약간은 거만한 태도로 인사하며 그들이 자신의 아름다움에 감탄하는 모습을 즐겼다.

오늘 촬영이 순탄치 않을 것 같군.

늘 떽떽거리기만 하던 감독이 손수 의자까지 찾아와 은수를 앉히는 걸 보고 수진은 속으로 생각했다. 원래 촬영을 할 땐 다른 것엔 조금도 관심을 돌리지 않고 촬영에만 신경을 쏟던 감독이었다. 그 집중력으로 촬영 속도가 빨랐는데 갑자기 은수에게 지나친 친절을 베풀며 이것저것 관심을 쏟는 걸 보니 아무래도 오늘의 촬영이 쉽게 끝나기는 글렀다는 생각이 절로 들었다.

그리고 수진의 예상이 맞았다. 촬영은 예상했던 시간을 훌쩍 넘겼다. 수진은 네 시간째 치마를 걷어 올리는 장면을 반복해야 했다. 자꾸만 핀트가 어긋난다면서도 감독은 틈만 나면 은수를 곁눈질했다. 촬영이 지연될수록 수진은 힘들어졌다. 10센티미터가 넘는 하이힐이 무리를 줬는지 이젠 다 나은 줄 알았던 발목이 아파오기 시작했던 것이다.

"컷. 다시 간다. 이봐, 조금 더 천천히 스타킹을 올려."

후유.

수진은 재빨리 한숨을 내쉬며 서둘러 발목을 주물렀다. 수진이 할 촬영은 두 신이었다. 스타킹을 허벅지까지 끌어 올리는 1.5초 장면과 춤추듯 걷는 여자의 뒷모습 0.5초. 방영될 광고에서 이렇게 총 2초의 시간이 그녀의 다리가 나올 시간이었다.

그림이 예쁘게 안 나온다고 잔소리를 하며 촬영된 부분을 모니터하는 와중에 속을 썩이려는지 조명등 하나가 파싯 소리를 내더니 나가 버렸다.

"왜 이래? 무슨 문제냐?"

"조명이 한 개 나갔습니다."

"조명 갈 동안 30분 휴식이다."

감독의 말이 떨어지자마자 수진이 의자에 주저앉았다. 은수가 쪼르르 다가왔다.

"되게 힘들어 보인다. 장난 아닌데. 그런데 잡지나 선전에서 나오는 다리 사진은 전부 네 다리였니?"

"다는 아냐."

수진은 발을 내려다보았다. 끝낸 뒤 족욕을 하면 발목의 통증이나 부기가 없어지려나?

"너 이거 한 지 얼마나 됐니? 출연료는 얼마나 되는 거니? 얼마 받는지 모르지만 2초 나오는 것치곤 너무 힘든 거 아니니?"

"언젠가 딱 1초 나오는 것 찍느라고 한나절을 찍은 적도 있는 걸."

그래도 언니라고 힘들겠다고 말해주는 것이 고마웠다.

"어머."

나지막한, 비명과도 같은 은수의 말에 고개를 드니 막 촬영장으로 들어오는 성진이 보였다.

뭐야, 저 아저씨. 오늘은 케이엔 계열회사 광고도 아니건만.

성진이 가끔 촬영장에 왔기에 언젠가는 마주칠지 모른다고 생각을 하고, 되도록 눈에 띄지 않게 지나갈 생각을 했던 터지만 이렇게 빨리 마주치게 될 줄은 몰랐다.

성진과의 마주침은 의외였는지 웬만해선 당황할 것 같지 않던 은수의 표정이 약간 변해 있었다.

제발 성진이 못 보고 지나가길. 마주쳐 봐야 좋을 것 하나 없기에 수진은 조마조마 빌었지만 이미 눈이 마주친 상태에서 그런 바람은 말도 안 되는 헛소리였다.

성진이 곧장 이쪽으로 오고 있었다. 조금도 놀라워하지 않는 얼굴인 것을 보니 마치 여기에 수진이나 은수가 있다는 것을 알고 오는 게 아닌가 하는 생각이 절로 들었다. 은수가 수진보다 조금 더 빨리 평정을 되찾았다. 무표정으로 돌아간 은수의 얼굴을 보고 수진도 이를 사려물었다.

"모델이었군?"

은수를 본 척도 하지 않고 성진이 수진에게 말했다. 별수 없이 수진은 고개 숙여 인사를 해야 했다. 수진은 이름 없는 모델이고 성진은 기획사에서도 중히 모시는 커다란 회사의 광고부장으로 이곳에서의 입김이 아주 센 인물이었다. 감독도 눈치를 보는 마당이니 이름 없는 부분 모델이야 끔뻑 죽어야지 별수 없었다.

"안녕하세요."

별수 없이 인사를 하는 수진의 목소리가 속으로 잦아들었다.

성진은 수진을 빤히 바라보았다. 은수가 도도하게 그를 쳐다보고 있었지만 성진의 당장의 관심사는 은수보단 수진이었다. 재준의 여자일지 모른다는 그 사실 하나로 성진은 지금 수진에게 흥미가 생긴 상태였다.

매무새를 훑어 내리던 성진의 시선이 수진의 드러난 다리에 고정되었다. 수진은 슬그머니 자세를 고치며 스커트를 내렸다.

"모델이었단 말이지?"

수수한 화장과 옷차림을 비꼬는 것일까? 성진의 말투에 배인 빈정거림을 수진은 캐치해 냈다. 대체 왜 사람들은 모델을 하면 전부 화려할 것이라고 생각하는 걸까?

"네. 부분 모델입니다."

"부분 모델?"

"다리만 모델이에요."

성진이 눈썹을 슬쩍 올렸다. 오호? 그런 얼굴이다. 사실 그는 얼핏 본 수진의 다리를 생각하고 그럴 만하다고 감탄하는 중이 었다.

"그렇군. 어쩐지! 하고 감탄 중이다."

이자가 왜 이래?

은수는 이상함을 느꼈다. 다르다? 성진의 말투와 행동이 그 녀가 알던 것과 많이 달랐다.

이상하다!

뭔지 모를 의문이 은수의 마음에 켜켜이 내려앉기 시작했다. 그녀가 아는 성진이 아니다.

은수의 초조함을 알아차렸는지 그때서야 그녀의 존재를 알아 차린 것처럼 성진이 말했다.

"내가 계산이 안 끝났다고 했지?"

"그랬던가요? 그랬더라도 그 몫은 내가 아니겠죠."

태연하게 대꾸를 하고 있지만 은수의 속마음은 초조로 타 들 어가고 있었다. 침착하자. 이럴 땐 먼저 후퇴하거나 우물거리면 지는 것이다. 절대 초조함을 내색해선 안 된다.

"누가 하던 계산만 정확하면 되지."

비릿한 성진의 웃음에 은수는 입술을 깨물었다. 그때였다. 그 녀를 구원하려는 것처럼 핸드폰의 진동이 들어왔다.

유성 감독이다. 그러면 그렇지!

단숨에 은수의 마음엔 초조함이 날아가고 여유로움이 자리 잡았다.

"이은수입니다."

약간 멀어지며 말하는 은수의 목소리가 꿀처럼 달콤하게 울려 나왔다.

밤이 깊어서야 간신히 촬영이 끝났다. 힘이 들어선지 발목이
퉁퉁 부어 있었다.

"수고 많으셨어요."

"응. 너도 수고 많았다."

"그럼 저 가보겠습니다. 매니저님, 먼저 들어갈게요."

"그래. 수고 많았다. 잠깐만 언니라고 했나? 이은수 씨? 혹시
모델 한 번 해보지 않을래요? 어때? 나랑 일해 볼 생각 없어?"

아까부터 은수를 눈여겨보더니 결국 이것 때문에 그런 모양
이다. 하기야 은수는 탐을 낼 만했다. 얼굴선이나 윤곽의 흐름
이 카메라가 좋아할 얼굴이었다.

"없어요."

은수는 더 이상의 접근을 허락지 않겠다는 듯 인사를 하는 수진을 잡아끌고 밖으로 나왔다. 단호한 은수의 행동에 매니저는 입맛만 다실 뿐 더 이상 말을 붙이지 못했다.

"왜 여기로 와?"

주차장 입구에 서서 은수가 시계를 바라보았다.

"좀 전에 정후에게 연락했어. 내 차 좀 끌고 오라고. 올 때 됐는데?"

"뭐 하러? 택시 타면 되는데."

"너 발 아프다니까 정후가 온대."

언제 정후에게 그런 부탁을 했고 그런 부탁을 할 정도로 정후를 스스럼없이 생각하나 싶자 그다지 기분이 좋지 않았다. 자신의 차를 맡기는 것은 웬만큼 친밀한 사이가 아니면 할 수 없는 일이었다. 언제 은수와 정후가 그리 가까워졌나 하는 생각이 들어 수진의 기분은 갑작스럽게 나빠졌다.

흘끔 바라보니 은수 역시 기분이 좋아 보이진 않았다. 아까 성진이 다녀간 뒤 은수의 얼굴엔 어둠이 엷은 안개처럼 드리우고 있었다. 차를 기다리며 서 있는 것이 심심한지 갑자기 은수가 정색을 했다.

"그런데 넌 이 일 이렇게 해서 얼마나 버니?"

"보통 하는 아르바이트에 비해 많아."

"보통 아르바이트보다 더 벌어?"

은수의 말투가 묘하게 꼬부라졌다. 이건…… 이건, 한심하다는 그런 표정의 비웃음이 분명하다.

"기왕 몸을 팔 것이면 확실하게 벌지 한심하게 몸 팔아 돈 벌면서 보통 하는 아르바이트보다 조금 더 벌어? 너 바보구나?"

수진은 순간 자신의 귀를 의심했다. 그녀가 들은 말이 제대로인가? 지금 자신이 들은 말이 정녕 진짜인가?

"몸을 팔다니?"

"너 네 다리 파는 거잖아. 그게 몸 파는 거지 뭐야."

대체 이 언니라는 인간을 어째야 할까? 정말 대책 안 서게 미운 말만 골라 하는 인간을. 분노로 수진의 눈앞이 새빨개졌다.

어떻게 이런 얼굴로, 동생에게 몸을 판다고 말할 수 있지?

수진은 지금 들은 말을 도저히 믿을 수 없었다.

아니야. 잘못 들었을 거야. 몸을 판다고? 그런 말을 동생에게 하는 언니라니. 이건 있을 수 없는 일이잖아.

"너 말 다 했어?"

"내가 틀린 말 했니? 남자와 섹스를 하고 돈을 받는 것이나 남자의 눈요기를 위해 몸을 내놓는 것이나 뭐가 달라? 어차피 네 다리도 남자들의 눈요기로 내놓은 것이니 그게 몸을 파는 거 맞잖아."

수진의 얼굴색이 변하거나 말거나 은수는 저 하고 싶은 말을 계속 해댔다.

"왜 그러니? 이수진. 몸을 파는 것도 여자에겐 재주야. 그러니 기왕 팔 거면 비싸게 팔아. 싸구려로 팔지 말고."

수진은 자신의 직업에 긍지를 갖고 있었다. 그것은 그녀 스스로 살아간다는 것에 대한 긍지이기도 했다. 그런데 지금 은수는 그 모든 걸 몸을 판다는 말 하나로 부셔 버린 것이다.

수진은 온 힘을 다해 가방으로 은수를 내려쳤다. 정신없이 휘둘렀다. 퍽. 퍽. 퍽. 갑작스런 수진의 행동을 예상 못한 은수가 쏟아지는 매를 받으며 비명을 토해냈다. 더 이상 움직일 수 없을 때까지 가방을 휘두르다 멈췄을 땐 수진의 몰골은 말도 아니게 흐트러진 상태였다. 엉망으로 흐트러진 머리, 거칠게 뿜어지는 숨, 분노로 새빨개진 얼굴, 그리고 화를 참지 못해 일렁이는 눈물. 마치 전투에 진 패잔병처럼 초라한 몰골이었다.

은수의 모습도 마찬가지였다. 아니, 수진보다 더 엉망이었다. 무엇보다도 수진에게 맞았다는 분노로 아름다운 얼굴이 잔뜩 일그러져 있었다.

"너 미쳤니? 감히 어디서 언니를 때려?"

간신히 멈춰졌던 수진의 분노가 다시 폭발했다.

너 같은 것이, 너 같은 것은 언니가 아냐. 언니라면 이럴 순 없어.

멈췄다 다시 폭발해선지 분노는 더욱 커졌다. 수진은 다시 가방을 은수에게 내려쳤다. 분노에 비례해 강도도 더 커진 듯 가방이 퍽 소리를 내는 순간 은수가 휘청 흔들렸다. 그런데 우연이었을까? 하필이면 그때 정후가 은수의 차를 몰고 와 선 것은?

그리고 핸드백 모서리에 긁혀 은수의 관자놀이에서 피가 배어
나온 것은?

수진과 은수를 본 정후가 급한 동작으로 내려 수진의 앞을 가
로막았다.

"너 이게 무슨 짓이야?"

수진은 가방을 움켜쥐고 은수를 노려보았다. 부글부글 치솟
는 화는, 몇 번 더 후려치라고 명령하고 있었다.

"제정신이야?"

여전히 은수에게 덤벼들려는 수진을 밀친 정후가 보호하려는
듯 은수를 감싸 안았다. 은수가 정후의 품에서 바들바들 떨었
다. 무섭다는 듯 정후의 옷깃을 쥔 은수의 모습은 한없이 여리
고 약해 보였다.

"은수 누나, 괜찮아?"

금방이라도 눈물을 흘릴 것 같은 눈으로 정후를 바라보며 은
수가 고개를 끄덕였다. 싸움에 진 어린아이가 역성을 바라고 부
모를 바라보는 것처럼 은수의 눈은 정후에게 억울함을 호소하
고 있었다.

"이수진, 너 겨우 이따위밖에 안 됐어?"

수진은 정후의 태도에 분노를 느꼈다.

지금 은수 편을 들어?

억울한 마음에 쏘아붙이려다 수진은 문득 지금의 광경이 오
해하기 딱 좋다는 것을 깨달았다. 일방적으로 당하고 있는 은

수, 무차별적으로 폭행을 행한 그녀. 모르는 사람이 보면 누구든 은수가 피해자고 수진이 가해자로 보였을 것이다. 정후 역시도 눈으로 본 것만으론 수진을 나쁘게 볼 수 있을 만했다. 하지만 정후는 그래선 안 된다. 그녀에 대해 누구보다 더 잘 알고 있는 정후 아닌가. 물어봐야 한다. 화를 내고 은수 편을 들기 전에 너 왜 이러냐고.

너 눈으로밖엔 못 보니? 지금 내 마음은 더 큰 상처를 입은 걸 왜 몰라? 몸을 판다는 말을 언니라는 인간이 동생에게 해도 되는 소리일까? 몸을 판다고? 그래, 좋다. 몸을 파는 것으로 표현하는 것은 어처구니없는 표현이지만 백번 양보해 그렇게 생각할 수도 있다 치자. 그렇더라도, 그렇게 말하면 안 되는 거였다. 잔뜩 얕보고 잔뜩 비웃는 그런 눈으로 그녀의 위아래 훑어보며 빈정거리는 말투로 얘기하다니 그건 아니지 않은가. 아무리 은수 제 눈에 수진이 하는 일이 하찮고 우습게 보인다 하더라도 절대 그렇게 말을 해선 안 되는 거였다.

하고픈 말은 너무도 많은데 잔뜩 복받친 감정으로 인해 수진은 한마디도 하지 못했다. 어떤 말이라도 울부짖음이 돼 나올 것 같았다.

은수를 부둥켜안은 정후와 그의 품에 안겨 훌쩍거리고 있는 은수를 보는 수진의 입술이 사정없이 떨리기 시작했다.

현정후, 넌 이러지 않았어. 은수가 나타나기 전까지 넌 내 마음을 항상 잘 헤아리고 보살펴 줬어. 그것이 고마웠는데, 그런

네 행동에 익숙해졌는데. 예전의 너라면 적어도 왜 이런 행동을 했는지 이유부터 물어봤을 거야.

정후는 적어도 그래야 했다.

같이 크며 자라는 동안 수진이 이유없이 남을 때리는 사람이 아니라는 것은 알았어야 했다. 이건 명백한 정후의 배신. 참을 수 없는 아픔이었다.

억울해하지 않을 거야. 울지도 않을 거야.

수진은, 정후의 품에서 바들바들 떨고 있는 은수보다 더 분노에 떨고 있었다. 수진은 떠는 모습을 정후에게 보여주고 싶지 않아 길게 심호흡을 했다.

"너에게 실망했다."

정후의 말은 또 한 번의 충격으로 수진을 강타했다. 수진은 너무나 억울해 가슴이 터질 것 같았다. 분노 위에 분노가 더해졌다.

"누나에게 어떻게 이럴 수가 있어? 은수 누나가 얼마나 놀랐겠냐고."

"네가 참견할 일이 아냐. 네가 뭔데……."

"참견 안 하게 됐어? 이따위 짓이나 하는 널 보고! 은수 누나? 괜찮아?"

"응? 응!"

"누나에게 사과해."

"네가 뭔데? 네가 뭔데 나서는 거야?"

분노에 핸드백을 휘두른 것은 백번 잘못된 행동이기에 후회하는 마음이 없지 않았으나 정후의 태도에 분노를 느끼는 것은 또 다른 일이었다.

수진은 돌아서 그대로 달리기 시작했다. 전부 보기 싫었다. 두 번 다시 은수도 정후도 보고 싶지 않았다.

따라오지 않는 현정후, 너 이제 내 친구 아니야. 큰길까지 달려나온 수진은 달려오는 택시를 보고 손을 들었다.

"어디로 모실까요?"

택시 뒷자리에 앉은 수진은 눈을 깜박여 흘러나오려는 눈물을 억지로 참아냈다. 운전기사의 눈이 룸미러를 통해 수진에게 향했다.

어디로 가지?

마침내 흘러내린 한 방울의 눈물을 머리카락을 넘기는 것처럼 닦아낸 수진은 잠시 망설였다. 갑자기 생각나는 얼굴! 약간 잠긴 목소리로 수진은 대답했다.

"방배동이요."

태수와 정숙은 한국에 있는 동안 재준의 집에 있으려고 했으나 첫날만 재준의 집에서 잤을 뿐 그 다음날에 거의 끌려가다시피 재희네 집으로 옮겨가야 했다.

임신 중인 재희의 수발을 들어주기 위해서였다. 재희는 결혼 2년 만에 임신을 하고 지금 입덧을 하는 중이었다.

재희의 입덧은 기이했다. 모든 걸 다 잘 먹었다. 모든 것이 다 맛있다고 했다. 비위가 상해서 못 먹는 것도 없었다. 단, 자신이 하지 않은 음식에 한해서였다.

직접 음식을 하면 속이 뒤집어진다고 쌀 씻는 것조차 싫다고 했다. 혹시라도 자신이 쌀을 씻어 밥을 한 뒤면 밥을 푸는 순간 욕지기를 했다. 다른 사람이 쌀을 씻어 안친 밥을 푸는 것은 괜찮은데 자신이 쌀 씻어 한 밥을 푸면 이상하게도 밥 냄새로 속이 뒤집어진다는 것이다.

재희의 기이한 입덧에 골탕을 먹는 것은 진하였다. 입덧에 시달리면서 재희는, 사 먹는 것은 싫다며 죽어도 밥을 하겠다고 고집을 부렸다. 그리곤 욱욱 눈물까지 맺혀가며 헛구역질을 하자, 보다 못한 진하가 주방에서 재희를 끌어내고 자신이 밥을 하기 시작했다.

그렇게 처음엔 아침만 했으나 재희가 그가 해주는 음식을 제비새끼처럼 날름날름 먹어대자 곧 저녁까지 하기 시작했다. 잘 먹는 재희의 모습이 너무 대견해 어느새부터인가 점심시간에도 부지런히 달려왔다. 아침저녁은 그렇다 치더라도 점심시간이 되기가 무섭게 집으로 달려와 아내 밥상을 차려준다는 것은 보통 정성으론 할 수 없는 일이었다. 하루 이틀이야 할 수 있겠지만 그 노릇을 한 달 가까이 한 진하는 요즘 아주 진이 빠진 상태였다.

재준이 볼 때 재희의 이런 괴상한 입덧은 결혼하고 자신의 속을 썼던 진하에 대한 벌 같았다.

"이 자식아, 너 벌받는 거야. 네가 꼬맹일 좀 울렸어? 우리 꼬맹이 뒤끝이 무척 길어."
"알아."

진하는 웃었다. 진하는 결혼 전 만났던 미란과의 일로 무척이나 재희의 마음을 아프게 했던 것을 후회한다고 했다. 재희는 진하를 먼저 사랑했고 더 많이 사랑했기에 결혼하고 한동안은 많이 상처받고 아파했다. 미쳤다는 소리까지 들어가며 한 결혼을 끝내 깨려고 했을 정도로.
이젠 진하가 더 많이 재희를 사랑하고 있고 두 사람은 예쁘게 살고 있지만 재준조차 그때는 몇 번이나 두 사람을 갈라놓으려고 생각했을 정도였다.
속상하게 했던 진하를 벌주는 것이 확실하게 드러난 것은 진하가 입주 가정부를 들이자고 했을 때였다. 재희는 두 번도 생각 안 하고 싫다고 반대했다. 둘만의 보금자리에 다른 사람이 끼어드는 것은 싫다는 것이다. 재희는 일주일에 세 번 오는 파출부도 그다지 마음에 들어하지 않았다.
결국 진하는 가정부도 들이지 못하고 요즘 재희에게 물까지 떠다 바치는 중이었다.
그러니 부모님이 한국에 나오신 것은 진하에겐 복음이었으리

라. 진하는 정숙과 태수를 자기 집으로 모셔가기 위해 기를 썼다.

"어머님 아버님 저희 집으로 가시지요? 필리핀으로 다시 들어가실 때까지만이라도 편히 모시고 싶습니다. 처남만 자식이 아닙니다. 저도 자식입니다. 모처럼 오셨으니 제집에서 지내시지요."

입덧에 시달리는 재희에게 어머니가 해주는 음식을 먹게 해주고 싶어서라지만, 사실은 제가 조금은 편해지고 싶어하는 것이 진하의 속내였다. 그런 진하의 속내를 읽은 재준이 일부러 태클을 걸었다.

"안 돼. 어머니 아버진 아들인 내가 모실 거야. 오래 계시지도 않으실 텐데 재희 밥만 해주다 가시게 할 수 없어."

"어머니, 아침저녁은 제가 합니다. 결코 어머님에게 밥해달라고 저희 집으로 가시자는 것 절대 아닙니다. 단지 재희와 좀 더 시간을 보내주십사 해서 모셔가려는 것입니다. 어머니, 임신하더니 재희가 가끔 울적해해요."

"진하야, 네가 정말 아침저녁 해줄 거지?"

믿지 않은 얼굴로 정숙이 웃었다. 하지만 진하는 아주 정색을 하고 대답했다.

"네."

"잘도 그러겠다. 정말 네가 아침저녁을 한다면 내 손에 장을 지지마."

보다 못한 재준이 참견을 하자 진하가 재준을 노려보았다.

"그래? 그럼 곧 네 손으로 장 지지는 것을 보게 되겠군. 아주 미리 지지지? 어머님, 전 한 입으로 두말 안 합니다. 아시죠?"

진하가 너무도 당당하게 큰소리를 쳤다.

나쁜 자식. 치사한 놈.

진하 말대로 이놈이 하루쯤은 아침저녁을 할지 모른다. 진하가 밥을 하겠다는 것을 정숙이 재미있게 생각하니 말이다. 하지만 정숙은 아무리 재밌다고 해도 하루 이상을 진하더러 밥을 하게 두진 않을 것이다. 그러니 진하는 나중에라도 자신이 밥하는 것을 어머니가 극구 말렸다고 변명해 댈 것이 틀림없었다.

"어머니, 아들은 혼자고 재희는 남편하고 둘이 살아요. 저도 어머니랑 지내고 싶습니다."

재희까지 뺏어간 놈이 이젠 부모까지 뺏어가려고?

재희를 비롯해 부모님은 재준에게 속한 사람이었다. 물론 진하 역시 이제는 그에게 속했다고 생각 중이었으나 아직까지 재준에게는 재희를 뺏어간 나쁜 놈이라는 비중이 더 컸다. 그것은 친구로서 진하를 좋아하는 것과는 또 다른 감정이었다.

다른 것은 모르지만 가족에 대한 재준의 집착은 심한 편이었다. 지금도 재희를 시집보낸 것이 아까워 죽을 지경인 재준이니 아무리 친구라 해도 진하가 쉽게 용서되지 않았다. 재준은 부모와 재희, 이렇게 네 식구로 오래오래 행복하게 살았으면 했었다.

"그건 그래."

혼자 있는 아들 밥도 해주고 싶고 임신한 딸 밥도 해주고 싶은 정숙은 쉽게 결정을 내리지 못했다.

"나도 엄마가 해주는 밥 먹고 싶은데. 오빠, 엄마랑 나도 같이 지내고 싶어."

"이놈아, 너만 자식이야? 나도 어머니랑 아버지랑 같이 지내고 싶다."

"그럼, 오빠도 우리 집에서 지내면 안 돼? 엄마랑 아빠랑 오빠랑 진하 씨랑 이렇게 살면 재밌을 것 같아."

"그건 내가 싫다."

재희를 훔쳐 간 놈이 눈앞에서 동생과 쪽쪽거리는 꼴을 봐야 할 텐데 그 꼴을 어찌 눈 뜨고 본단 말이야.

"오빠, 그럼 진하 오빠랑 내가 이리로 와서 살까?"

"그거 참 좋은 생각인데."

진하의 얼굴색이 변하는 걸 보니 재미있다는 생각이 절로 들었다.

"그러기엔 조금 좁잖니."

하긴 그러기엔 아파트가 터무니없이 좁았다.

"그치, 엄마? 그러게 오빠 아파트 살 때 좀 큰 것으로 사지."

"혼자 사는데 이 정도면 충분해."

"오빠, 지금이야 그렇지만 결혼하면 달라질걸? 여자들은 집 크면 클수록 좋아해. 그러니 결혼을 염두에 두고 좀 큰 것으로 사지 그랬어."

의학박사로 교수였으나 재작년 은퇴한 태수는 물려받은 재산이 꽤 많아 제법 잘사는 편이었다. 태수는 은퇴하면서, 재산을 사회에 환원한다고 말해왔던 평소의 신념대로 정말 재산의 대부분을 사회로 환원시켰다. 재희와 재준을 키우면서 늘 집 한 채만 주고 나머진 사회에 환원한다고 했던 말대로 대부분의 재산을 사회에 환원시키고 필리핀으로 가 의료 봉사활동을 하는 중이었다.

"오빠, 이참에 우리 살던 집으로 들어가는 게 어때? 그럼 나도 거기 들어가 오빠랑 같이 살게."

재준과 재희가 크고 자란 집은 충분히 이 식구들이 모여 살아도 될 정도로 제법 컸다. 하지만 진하가 두 사람의 추억이 녹아 있는 집에서 자신이 이방인 같은 느낌이 들까 썩 내켜하지 않았다.

"우리 자란 집에 지금 남이 살고 있다고 생각하면 좀 속상해. 어서 오빠가 결혼해서 집에 들어가 살았으면 좋겠어."

"그러게. 준이가 어서 결혼해야 우리도 걱정이 좀 덜될 텐데."

"어머닌. 제가 앱니까? 제 나이가 얼만데 무슨 걱정을 그리하십니까?"

"결혼을 안 하면 자식은 부모에게 나이가 몇이든 애야."

"오빠, 우리가 엄마 아빠 우리 집에 모시고 가고 오빠가 저녁마다 우리 집으로 퇴근하는 것은 어때? 응? 날마다 같이 저녁 먹고 잠만 여기 와서 자. 그거 좋다. 그지? 오빠, 그렇게 하자. 응?"

결국 재희의 말대로 하기로 했다. 사실 재희네 아파트는 여기서 그다지 멀지 않았다. 얼마 전 집을 옮길 때 오빠 옆에서 살고 싶다고 재희가 고집을 부려 근처 아파트로 이사했기 때문이었다.

재준은 재희를 위해 부모가 재희네에서 지내는 것을 양보했고 그때부터 재희네 집으로 퇴근을 했다.

"오빠, 저녁에 비빔밥 했다."

현관문을 열어주며 재희가 자랑스럽게 외쳤다. 비빔밥은 재준이 가장 좋아하는 음식이었다.

"그런데 말이야. 엄마한텐 비밀인데 수진 씨가 한 것보다 조금 덜 맛있어."

수진이가 했던 비빔밥은 양도 적은데다 마침 먹고 싶었던 터라 재희는 아주 맛있게 먹었었다.

"그 말 들으시면 어머니가 서운해하시겠다."

"엄마에겐 비밀이라니까."

찡긋거리는 재희가 귀여워 코를 비틀었다.

"오빠! 코 좀 그만 비틀어. 오빠 때문에 내 코 삐뚤어지면 책임질 거야?"

"이놈아, 이미 책임진 거 아니냐? 내 친구를 네게 고스란히 갖다 바쳤잖아."

"오빠가 언제 진하 오빠를 바쳤어? 결혼한다니까 기를 쓰고 반대했던 주제에."

"형님 오셨어요? 오늘은 늦으셨네요."

태수와 앉아 있던 진하가 불쑥 끼어들었다.

"저 다녀왔습니다, 아버지."

"오냐, 늦었구나."

"어머니, 저 다녀왔어요."

"응, 왔니?"

주방으로 가니 정숙이 밥을 퍼서 그 위에 나물을 얹고 있었다.

"손 많이 가서 귀찮으실 텐데 뭐 하러 하셨어요?"

정숙이 재준을 돌아보며 웃었다.

"네가 비빔밥에 손이 많이 가는 것을 어떻게 아니?"

"저번에 하는 것 보니까 꽤 일이 많던데요."

"수진이가 하는 것?"

"네."

재빠르게 나물을 다듬던 수진의 모습은 아주 보기 좋았었다. 비빔밥을 먹다 키스하고 그것을 식구들에게 들켰던 것이 기억나 재준은 빙그레 웃었다.

그때 수진의 입안에서 느껴지던 고추장 맛, 나물 맛 참기름

맛, 그리고 수진의 맛!

"어머, 엄마! 오빠 웃는 것 봐. 오빠! 수진 씨 생각하고 웃는 거지?"

눈치는 빨라 남자들을 당혹스럽게도 하는 것은 아무래도 여자들의 몫. 깔깔대며 웃는 것 역시 여자들의 몫. 커다란 재희의 웃음에 재준의 얼굴이 아주 조금 붉어졌다.

저녁을 먹고 나자 정숙이 간단하게 술상을 차려 내왔다.

잠자기 전에 한 잔씩 술을 마시는 습관이 태수에게 있어서 저녁 시간 가벼운 술자리는 자주 있는 일이었다.

"전 맥주로 주세요. 재희야, 캔 있으면 하나 다오."

"나도 맥주 주세요, 사모님."

진하도 맥주를 청하자 재희가 냉장고에서 캔 두 개를 가지고 나왔다.

"애들은 싫다네. 당신이나 한잔해요."

컵에 얼음을 가득 담은 뒤 위스키를 부어 태수가 정숙에게 내밀었다.

"그래요. 그럼 우리끼리 마셔요."

재준은 사이좋은 부모를 보면 늘 빙그레 웃음이 나왔다. 사이 좋게 나이 먹어가며 사는 행복하신 분들이다. 부모를 보고 있으면 아주 가끔 저런 결혼 생활을 하는 것이 부럽다라는 생각이 들기는 했다.

재준은 베란다 문 앞으로 가 털썩 주저앉았다.

발아래 보이는 한강의 수면엔 오색찬란한 보석을 빻아놓은 것 같은 찬란한 불빛이 빛나고 있었다.

맥주를 죽 들이켰다. 쌉싸래한 맛이 목을 타고 내려가는 게 시원하다.

깊은 밤에 한강을 내려다보는 것을 좋아했기에 재준은 아파트를 살 때 전망을 가장 우선으로 꼽았다. 그래서 그의 아파트에서도 한강이 내려다보였다.

"이 집에서 가장 탐나는 것은 이 전망이야."

"오빠, 이 집에서 제일 탐나는 것이 왜 전망이야? 꽃처럼 예쁜 나도 있는데."

"인마, 난 임자 있는 여자는 쳐다도 안 본다는 주의다. 게다가 넌 여자도 아니잖아."

"여자가 아니면?"

"꼬맹이지."

"오빠, 이제 난 명실 공히 어른이야. 대체 그 꼬맹이 소린 언제까지 할 거야?"

"죽었다 깨도 꼬맹인 꼬맹이인 거야."

재준에게 재희는 아직도 어리고 작은 갓난아이였다. 처음 정숙에게 아기 안는 법을 배워 재희를 안았던 것을 생생히 기억하고 있었다. 일곱 살 소년의 눈에 주먹만 한 아기는 꼭 강아지 같았다. 하지만 강아지처럼 막 안아서는 안 되는 작은 아기, 그 아기가 재희였다.

"겨우 여섯 살 차이면서 오빤 나를 너무 아기 취급하더라."

재희에게 여섯 살은 참으로 높은 벽이었다. 재희에게 재준은 아빠보다 더 잔소리가 심하고 엄했던 오빠였다.

"여섯 살이면 이놈아, 얼마나 대단한 나이 차이인 줄 알아?"

"응. 알아. 여덟 살 차이보다 2년이나 차이가 안 나는 이상적인 차이야."

"신재희, 나이스."

알게 모르게 재준에게 설움을 당하고 있는 진하가 주먹을 불끈 쥐어 보였다.

이놈의 자식이 결혼을 하더니 슬슬 기어오른단 말이야.

수진의 나이를 거론하는 재희에게 저절로 쓴웃음이 지어졌다.

"그런데 처남, 걱정스럽고 궁금해서 그러는데 수진 씨에겐 오빠가 없어? 내가 아는 어떤 오빠는 여섯 살 차이 나는 여동생을 훔쳐 간다고 매제를 아예 도둑놈 취급했는데. 걱정이야 걱정, 혹시 수진 씨에게 오빠가 줄줄이 지키고 있는 것이 아닌지 말이야."

진하의 놀림에 재준의 얼굴빛이 변하자 재빨리 재희가 끼어들었다.

"괜찮아, 오빠. 사랑에 미치면 여덟 살은 아무 장애도 안 돼. 스물두 살이면 사랑에 미치기 딱 좋은 나이거든."

"그건 너니까 그랬지."

"오빠."

앞날 창창한 스물두 살의 어린 나이에 여섯 살이나 위인 놈에게 재희는 정말 사랑에 미쳐서 시집을 갔다. 시집을 간다고 하는 재희를 보고 재준은 아까워 죽을 뻔했었다.

스물두 살은 막 피기 시작한 꽃봉오리같이 예쁜 나이였다. 결혼이란 틀에 매여 시들기엔 너무 아까운 나이였다. 왜 하필 여섯 살이나 위인 놈에게 미쳤냐고 한탄도 하고 야단도 치고 절대 결혼 안 된다고 반대를 했었다. 그러던 그가 지금 스물두 살의 여자에게 빠져 버렸다. 재희와 진하의 여섯 살 차이보다 두 살이나 많은 여덟 살 차이 나는 여자에게 눈 돌리고 있는 것이다.

스물두 살, 사랑에 미치기 좋은 나이. 그리고 지금 수진은 재희가 사랑에 미쳤던 나이와 똑같은 스물두 살!

수진도 사랑에 미쳐 줄까?

재준은 원래 독신주의자였다. 그런 그가 요즘은 종종 만일이라는 전제를 붙여 결혼에 대해 생각을 한다.

결혼! 해도 좋겠지. 그리고 만일 결혼을 한다면 상대는 수진이고. 이렇게 말이다.

여덟 살, 조금 차이가 나지만 그 정도야 뭐.

스물둘, 조금 어리지만 그래도 결혼할 수도 있는 나이.

누군가 떡을 줄 것도 아닌데 재준의 생각은 혼자서 나이 따지고 시간 따지며 늘 앞질러 갔다.

재준은 수진과의 만남이 이미 결정지어진 운명일지 모른다고 생각했다. 처음 수진을 보고 '빠져들 것이다.' 라고 느꼈던 것은 운명이 그에게 속삭여 준 예고라고 생각했다. 그리고 그는 정해진 운명대로 수진에게 빠져 버렸다.

아직은 메마른 눈빛의 소녀에 가깝지만 조금만 지나면 수진은 눈부시게 피어 농밀한 향기를 뿜어내는 꽃처럼 활짝 피어날 것이다. 그러면 그때는 수많은 남자들이 발밑에 무릎 꿇을 것이다.

그 생각을 하면 재준의 기분은 나빠졌다. 그것은 수진이 그가 아닌 다른 남자와 사랑에 빠질 가능성도 있다는 말이 되니까. 생각해 보라. 수많은 남자가 주위에 있는데 수진이 무엇 하러 여덟 살이나 많은, 아저씨라고 부르는 그를 택하겠는가.

갑작스럽게 수진이 다른 남자와 사랑에 빠질 수 있다는 생각이 들자 생각만으로도 재준의 주먹이 부르르 떨렸다.

수진이 다른 놈을 만나? 어림없지. 그 꼴만은 못 본다. 누구 가슴 터져 나가는 꼴을 보려고 딴 놈과 어울려?

그러기 전에 아무도 모르게 반짝 싸안아 데려온 뒤 자신의 안에서만 아름다움을 피우게 만들어 버릴 테다. 아무도 못 보게, 아무도 그녀를 알지 못하게.

식구들이 빙글빙글 웃으며 자신을 지켜보는 줄도 모르고 재준은 혼자서 심각해졌다.

"오빠가 열둘쯤 있어도 문제없어. 수진 씨만 오빠를 좋다고 하면 겁날 게 뭐야. 키스하는 것도 전국에 중계된 마당에. 안 그래?"

"그럼. 완전 확실한 도장이지."

재희 부부가 죽이 착착 맞아서 슬슬 재준을 긁기 시작했다.

부르릉.

탁자에 놓인 재준의 휴대전화가 진동을 하자 정숙이 집어 건넸다. 번호를 확인한 순간 재준의 눈이 번쩍 빛났다.

"수진이?"

식구들의 시선이 쫙 몰려들었다. 호기심으로 눈들이 반짝반짝했다. 재준은 신음이 나오는 것을 꾹 참고 일어섰다.

자, 자. 신경 좀 꺼주시죠.

재준은 일어서 베란다로 나갔다. '에' 하고 재희와 진하가 야유를 보냈지만 문을 탁 닫아버렸다.

[아저씨, 지금 어디에 있어요? 혹시 집에 있으면 나오시지 않을래요? 나 이 아래 와 있는데.]

수진의 목소리는 잔뜩 가라앉아 있었다.

"우리 집에?"

[네. 출입문 밖에 있어요.]

"금방 갈게."

마음이 급해 전화를 끊은 재준은 급히 재킷을 집어 들었다.

"저 그만 가보겠습니다."

"수진이가 만나자니? 이리로 오라고…… 아니, 그러기엔 너무 늦은 시간이구나."

"엄마, 여기로 오라고 해도 난 상관없어."

"처남이 싫다고 할 거야. 둘이 만나고 싶어서."

"아니, 난 괜찮은데……."

잔소리 말아, 싫다고 해. 재준은 그를 약 올리려는 듯 싱글싱글 웃고 있는 진하를 슬쩍 째려보았다.

"아버지 어머니. 저 그만 가보겠습니다. 안녕히 주무십시오."

"그래, 가보거라."

고개를 끄덕이는 태수와 정숙을 향해 재준이 머리를 숙였다.

"오빠, 가."

"그래, 너희도 잘 자라."

서둘러 나가는 재준의 뒷모습을 바라보며 정숙이 고개를 흔들었다.

"여보, 우리 아들도 이제 제짝을 만난 모양인데요?"

"그런 것 같군."

"쟤 저러는 모습 처음 봐요. 가족끼리 있을 땐 아주 중요한 일이 아니면 나가지 않았는데……."

"가족보다 더 빠른 우선순위가 생긴 것이겠지."

재준은 맥주를 마셨기에 차를 타지 않고 뛰는 걸 택했다. 걸어서 5분 거리건만 뛰기 시작하자 제법 멀었다. 자신의 아파트 보안문이 보이는 곳에 다다랐을 때는 가쁜 숨이 헉헉 내쉬어지고 있었다.

　수진은 보안문의 유리에 등을 댄 채 서 있다가 뛰어오는 재준을 보고 놀라는 얼굴을 감추지 못했다.

　"아저씨, 집에 있던 것 아니었어요?"

　재준이 카드로 보안문을 열고 무조건 수진을 잡아끌었다.

　"동생네 있었어. 자, 들어가자."

　"아저씨 집으로요?"

　"왜? 싫어?"

　"모르겠어요. 싫은지 좋은지. 하지만 들어가긴 좀 그렇잖아요. 너무 늦었어요."

　"핑계를 이상하게 갖다 붙이는군. 늦은 건 알고 왔잖아."

　재준의 말에 수진이 엷게 웃었다. 밤의 불빛만큼이나 쓸쓸해 보이는 미소였다.

　"그건 뭐, 내가 원래 시간관념이 희박해서. 저 좀 바보예요."

　홋 하고 수진이 요번엔 좀 크게 웃었다. 하지만 재준은 속지 않았다. 아무렇지 않은 얼굴을 하고 있지만 수진의 눈은 아파 보였다.

　"시간이 늦은 것을 전화하고 깨달았어요. 그냥 가려다가 전화까지 했으니 얼굴이라도 보고 가야 예의인 것 같아서 아저씨 나오길 기다렸던 거예요. 그리고 집엔 부모님이 계시잖아요?"

　"부모님은 동생네 계셔. 그보다 대체 무슨 일이 있는 거지?"

　수진이 숙인 고개를 흔들었다. 하지만 고개 외의 다른 부분은 일이 있다고 기를 쓰고 의사를 전달해 왔다. 조그만 어깨가 너무나 여리고 작은 발이 서글프다. 핸드백을 움켜쥔 손은 안쓰럽게 흔들리고 있다. 그렇게 수진은 몸으로 자신이 지금 슬프다고 말하고 있었다.

재준은 자신도 모르게 수진을 끌어안고 말았다. 경비가 고개를 빼고 바라보는 것도 깨닫지 못하고 재준은 품 안에 들어온 수진의 머리를 쓸어내렸다.

수진은 저항하지 않았다. 오히려 그가 안아주는 게 좋은지 얼굴을 재준의 가슴에 묻었다.

"아무도 생각이 나지 않아서…… 이상하게 아저씨밖에 생각나는 사람이 없어서……."

수진이 중얼거렸다.

"그래!"

흐뭇한 일이었다. 적어도 외롭거나 슬플 때 그를 생각했다는 것은 그만큼 가깝게 생각했다는 것이 되니까. 적어도 그가 수진의 마음 한 귀퉁이에 있다는 것이 분명하니까.

재준의 아파트로 들어와서 한참을 묵묵히 앉아 있던 수진이 겨우 입을 열었다.

"옛날에 말예요, 학교 다닐 때 저 왕따인 적이 있었어요. 초등학교 5학년 때였어요."

집으로 올라와 그가 늘 서서 한강을 바라보던 자리에 쪼그리고 앉아 물끄러미 밖을 바라보며 처음 연 수진의 말이었다.

수진은 누군가에게 말하고 싶었다. 억울하다고.

"어린 시절 나는요, 참 소극적이었어요."

그랬다. 엄마와 언니가 떠난 뒤 엄마가 도망갔다는 아이들의 놀림에 수진은 의기소침해져 웅크리고 혼자 지내는 경우가 많았다. 부모의 이혼은 다른 아이들에게 놀림감이었다.

"넌 엄마가 도망갔잖아."

그것이 왜 수진의 잘못이 되어야 하는지 그녀는 알 수 없었다. 수진은 풀이 죽은 채 어린 시절을 보냈다. 부모의 이혼이 수진을 소극적이고 조용한 아이로 바뀌게 만든 것이다. 활달하지 못하니 친구도 생기지 않았다.

수진에게 친구라곤 늘 그녀를 보살펴 준 정후뿐이었다. 수진은 정후의 등을 방패 삼아 소극적이고 말없는 어린 시절을 보냈다. 정후는 수진에게 친구이고 혈육이었다. 모든 것을 알고 이해해 주는 단 한 사람이었다.

보살피는 것이 어려웠던 아빠가 1년 먼저 학교엘 보냈기에 가뜩이나 작았던 수진은 정후와 같은 학년으로 학교엘 다녔다. 작은 여자애 중에서도 더 작은 아이. 그것이 수진이었다.

정후는 수진의 손을 잡고 학교에 다녔고 늘 챙겨주었다. 그렇게 1학년 2학년 3학년 나이를 먹고 그들이 5학년이 되었을 때였다.

정후는 다른 반이 되었지만 수시로 교실로 와 수진을 챙겼다. 수진이 반 여자아이들에게 곰살맞고 세심한 정후의 인기가 높은 것은 당연한 일일지도 몰랐다. 그랬기에 늘 정후와 붙어 다니는 수진을 여자애들이 고깝게 보았다. 그러니 언제부턴가 은근한 따가 시작된 것은 당연한 일이었는지도 몰랐다.

"내가 친구 해줄게."

반 아이들에게 수진의 왕따 압력을 불어넣던 부반장이 어느 날 선심 쓰듯 수진에게 속삭였다.

"대신 너 정후하고 놀지 마."

어린 나이지만 부반장은 영악하고 협상적이었다. 정후를 좋아한다는 것을 감추지 않고 친해지기 위해 애를 쓰던 애였다. 부반장은 자신의 제안을 수진이 당연히 받아들일 줄 알고 교활하게 웃고 있었다.

"싫어."

생각할 틈도 없는 수진의 단호한 거절이 부반장의 비윗장을 건드렸다. 수진보다 한 뼘이나 훌쩍 컸던 그 애는 그 뒤 악랄해졌다. 신발이나 책가방 감추기, 노트와 책 찢기, 지나는데 발 걸기 등 심술의 정도가 날로 거세져 갔다.

수진은 꾹꾹 눌러 참았다. 하지만 결국 급식 쟁반을 들고 가는 그녀의 발을 부반장이 걸었을 때 수진의 분노가 폭발하고 말았다. 수진은 일부러 부반장의 몸 위로 급식 쟁반을 든 채 넘어졌다. 김치와 국과 밥알로 범벅이 된 부반장을 향해 울상을 하고 말했다.

"미안해. 정말 미안해, 유연아."

말에는 미안함이 가득 담겨 있어서 담임 선생님도 수진의 실수라고만 생각했다. 조심하지 그랬느냐고 한 번 나무라기만 했다. 다음날 수진은 또다시 급식 쟁반을 들고 부반장 위에 엎어졌었다.

"어머, 미안해. 발에 뭐가 걸렸어."

하얀 원피스가 반찬 국물로 범벅이 된 부반장의 모습이 통쾌했지만, 미안해 죽겠다는 얼굴을 하고 수진은 사과했다. 그날 부반장은 방과 후 대여섯 명의 아이를 모아놓고 수진의 교과서를 찢기 시작했다. 두 번이나 자신에게 급식 쟁반을 엎어 씌운 수진에 대한 징벌이었다.

아무도 말리지 않고 참견도 하지 않는 교실에서 수진은 입술을 물었다. 반 아이들이 방조를 함으로써 동조한다는 것을 깨달은 수진은 그때 싸워야 한다는 것을 알았다.

참고 숨죽이는 것은 상대에게 얕보이는 것, 그리고 싸움을 시작했으면 끝까지 가야 한다는 것을 깨달았던 것이다.

다음날 수진은 쉬는 시간 부반장이 잠깐 나간 상태에서 반 아이들이 보는 앞에서 그 애의 책을 집어 들어 쫙쫙 찢기 시작했다. 나갔다 들어온 부반장이 난리를 쳐댄 것은 자명한 일이었고 교실은 발칵 뒤집어졌다.

수진이 책을 찢은 것은 대부분의 반 아이들이 본 일이어서 담임 선생님에게 불려 나갔다. 수진은 왜 그랬느냐는 담임 선생님의 질문에 눈물만 한가득 눈에 담았다.

"찢은 적 없어요."

억울해 죽겠다는 빛으로 턱까지 떨어가며 수진이 울기 시작하자 반 아이들의 야유가 시작됐다. 그때부터 반 아이들과 수진의 전쟁이 시작되었다.

"억울해요. 아이들이 저를 왕따시켜요. 유연이가 주축이 돼서요. 제 책도 유연이 책도 모두 유연이가 찢었어요. 그리곤 저더러 찢었대요."

수진의 가방에서 나온 교과서 역시 갈기갈기 찢어진 상태이자 담임이 부반장을 일으켜 세웠다.

"네가 수진이 책을 찢었니?"

"아, 아니요."

수진이만큼 절박하게 전투에 임할 자세가 돼 있지 않던 유연이는 담임의 질문에 말을 더듬었다. 반 아이들이 요란하게 수진이 거짓말을 한다고 외치기 시작하자 수진이 울기 시작했다.

"전 왕따라고 말씀드렸잖아요."

생존은 어린아이를 아주 영악하게 만들 수 있었다. 수진에게 반 아이들, 특히 유연이와의 문제는 생존이었다. 담임은 유연의 말을 믿어야 할지 수진의 말을 믿어야 할지 무척이나 난감해했다.

담임은 오래전부터 아이들에게 따돌림을 당한다는 호소를 해왔던 참이라 수진의 말을 무시하지 못했다. 수진은 그다지 눈에 띄지 않았으나 자신의 일은 깔끔하게 할 줄 아는 아이였다. 결손가정의 자녀라는 것 외엔 품행에 문제될 것이 없는 아이였다.

그랬기에 얌전하기만 한 수진이 부반장의 책을 찢었다고 믿기 어려웠다. 무엇보다도 반 아이들이 한결같이 입을 모아 수진이 책을 찢었다고 말하는 것이 수진이 말했던 왕따의 의혹을 가중시켰다. 수진의 성격으론 결코 부반장의 책을 찢지 못할 것이란 생각과 수진의 책까지 찢어져 있는 마당이라 더욱 그랬다. 반 아이들이 정말 똘똘 뭉쳐 수진일 거짓말쟁이로 만드는 것 같다는 의혹이 들었던 것이다. 마침 교육청에서 내려온 왕따 근절에 관한 지침으로 한창 민감할 때라 담임은 조심스러워졌다.

"유연이가 왜 너를 왕따시켰니?"

"유연이가 정후를 좋아해요. 절 왕따시키고는 친구가 되어줄 테니 정후와 놀지 말랬어요."

수진은 거짓말과 진실을 적당히 배합했다. 본래 진실이 섞인 거짓말은 사실보다 더 사실로 보이는 법이었다.

"아니에요."

서둘러 부정했지만 생존에 대해 수진만큼 다급하지도 않았고 또한 정후에 대한 마음도 사실인지라 유연의 얼굴은 새빨개졌다. 결국 교과서가 찢겨진 것에 대해선 다시는 이런 일이 일어나면 안 된다는 타이름으로 끝이 났다. 그날 두 시간 내내 왕따가 얼마나 나쁜 일인지에 대한 담임의 설교를 들은 데다가 정후에게 경멸의 시선을 받고 유연은 잔뜩 화가 났다. 점심시간 수진은 유연이 단짝친구와 같이 있는 곳으로 모른 척 걸어가다 일부러 그 애의 발에 걸려 넘어지며 다시 급식 쟁반을 유연에게 엎었다. 담임의 시선을 의식해서 일부러 조심스럽게 걷던 수진이었다.

담임은 유연의 짝이 일부러 발을 걸었다고 믿을 수밖에 없었고 그날 유연과 유연의 짝은 공연히 수진을 괴롭히려 했다는 억울한 꾸지람을 들었다. 그 뒤는 쉬웠다. 수진은 유연이나 유연의 짝 앞을 지나칠 때마다 일부러 넘어져서는 원망하는 시선으로 그 애들을 바라봤다. 그런 행동들로 유연의 짝은 부모님과 면담을 해야겠다는 담임 선생님의 말을 듣게 되자 유연이와 거리를 두기 시작했고, 유연이 부모는 학교로 불려와 심각하게 유연이 왕따를 조장한다는 면담을 받았다.

결국 수진이는 보통 독종이 아니어서 건드리면 손해라는 것을 반 아이들에게 각인시켰고 다시는 수진에 대해 어떤 시비를 거는 일이 없어지게 만들었다. 그때부터였을 것이다. 수진이 싸움을 두려워하지 않고 어떤 식으로든 싸움을 하면 이겨야 한다는 생각을 갖게 된 것이.

"하지만 왕따가 된 첫 번째 이유는요, 여자애들이 정후를 좋아했기 때문이었어요."

"정후? 그때 봤던 그 친구?"

"네. 소꿉친구예요. 제겐 유일한 친구죠. 친구란 같은 시간 같은 즐거움을 공유해야 하는데 난 늘 바빴거든요. 그래서 친구가 없었어요."

인연이란 참으로 이상한 것이다. 정후에 대한 말을 꺼내놓고는 잠시 수진은 그다음 말을 하기 위해 생각을 정리했다.

"아저씬 동생이 예뻐요?"

"물론이지."

"얄밉게 굴어도? 속을 뒤집어놓아도? 다 이해할 수 있어요? 모두 용서돼요?"

"그럼."

하긴 그런 모양이다. 모던하고 담백한 거실장 위에 유일하게 놓여 있는 사진을 바라보았다. 양쪽으로 벌어지는 액자의 오른쪽엔 저번에 모인 사람들이 단체로 찍은 가족사진이 들어 있고 왼쪽에 있는 것은 여동생이 그를 뒤에서 끌어안고 있는 사진이 들어 있었다. 재준도 웃고 재희도 웃는 지금보다 많이 오래된, 어쩌면 어려 보이기까지 하는 사진이었다.

"왜요? 동생이라서?"

"우리 꼬맹이는 귀엽지 얄밉지 않아. 만일 얄밉다 해도 다 이해할 수 있을 것 같고. 천지에 하나뿐인 내 동생인데 조금 얄미운 거야 얼마든지 이해할 수 있지 않겠어?"

"부러워요. 아저씨 동생."

재준의 말에서 따뜻한 사랑이 느껴졌다. 이런 오빠였으면 얼마나 좋을까? 그런 언니가 아닌 이런 오빠였으면. 은수 같은 언니는 존재하지 않았다면 얼마나 좋았을까?

지금 이 순간 은수가 너무 밉고 더불어 정후까지 미웠다.

피해자인 것같이 울먹이는 표정으로 정후를 올려다보던 은수의 가증스러움이라니.

"정후야, 수진이에게 소리 지르지 마. 수진이가 당황해하잖아."

내숭에 가증까지. 아 정말 싫다, 이은수.

"나, 아저씨 동생으로 태어났으면 좋았을걸."

그랬다면 참으로 든든했을 것 같았다. 이런 억울함에 혼자 분노를 터뜨리지 않아도 좋을 테고 저 사진처럼 이 남자를 끌어안고 있어도 아무렇지 않을 것이다.

외로움 때문인지 누군가에게 안기고 싶었다. 같은 체온을 나누고 싶었다.

"난 그건 절대 싫은데."

"네?"

"여자는 여자고 동생은 동생일 뿐이잖아."

재준이 지독한 사랑에 빠져 버린 연인처럼 강렬한 시선으로 그녀를 본다. 그녀의 생각 그녀의 아픔을 샅샅이 들여다보는 것처럼.

아저씨, 나 좋아하세요?

묻지 않아도 수진은 답을 알고 있었다. 좋아하지 않으면 이런 얼굴로 보진 않을 것이다.

아저씨가 나를 좋아한다. 그것은 행복한 주문이었다. 기쁘고 만족스러웠다.

하지만 수진은 곧 자신의 성급한 생각을 지웠다. 세상은 특히 인간관계는 탐난다 해서 함부로 욕심내도 될 만큼 만만하지 않은 것이니까. 그러니 재준이 자신을 좋아하나 보다고 마음대로 결론짓고 붕붕 떠버리는 것은 자제해야 했다. 나중에 꼴이 우스워질지 모르니까 말이다.

첫 번째 만남,
세 번의 키스
⑮

이 아저씨가 무엇 때문에 나 같은 애를 좋아하겠어?

냉철하게 분석을 한 뒤 살짝 풀이 죽었지만 이내 서둘러 다른 분석을 내렸다.

하지만 좋아하니까 날 이렇게 대해주는 것 아닐까?

희망이란 판도라 상자의 맨 밑바닥에 깔려 밖으로 나오지 못하고 인간의 삶에 영원히 동행하는 것. 수진은 조심스럽게 희망을 끌어안았다.

"그런데 무슨 일이 있는 거야?"

수진이 이 밤에 위안을 찾아 여기까지 오게 한 일이 무엇인지 궁금한 재준은 얘기를 들어줄 준비를 이미 끝내고 있었다.

"내가 부분 모델 일 한다고 말씀드렸었죠?"

"응."

"난 그 일이 좋아요. 비록 내 일이 메인 모델의 다리 대역으로 1, 2초 나오는 것이긴 해도요, 난 이 일이 무척 자랑스럽거든요. 내 다리가 누군가의 다리 대역으로 그 사람을 돋보이게 한다는 것이잖아요. 남들은 아르바이트하나 보다라고 가볍게 생각할진 몰라도 보람과 긍지를 느껴왔어요. 프로라는 것이 자신이 하는 일에 자부심과 책임 의식을 갖는 거라면 난 충분히 프로라고 말할 수 있을 정도로요. 그런데 오늘 언니가 내가 하는 일에 대한 자부심을 망쳐 버렸어요."

수진은 눈을 깜박여 흐르려는 눈물을 필사적으로 참았다.

"내가 하는 일이 몸을 파는 일이래요."

"몸을 팔…… 아?"

"남자의 눈요기를 위해 내가 다리를 내놓은 거래요."

"어처구니가 없군."

재준은 은수에게 분노를 느꼈다. 몸을 판다는 말은 매춘부에게나 쓰이는 질 나쁜 표현이었다. 여자에겐 결코 사용해선 안 되는 말이었다. 그런데 그 말을 자신의 동생에게 쓰다니.

못된 계집애 같으니.

은수에 대해 저절로 욕이 나왔다. 그를 향해 눈웃음을 칠 때부터 알아봤다. 모든 관심이 자신에게만 향해져야 하는 이기심으로 가득했던, 아름답지만 딱 그것뿐인 여자. 이은수는 조화처럼 인공적이고 정형적이더니 감정조차 그런 모양이었다.

"그러면서 기왕 팔 거면 싸구려로 팔지 말고 비싸게 팔라고 하는 거예요. 그 말을 듣고 너무나 화가 나서 핸드백으로 후려쳤는데 마침 그 순간을 정후가 본 거예요."

"그래서?"

"망할 자식이 알지도 못하면서 나보고 못됐다고 하고……."

아마도 수진은 믿었던 소꿉친구가 자신의 편을 들지 않은 것에 분노한 것 같았다. 재준은 가엾게 상처받은 뒤 그에게 위안을 찾아 온 작은 여자의 몸을 토닥거렸다.

"정후는 소꿉친구예요. 나쁜 놈. 소꿉친구면 적어도 내게 왜 그런 짓을 했냐고 물어는 봐줘야 해요. 안 그래요?"

재준은 정후보다는 은수에 대한 생각을 했다. 그는 이해할 수 없었다.

이은수는 천성적으로 말이 독이 될 수 있다는 것을 모르고 그저 생각난 대로 아무 말이나 툭툭 내뱉는 성격인 걸까?

가끔 그런 사람들이 있다. 자신은 선택받았다고 생각하는 사람들. 타인에게 어떤 행동이나 말을 해도 된다고 생각하면서 타인은 자신에게 모든 예의와 배려를 하는 것을 당연하다고 생각하는 사람들. 이은수도 그런 사람인지 모른다. 남보다 아름답다는 것을 알고 있으니 대접받는 것을 당연하게 생각하고 남을 전혀 배려할 줄 모르는 것은 당연한 일일 수도 있었다. 그것이 아니라면 수진에 대한 미움이나 질투가 있다고밖에 생각할 수 없는 일이다.

"대체 몸을 판다는 말을 무슨 생각으로 했을까요?"

상처받은 수진은 보고 있는 것만으로도 딱했다.

"그런데도 언니니 이해하고 용서해야 해요? 그런 말을 들었는데도? 용서 못하면 내가 너무 속 좁은 거예요?"

"……"

"그런 거예요?"

재준의 침묵이 긍정 같아서 수진은 서러워졌다. 왜 용서해야 하는데? 이렇게 억울한데 왜 그걸 참아야 하는데?

"난 모르겠어요. 난 용서 못하겠어요. 가족이란 관계로 그렇게 상처받는다면 차라리 가족이란 것 없으면 좋겠어요. 차라리 혼자인 게 나아요. 엄마도 언니도…… 남남인 게 나."

아빠까지는 차마 거론하지 못했다. 사실 아빠 역시 그녀를 팽개쳤으니 깊은 상처를 준 셈이지만 그래도 아빠는 '어쩔 수 없어서……'라고 수진은 생각했다. 적어도 아빠 수진과 있게 되면 세상의 보통 아빠들처럼 그녀에게 다정했다.

"이수진, 아무리 화가 난다 해도 가족이 남이었으면 좋겠다는 말은 하지 않는 것이 좋아."

"아저씬…… 몰라요."

좋은 부모 밑에서 사이좋은 형제로 아무 구김 없이 자란 사람이 어찌 그녀의 아픔을 안단 말인가.

"혈연이라고 다 좋은 건 아니에요. 정말 싫어요, 엄마라고 언니라고 차라리 존재하지 않으면……."

그립지나 않지. 수진은 은수가 나타나 대전에 끌고 내려가기 전까지 겉으로 표현하진 않았지만 얼마나 엄마를 그리워하고 언니를 생각했는지 모른다. 수진은 자신이 그랬던 것조차 너무 억울했다.

"난 아저씨가 너무 부러워요. 왜 난 아저씨 부모나 아저씨 동생 같은 그런 엄마나 언니가 없을까? 왜 난 다른 사람이 다 갖는 평범한 부모 밑에서 태어나지 못한 거죠? 세상은 너무 불공평해. 난 있죠, 학교 다닐 때도 친구들과 친해지는 것이 무서웠어요. 혹시 친해져 걔네들 집에 놀러 가면 꼭 걔네들 엄마가 묻는 거예요. 부모님은 뭐 하시니? 그럼 어쩔 수 없이 부모님은 이혼했다고 대답했는데…… 그때마다 꼭 내가 죄진 것 같아서 목소리가 기어들어 가는 거예요. 그러고 나면 있죠. 그다음부터 걔네들이 날 피해요. 걔네들 엄마가 나랑 놀지 말라고 했다는 걸 나중에 알았는데…… 참 섧었어요. 내 잘못 아닌데 왜들 그러나 싶고…… 부모 이혼했다고 나쁜 영향받으니 어울리지 말란다는 말을 듣고. 나름 모범생인데 나쁜 영향은 내가 받을 것 같은데 생각하고 분해서 혼자…… 울기도 하고. 뭐 그런 걸 몇 번 겪다 보니까 나중엔 친구를 사귀기 전에 미리 말해요. 우리 부모님은 이혼했다고. 그래서 아저씨 처음 만난 날도 미리 말해 버린 거예요. 사귀자고 할 때요."

그래서 수진의 꿈은 보통 가정에서 평범하게 자라는 것이었다. 이혼하지 않는 부모, 사업하지 않는 아빠를 갖는 것. 남 보기엔 우스울 그런 것들을 정말 간절히 바랐다.

"난 아저씨가 참 부러웠어요. 아저씨 부모님이 너무너무 부러웠어……."

"우리 부모님 진짜 훌륭하신 분들이지."

"우리 부모님 이혼했다는 말을 듣고도 내색하지 않고 내가 무안해할까 봐 아저씨 어머니처럼 얼른 말 돌려주신 분은 정말 드물어요. 사실은 그때 참 고마웠어요. 어떤 분들은 왜 이혼했냐고 되묻기도 하는데 정말 그런 사람들과 비교되시던데요."

"그런 부모를 만난 것 행운이지."

"맞아요. 아저씬 전생에 어떤 복을 타고났기에 그런 부모에게서 태어났을까?"

"태어나진 못했어. 난 입양아야. 내가 여섯 살 때 만났어. 부모님을."

나직한 재준의 말을 수진은 처음엔 알아듣지 못했다. 하지만 곧이어 그가 한 말을 깨닫고는 커다란 충격을 받았다. 그것은 정말 생각지도 못한 일이었다. 수진은 그만 당황했다.

여섯 살 때 입양이 됐으면 자신이 입양아라는 걸 알고 자랐을 텐데. 그런 재준의 앞에서 가족의 불만을 늘어놓다니. 수진은 자신의 혀를 깨물고 싶었다.

"그래, 네 생각대로야. 여섯 살이면 다 알고 있는 나이지. 더구나 그전에 두 번이나 입양됐다 파양이 됐다면 새로 만난 부모에게 쉽게 엄마나 아빠 소리를 하지 않고 언제쯤 다시 파양되나 잔뜩 경계를 할 나이지."

아저씨의 삶도 참 만만치 않았구나. 그런데도 이렇게 당당한 사람이 됐다니.

"죄송해요. 제가…… 꼭 배부른 투정을…… 한 것 같아요."

민망하고 미안해서 수진은 고개를 푹 숙였다.

"이수진, 갑자기 왜 그래? 설마 나를 동정하는 거야? 난 그런 것 싫은데. 태어나지는 않았지만 우리 부모님, 내겐 유일한 부모님이야. 그러니 동정받을 이유가 요만큼도 없어."

"아저씨가 동정받을 게 뭐 있어요. 단지 그냥 좀……."

미안할 뿐이었다.

"미리 말해줬으면 아저씨 앞에서 투정 부리는 거 삼갔을 텐데 하는 생각이 들어요."

"그럼 이런 말을 미리 말해줘야 하나? 내 친부모님에 대한 것, 내가 태어나기 전 부친은 돌아가셨고 생모는 새 인생을 찾으라고 등 떠미는 시집 식구들에게 나를 두고 떠났고, 나는 네 살 때까지 딸만 있는 백부의 아들로 자라다 백모가 아들을 낳은 뒤 고아원으로 보내졌지."

마치 남의 얘기를 하듯 하는 재준이었다. 수진은 재준이 한 말에 신음을 내뱉었다. 짧게 지나가듯 하는 소리지만 참으로 많은 아픔이 들어 있는 내용이었다.

"여섯 살 때 부모님을 만난 것은 정말 천운이었어. 가장 이상

적이고 가장 훌륭하신 부모님을 만났으니까. 그래설까? 고2 때 생모를 처음 만났는데 아직도 그분에겐 어머니란 소릴 못하고 있어. 아무런 원망도 없는데도. 아니, 있는 것인지도 모르지. 그러니까 못 부르는 것이겠지. 아무 상관 없다 신경 쓰지 않는다 생각하면서 그 이면엔 어쩔 수 없이 혈육이라는 관계에 끌려가고 있는지도. 그래도 솔직히 말해 난 생모를 만난 것이 좋아. 하늘 아래 뚝 떨어진 인간에서 최소한 내가 누구의 아들이고 어떤 부모에게서 태어났는지 알 수 있으니까. 가족은 내 존재가 어떤지를 증명해 주는 존재가 아닐까?"

담담한 말투 담담한 얼굴, 재준의 얼굴은 너무 담담했다. 어릴 때 받은 상처가 꽤 클 텐데도 재준에게선 상처나 자격지심이 조금도 느껴지지 않았다.

"언니를 용서해 주라는 말이에요?"

"아니. 단지 그런 혈육이라도 있었으면 하고 부러워하는 사람이 존재할 수도 있다는 얘기야. 그보다 내가 입양이라는 것이 우리 사귀는 것에 영향을 주는 건 아니겠지?"

"당연한 거잖아요. 그게 뭐…… 난 절대 아저씨랑 사귀는 거 안 물러줄 거예요. 얼굴 잘생겨, 능력있어, 부모님 훌륭해, 그런 킹카를 단지 입양이라는 이유로 놓칠 것 같아요? 이래 봬도 저요, 그런 계산 빠르다고요. 내가 잡고 놔주나 봐."

수진의 얼굴에 지나가는 가지가지의 표정을 보며 재준이 빙그레 웃었다. 무거운 공기를 바꾸려 노력하는 수진이 너무 귀여웠다.

"수진아!"

이름을 부르는 것이 이리도 친밀하게 느껴지리라곤 생각도 하지 못한 수진이었다. 정후가 늘 수진이라 불렀고 그녀 역시 '정후야'라고 수도 없이 불렀지만 한 번도 이런 느낌을 받지 못했었다.

시선이 맞부딪치자 환청으로 파짓 소리가 들려왔다. 수진은 은수에 대한 억울함을 잊어버렸다. 정후에 대한 서운함 역시 잊어버렸다. 수진에게 존재하는 것은 '수진아'라고 불렀을 때 느꼈던 기묘한 감정만이 남았다.

'수진아'라니.

이 얼마나 다정한 호칭인가. 자신의 이름이 이토록 예쁘게 느껴진 적은 처음이었다. 이수진이란 흔하디흔한 이름이 재준의 입에서 너무도 사랑스럽고 섹시하게 불리운다.

수진은 비비 꼬여지는 몸을 억지로 참았다. 아무리 그래도 그렇지 겨우 이름 한 번 불린 거로 몸을 꼴 수는 없는 일이었다. 조금 두근거리고 살짝 설렌다는 건 인정할 수는 있지만.

"저기요. 아저씨, 혹시 나 좋아해요?"

"응."

그렇다는 재준의 대답이 수진은 무척 기뻤지만 그것을 내색하자니 무안했다.

"농담이지요?"

무거워지고 심각해진 분위기를 단숨에 깨는, 나이에 비해 상당히 노련하게 '에이, 농담 말아요' 딱 그런 표정으로 수진이 웃어넘기려 했다.

"아무리 농담이라도 그렇지, 어떻게 좋아한다는 말을 그렇게 쉽게 하세요? 그렇게 함부로 좋아한다는 농담을 하다가 나중에 빼도 박도 못하고 코를 꿰면 어쩌려구요."

"농담 같아?"

"네."

"나, 농담 아닌데? 아무것도 모르는 상태라서 내가 농담한다고 생각해? 원래 인연이란 것은 서로가 모르는 상태에서 만남으로 시작하고 사랑 역시 알고 시작하는 것보다 모르고 시작하는 것이 더 많지 않아? 난 이수진이란 이름 석 자만으로 충분히 안다고 생각하는데."

처음 만난 순간 그를 매혹시킨 주제에 이제 와 수진은 딴소리를 하고 있다.

"넌 속상하고 화가 나서 하소연할 상대로 나를 생각했어. 그리고 왔지. 하소연을 할 정도면 사랑도 할 수 있지 않아?"

아빠처럼 품이 편안해서 왔다는 말을 차마 할 수가 없어 우물쭈물거리는 수진을 어느 틈에 재준이 품 안에 가두어 버렸다.

재준의 체온이 너무 다정했다. 그의 품이 너무 넉넉했다. 그리고 머리끝에 닿는 숨결이 너무 뜨거웠다. 무엇보다도 머리 위에 눌러지는 재준의 입술이 너무너무 달콤했다.

"나는……."

아직은 재준을 향한 감정이 뭔지 모르지만 수진은 고개를 돌려 입술로 내려오는 키스를 얌전히 받아들였다. 쌉싸래한 맥주 맛이 나는 재준의 혀가 그녀의 혀에 닿았다. 그 순간 수진의 머릿속에서 은수도 정후도 깨끗이 사라지기 시작했다.

1시가 넘어섰다. 그런데 아직 수진은 돌아오지 않고 있었다.

시간을 확인한 정후는 다시 한 번 도로 쪽으로 시선을 던졌다. 수진은 한 번도 연락없이 늦은 적이 없었다. 간혹 일 때문에 밤을 새우고 들어온 적은 있었지만 그때는 어디에 있는지 왜 늦는지 정후의 집에다 먼저 연락했었다. 이런 식으로 자정이 넘는 시간에 어디에 있는지 연락도 없이 휴대전화까지 꺼놓은 적은 한 번도 없었다.

다시 재다이얼을 눌렀다. 여전히 휴대전화가 꺼져 있다는 메마른 기계 음성만 들릴 뿐이었다. 탁 전화를 접었다. 인상이 쓰여졌다. 어디서 무슨 일을 겪고 있을지 몰라 걱정이 태산이었다.

걱정할 것을 뻔히 알면서 전화까지 꺼놓다니.

수진에 대한 불평이 자연스럽게 정후의 마음을 점령했다. 아마도 잔뜩 울고 난 은수를 달래고 나온 뒤여서 더 그런 마음이 든 건지 몰랐다.

"몸을 팔았다고 말했더니 무조건 나를 치잖아."

"누나 미쳤어? 어떻게 몸을 팔았다는 말을 할 수가 있어?"

예상치 못한 은수의 말은 정후를 경악케 했다. 정후는 은수를 건너다봤다. 제정신을 가진 인간이라면 결코 해선 안 될 소리를 해놓고도 그것을 모르는지 은수의 표정은 태연하기만 했다. 아직도 수진에 대한 분노로 씩씩거리는 것을 보니 은수는 정말 자신이 무엇을 잘못했는지 모르는 눈치였다.

후우!

정후는 깊은 한숨을 내쉬었다. 그런 줄도 모르고 자신이 수진에게 했던 말을 생각하자 머리가 윙윙 울렸다. 수진이…… 화가 났겠지? 하긴 자신이 그런 상황에 처했다 해도 화가 날 테니 수진이 화가 난 것은 어쩌면 당연한 일일 것이다.

수진에게 미안해서 어쩌나. 그 자식 굉장히 토라졌을 텐데. 이건 몇 대 얻어맞는 것으로 끝날 문제가 아닌데.

수진에 대한 생각으로 꽉 찬 정후가 불만스러운지 은수가 눈을 흘겼다.

"내가 뭘 그리 잘못했지?"

정말 몰라? 은수에게 그렇게 물으려다 참았다. 말끄러미 자신을 보는 은수의 눈이 '난 정말 몰라요'라고 말하고 있었다. 정후의 기분은 마치 벽에 꽉 막힌 것처럼 답답했다.

"은수 누나, 몸을 팔았다는 것은 매춘을 한다는 표현과 일맥상통해. 그런데 정말 수진이한테 그렇게 말했어?"

"매춘? 무슨 소리야. 난 절대 그런 뜻으로 한 얘기 아니야. 아무렴 내가 그렇게 생각하고 말했겠어? 난 정말 칭찬으로 한 거야. 몸은 뭐 아무나 팔 수 있는 줄 아니? 남보다 예뻐야 팔려. 수진이만큼 예쁜 다리를 가졌다면 나도 다릴 팔았을 거야."

그런 식으로 따지면 은수야말로 팔 것투성이였다. 보톡스를 맞은 것같이 도톰한 입술도, 매듭 하나 없는 하얗고 긴 손도, 백조처럼 선이 유려한 하얀 목도 남보다 유난히 아름다웠으니까. 남보다 아름다우니 수진이처럼 부분 모델을, 아니, 뛰어나게 아름다우니 메인 모델로 활동할 수도 있을 것이다. 그랬을 때 남들에게 몸을 판다는 소릴 듣는다면 어떤 마음이 될 것인지 한 번만 생각해 보지.

"어쨌든 이번엔 누나가 실수했어."

수진이도 말하는 것은 살갑거나 곰살맞지 않았다. 툭툭 던지듯 하는 말이 무뚝뚝해서 늘 정후를 서운하게 만들었지만 적어도 은수처럼 경우가 없다는 생각을 들게 한 적은 한 번도 없었다.

"그래? 그런가 보구나. 그래. 그럼 너처럼 말하면 되는 것 아냐? 너처럼 나 그 말 싫으니까 그렇게 하지 마 했으면 될 걸, 그렇다고 사람을 치니? 암튼 이수진 그건 아주 못됐어."

그러고는 은수가 두 눈에 눈물을 가득 채웠다.

"나 아직까지 맞아본 적이 없어. 오늘 처음이야. 그래서 아까 수진이에게 맞고 너무 놀랐어."

은수와 같이 있자니 아까는 분명 수진이 잘못한 것이라는 생각이 들었다. 물론 은수가 잘못 말을 했지만 그렇다고 언니에게 그런 행패를 저지른 것은 분명 잘못이라고. 정후는 은수만이 갖고 있는 기이한 재주에 말려들어 버렸다.

　　암튼 수진은 오늘 잘못하는 게 너무 많다고.

　　폭력, 사라짐 그리고 소식 두절.

　　그런 식으로 뛰어가 버리면 남아 있는 사람들이 어떤 마음일 줄 왜 헤아리지 못하는 건지. 그냥 있었으면 적어도 은수의 해명을 들었을 테고 그랬다면 마음이 풀어졌을 것이고 모두 편안할 수 있었을 것이다.

　　자정이 넘은 놀이터는 텅 비어 있었다. 정후는 이곳에 있으면 수진이 오는 것을 알 수 있으리란 생각이 들어 안으로 들어가 비어 있는 그네에 올라앉았다.

　　여기서 수진이 그네 타는 걸 밀어줬었는데.

　　놀이터엔 수진과의 시간이 많이 묻어 있었다. 흔들흔들 혼자 그네를 흔들고 앉아 정후는 길을 건너다봤다. 금방이라도 수진이 길 끝에서 걸어올 것 같건만 어둠만 깊을 뿐 한동안은 사람도 차도 보이지 않았다.

　　"수진이가 너무 늦네. 어디서 뭘 하기에 이렇게 늦지? 얘 매일 이랬니?"

　　자박자박 가느다란 걸음 소리로 다가온 은수가 옆 그네에 앉았다.

삐거덕 삐거덕.

땅에 다리를 붙이고 조금씩 흔들리는 그네에 앉아 있는 정후와 달리 은수는 앉은 채 다리를 들고 그네를 타기 시작했다. 입고 있는 치맛자락이 앞으로 나갔다가 뒤로 물러나는 동작에 맞춰 어둠 속에서 팔랑팔랑 날렸다. 발끝을 하늘로 향하고 있는 은수의 몸은 섬세하고 아름다운 선을 그리고 있었다.

"전화도 안 받고 뭐 하자는 플레이인지. 아빠 안 계시고 혼자 있으니 자기관리는 해줘야 하는 것 아냐?"

하지만 은수의 말은 아름답지 않았다. 결국은 수진에 대한 비난으로 끝난 은수의 종알거림은 공허하게 허공에서 흩어질 뿐 정후에게까지 들려오지 않았다. 이렇게 늦게까지 연락도 되지 않는 수진에 대한 걱정만이 정후의 마음에 가득할 뿐이었다. 묵묵히 어둠 내린 길을 바라보는 정후를 향해 한참 동안 종알거리던 은수가 몸을 떨었다.

"춥다. 들어가자."

"누나나 들어가."

벌써 새벽 두 시가 훨씬 넘은 시간, 재깍재깍 시간은 참 잘도 가고 있었다.

수진의 입술이 달다는 것은 처음 만난 날 알았지만 키스라는 것이 섹스보다 더 친밀하게 느낄 수 있다는 것은 지금 처음 알았다. 키스가 깊어지자 수진은 온몸을 밀착하며 그의 품으로 안

겨왔다. 원래 하나의 인간으로 태어난 것같이 둘의 몸은 완전한 합일을 이루며 밀착되었다. 두근거리는 서로의 심장이 느껴졌다.

"안고 싶다."

수진의 귓가에 재준이, 건강한 남자의 정직한 반응을 토해냈다. 여자에 대해 이토록 간절하게 욕구를 느낀 것은 처음이었다. 마치 처음 여자를 안는 수줍은 소년처럼 두근거리는 마음으로 수진의 반응을 기다리며 재준이 수진의 머리를 귀 뒤로 넘겨주었다. 부푼 입술, 몽롱한 눈, 그리고 상기된 뺨, 적어도 그 혼자만 흥분한 것은 아닌 모양이었다.

"응?"

아직 키스에 취한 수진은 재준이 말한 뜻을 미처 인식하지 못하고 되묻듯 대답했다.

"안고 싶다."

수진의 몽롱했던 눈빛에 빛이 돌아왔다. 아마도 다른 때 재준에게 이런 말을 들었다면 화를 냈을 것이다. 처음 부분 모델 일을 시작하고 매니저가 스폰서를 구해주겠다는 말을 했었다. 그러면 일을 그만두겠다고 딱 잘라 버렸을 만큼 수진은 자신에 대해 엄격했다.

부모가 이혼해서 문란하다는 말을 들을까 봐, 또는 사업 실패로 타국을 떠돌며 딸을 팽개친 아빠에게 자란 애가 그렇지 뭐, 하는 소리를 듣게 될까 봐 기를 쓰고 자신을 지켜왔던 것이다.

순결은 단 한 번이니 꼭 사랑하는 사람에게 주고 싶다는 생각도 자신을 지키게 하는데 큰 몫을 했다. 조선시대의 고리타분한 윤리관으로 무장한 것은 아니지만 적어도 함부로 몸을 굴린다는 뒷말만은 듣고 싶지 않았다. 사랑을 한다면 모를까 사랑하지 않는 남자와 섹스를 하고 싶진 않았다.

"만일에요, 내게 아저씨 같은 오빠가 있다면 지금 우리보고 뭐라고 했을까요?"

"……반쯤 죽여놨겠지."

재준은 씁쓸하게 웃었다. 세상의 오빠나 아버지는 그들의 딸이나 동생에게 남자들이 욕망을 품는 것을 묵인하지 않는다. 진하가 재희와 결혼한다고 했을 때 도둑놈이라고 서슴없이 비난했듯 아마도 수진에게 오빠가 있었다면 그에게 도둑놈이라고 했을 것이다.

"그럼 내게 오빠가 없는 것을 다행으로 생각하세요."

재준의 입술에 먼저 키스를 하며 수진이 중얼거렸다.

"난 오늘밤 아저씨가 너무 좋아요."

정말로 수진은 오늘밤의 재준이 너무 고마웠다. 그녀를 위로해 주었다는 사실 하나만으로도 모든 것을 다 주고 싶을 정도로. 어쩌면 그녀의 마음속에는 재준에 대한 사랑이 숨어 있는지도 모르겠다. 왜냐하면, 재준과 사랑을 나누고 싶다는 생각이 드니 말이다.

내가 이 아저씨를 사랑해?

아무래도 그런 모양이다. 그녀의 입에서 자연스럽게 이런 말이 흘러나와 버린 걸 보면!

"나를요, 안고 싶다면 그래도 좋아요."

약간의 수줍음과 기대, 그리고 유혹이 담긴 수진의 음성은 살짝 떨리고 있었다. 아주 담담하고 무뚝뚝하게까지 들린 수진의 말은 어설프고 서툰, 그러나 치명적인 유혹이었다.

재준은 단번에 유혹에 흔들렸다.

달콤할 것 같은 작은 연인이, 순결할 것 같은 어린 연인이 욕심났다. 한입에 술잔의 술을 털어넣듯 수진을 마시는 것처럼 안고 싶었다.

"안고 싶어."

재준이 싱긋 웃었다.

"하지만 참지."

"왜요?"

"내일 아침에 분명히 후회할 것 같은 얼굴이니까."

"후회 안 해요. 절대로."

"말끝을 강조하는 것은 이미 후회하고 있다는 거야."

지금의 나처럼.

재준은 수진을 안고 싶다는 자신의 욕구를 간신히 참아내면서도 자신이 감정이 대견한 것이 아니고 바보 같다는 생각이 자꾸만 들고 있었다. 수진을 안고 싶었다. 갖고 싶었다. 작은 새 같은 수진에게 자신의 이름을 새겨넣고 싶었다. 영혼 깊은 곳에 깊이 그를 각인시키고 싶었다. 하지만 지금의 수진의 감정은 무방비, 그녀를 슬프고 외롭게 만든 사람들에 대한 분노만 가득한 상태였다. 이런 상태론 수진을 안기 싫었다. 수진이 그만큼이나 원할 때, 그래서 섹스가 아닌 사랑을 나누게 될 때까지 참을 것이다.

"난 아저씨가 안아줬으면 좋겠어요."

재준은 팔을 벌려 뒤로 수진의 몸을 끌어안았다. 품 안에서 녹아 사라질 것처럼 그렇게 수진은 여위었고 작았다. 얼굴에 닿은 수진의 머리칼이 향기롭고, 그녀의 등이 가늘게 떨고 있다. 때로 인간들이 자신의 감정을 모르고 말을 하는 것처럼 지금 수진은 안아달라고 말을 꺼내놓고는 내심 겁을 내고 있었다.

이 깊은 밤, 그리고 밀폐된 공간의 둘. 건강한 남자와 건강한 여자의 몸. 아마도 이렇게 길고 긴 밤은 여태까지 없고 앞으로도 없을 것이다.

한참을 안고만 있자 처음엔 긴장한 듯 뻣뻣했던 수진의 몸이 조금씩 부드러워졌다. 유리에 비친 수진의 얼굴에 안도의 빛이 어린 걸 보고 재준은 참길 잘했다고 생각했다.

"아저씨한테 시집가면 좋을 것 같아요. 혹시 나중에요, 결혼한다면 나하고 할래요?"

이렇게 따뜻하고 푸근하단 사람과 평생을 사는 것도 좋을 것 같다라는 생각으로 충동적이고 갑작스런 프러포즈를 해놓고 수진은 무안해 얼굴을 빨갛게 붉혔다.

"반드시."

대답하는 재준의 미소가 눈부셨다. 유리창 밖의 캄캄한 어둠은 그들의 미소를 거울처럼 다시 보내어주었다. 붉어진 수진의 뺨이 지금 그의 얼굴을 간질이는 머리칼만큼이나 재준의 마음을 달아오르게 하고 있었다.

누가 먼저 눈을 떴는지 모른다. 분명 둘은 조금 전까지 자고 있었다. 하지만 어느 순간 두 사람은 잠에서 깨어 서로의 얼굴을 바라보고 있었다. 코와 코가 맞닿을 것같이 바싹 얼굴을 댄 채. 수진과 재준은 거실에서 하나의 모포를 덮고 잠에서 깨어난 것이다. 수진은 아직 재준의 팔을 베고 허리는 그의 팔에 꽉 끌어당겨진 상태였다.

아!

어젯밤 아무 말도 않고 품에 안고 창밖에 보이는 서로의 얼굴을 향해 미소 짓던 기억은 난다. 그런데 언제 잠이 들었던 것일까? 밤엔 그토록 친밀했지만 아침이 되니 왠지 민망하고 당황스러워 수진은 벌떡 일어나려 했다. 분명 그러려고 했다. 하지만 재준이 더 빨랐다. 좀 더 힘을 주어 수진의 허리를 확 끌어당겼다.

"굿모닝."

"네에."

가슴이 너무 뛰어 금방이라도 심장이 터질 것 같은 걸 빼면 나쁠 것은 하나도 없다. 아빠나 정후 등 가족에게 말고 남자에게 잠에서 막 깬 얼굴을 보인다는 것…….

헉!

수진은 비로소 어젯밤 세수도 않고 잠이 들었다는 것을 깨달았다.

처음엔 분노와 슬픔에 취했다가 나중엔 분위기에 취해 세수 같은 건 할 생각도 않고 있다가 그대로 잠이 든 것이다.

"어떡해! 세수……."

"응?"

"안 하고 잤어요. 세수 안 하고 자서 피부 트러블 생기면 다 아저씨 때문이에요."

이것은 분명 어리광이었다. 수진은 어울리지 않는 말투에 스스로 멋쩍어져서 얼굴을 붉혔다. 대체 애교는 왜 전부 은수에게만 가버린 걸까. 은수가 그렇게 자연스럽게 부리던 애교가 수진에겐 나오지 않는다. 조금이라도 애교스럽게 보이길 바라는 마음이 굴뚝같은데 입에서 나오는 말은 여전히 무뚝뚝하기만 했다.

"그리고 이 집엔 요도 없어요? 침대도 없어요? 왜 맨바닥에서 자요? 오늘 몸 아프면 그것도 다 아저씨 때문이에요."

"그래, 앞으론 내가 너의 모든 걸 전부 다 책임져 줄게."

그러더니 재준이 조금은 장난스럽고 약간은 능청스런 표정으로 픽 웃었다.

"그러면 내가 조금 손해지?"

뭐요? 이 아저씨가 정말!

"나보다 8년이나 어린 여자와 살아야 하잖아."

이 아저씨 이제 보니 상당히 능청스럽네. 하긴 재준은 처음부터 많이 능청스럽긴 했다. 흥, 누가 살아나 준데?

수진은 처음 보는 사람을 보듯 재준의 얼굴을 빤히 바라보았다.

"후아."

"아침부터 웬 한숨이야?"

"흑, 여덟 살이나 위라니. 이제 보니 아저씨 진짜로 아저씨였구나."

"아저씨에게 시집오고 싶어한 것은 어디에 누구더라?"

공연히 발끈할 수 있는 것은 22살의 꽃띠 여자가 가질 수 있는 거만함 때문일까?

"그럼 없었던 일로 할까요?"

"안 돼, 그건. 말은 주워 담을 수 없는 거야. 사람이면 한 번 한 말에 책임질 줄 알아야 하는 거야."

"아, 아! 책임지기엔 내가 너무 손해 보는 것 같아."

수진은 말해놓고 재빨리 욕실로 달아났다.

역시 잠에서 깬 얼굴은 별로야. 흠, 부석부석 엉망인 이 얼굴을 보였으니 아무래도 저 아저씨에게 시집가야 하나?

재준과 연결될 수 있는 핑계치곤 참으로 구차했다. 하지만 아무려면 어떠랴. 핑계를 생각해 내는 수진의 얼굴에 미소가 번지기 시작했다.

새로운 하루의 새로운 시작이 그리 나쁘지는 않았다.

아침으로 재준이 식탁에 차린 것은 토스트와 버터, 그리고 포도 잼과 계란 스크램블이었다. 익숙하게 스크램블을 만드는 재준의 솜씨는 아주 자연스러워 보였다. 음식점이 아닌 곳에서 남이 차려주는 동안 식탁에 앉아 기다리고 있는 것은 수진에겐 드문 경우였다. 앉아 있는데 호주머니에 든 것이 불편하게 허벅다리를 찔렀다.

참, 전화!

수진은 호주머니에서 전화기를 꺼내 들고는 비로소 어젯밤 정후와 은수의 전화를 받기 싫어서 전원을 꺼놓은 걸 생각해 냈다.

"아저씨, 요리 잘하나 봐요?"

전원을 켜고 액정이 살아나길 기다리며 수진은 일부러 공주처럼 앉아 있었다. 누군가의 시중을 드는 것보다 누군가의 시중을 받는 것이 더 좋다는 생각을 하면서.

"아저씨?"

"그럼요, 아저씨 맞잖아요. 아저씨를 아저씨라고 부르는데 뭐 잘못됐어요?"

수진이 일부러 얄밉게 웃자 재준이 접시를 도로 집어 들었다.

아이 참! 또다. 이 아저씨, 아저씨라고 불러서 삐친 거야. 치사하게 아저씨라 부르기만 하면 먹을 것 안 주려 하네.

"아저씨, 내가 말을 안 하려고 했는데 먹는 것 갖고 유세 떨고 이러는 거, 참 치사한 짓이에요."

"난 원래 치사해."

"아저씨! 아니, 재준 씨."

"주세요!"

"네?"

"라고 해봐."

"내가 '주세요' 라고 할 것 같아요?"

"응."

"아, 정말! 아저씬!"

재준과의 실랑이가 너무 재미있다. 웃음이 샘처럼 보글보글 끓어오를 정도로. 수진은 방글방글 웃으며 속삭이듯 말했다.

"아저씨, 주세요."

쓰윽. 재준이 접시를 밀어주었다.

비로소 전화기에 전원이 들어왔다는 소리가 울려 나왔다. 전화를 집어 든 수진은 꺼진 동안 들어왔던 전화와 문자들의 번호가 잔뜩 쏟아지는 액정을 물끄러미 바라보았다. 부재중 전화는 대부분 정후의 것이었고 은수가 건 것도 두 통 끼어 있었다.

어? 매니저님도 전화했었네?

마지막으로 들어온 것은 매니저가 연속으로 두 번이나 전화를 걸어온 거였다.

일이 들어왔나?

수진은 입에 넣었던 스크램블을 급히 씹어 삼키며 매니저의
번호를 눌렀다.

[지금은 통화 중이라 연결이 되지…….]

전화를 걸어온 지 이제 10분밖에 되지 않았는데 매니저의 전
화는 연결이 되지 않았다.

바쁘신가?

"누구에게 하는 전화야?"

"매니저님이요. 바쁘신지 받질 않으시네."

"매니저도 있어?"

"당연하지요. 저요, 정식 모델협회 회원이라고요."

"그럼 소속 기획사도 있겠네?"

"네."

"어느 기획산데?"

"나래 엔터테인먼트요. 우리나라에서 가장 큰 기획사예요. 저
이래 봬도 기라성 같은 스타군단을 기라성같이 거느린 회사에
소속돼 있어요."

기라성을 두 번이나 강조했지만 그녀 자신은 이름 없는 부분
모델일 뿐 거기에 끼지 못한다는 생각이 들자 조금은 무안해졌
다.

나도 유명한 모델이었으면……. 그렇다면 아저씨 앞에서 휠

씬 당당할 수 있을 텐데.

예전엔 원하지 않던 명성과 이름이 갑자기 갖고 싶어졌다.

"근데 이 스크램블 진짜 맛있어요."

부모가 이혼을 한 뒤 아빠가 수진에게 가장 쉽게 그리고 많이 해준 것이 계란 프라이였다. 어릴 때 질리도록 먹어서 언제부터인가 계란을 싫어했었다. 하지만 오늘 재준이 해준 스크램블은 정말 맛이 있었다.

재준이 싱긋 웃었다.

"먹는 것 보고 있으니 이상하게 흐뭇하다."

"아저씬! 아저씨가 어미 닭이고 내가 병아리인 줄 아나 본데, 나 병아리 아니에요."

재준에게 눈을 흘기며 웃는데 드르륵, 드르륵 매니저에게 전화가 들어왔다. 수진은 재빨리 통화버튼을 눌렀다.

"수진이에요, 매니저님."

[오늘 갑자기 스케줄 잡혔으니 두 시 반까지 한국호텔 로비로 나와라.]

모든 인사를 생략하고 다짜고짜 명령을 내리는 것이 평소의 매니저완 달랐다.

매니저가 관리하는 다리 부분 모델은 수진 외에도 다섯 명이나 됐다. 일을 하고 나면 이삼 일은 쉬면서 다리 관리를 하라고 하던 매니저였다.

"두 시 반까지 한국호텔이요? 무슨 광고인데요?"

[바디샴푸 광고야.]

"어느 회사 제품이에요? 메인 모델은 누군데요?"

[뭘 그리 캐묻는 거야. 나오면 다 알걸. 늦지 말고 나와.]

"기분 나쁜 전화야?"

평소와 다른 매니저의 태도에 이마를 살풋 찌푸리던 수진은 재빨리 인상을 편 뒤 전화를 얌전히 식탁 위에 내려놓았다.

"아니에요. 매니저님이 바쁘신가 봐요. 많이 서두시네."

"일이 들어온 거야?"

"네."

"부분 모델이라고 했으니 간단하게 끝나겠군? 두어 컷 찍는다면, 보통 한 시간 정도 걸리나?"

보통의 사람들과 똑같은 생각을 하는 재준을 보고 수진은 씁쓸하게 웃었다.

"아주 운이 좋으면 그런 경우도 있어요. 하지만 보통 부분 모델의 일은 그렇게 쉽게 끝나지 않아요. 아니, 끝날 수 없는 게 맞죠. 생각해 보세요. 부분 모델은 메인 모델 대신 자신의 부분을 찍는 거잖아요. 그러면 메인 모델과 비슷한 느낌이 나와야 해요. 그러기 위해선 메인의 동작이나 걸음걸이를 따라 해야 하는 건 기본이에요. 그렇게 찍다 보면 한 컷 찍는 데 한나절이 넘게 걸리는 경우가 대부분이죠. 어제도 단 두 컷이지만 10시간이 넘게 걸렸어요."

단 세 걸음 걸어가는 뒷모습을 잡기 위해 여섯 시간을 걸었다. 걷고 다시 걷고 또 걷고. 정말 힘들었던 어제였다.

"힘들구나!"

"세상에 힘들지 않은 일은 없잖아요?"

수진에게만 그런 건지 모르지만 세상은 원래 녹록치 않았다. 힘이 들지 않고 돈을 버는 것은 떳떳하지 못한 경우가 대부분이라는 것을 살면서 터득했기에 수진은 힘들게 돈을 버는 것이 좋았다.

"차라리 모델 일을 아예 전격적으로 해보지 그래?"

"전격적이요?"

수진은 픽 웃었다. 하고 싶다고 할 수 있는 일이 아니지 않은가.

"그러기엔 제가 너무 평범해요."

은수 언니 정도의 미모였으면 욕심냈을지도 모르지만 수진은 자신의 얼굴이 남들보다 좀 더 예쁜 정도기 때문에 애초에 덤벼들 생각도 하지 않았다. 든든한 백도 없고 아우라도 없이 덤벼들었다가 추락하는 연예인 지망생들을 주위에서 너무 많이 봤기에 애초에 헛된 망상을 갖지 않기로 한 것이다. 수진은 남을 보조하는 것만으로도 즐거웠다.

"평범하다고?"

"조금 예쁘긴 하죠."

자신이 한 말이 좀 낯간지러워 수진은 약간은 무안쩍고 장난스럽게 웃었다.

"하지만 스타가 될 정도는 아니에요."

정말? 정말 그렇게 생각해?

재준은 진짜로 그렇게 묻고 싶었다. 수진은 그가 본 어떤 여자 연예인보다 훨씬 매혹적으로 생겼다. 그걸 모르다니, 정말 신기한 일이 아닐 수 없었다.

정후에게 아침은 회색으로 시작됐다. 짙은 회색의 아침이 점차 엷은 회색으로 변하더니 이윽고 하얗게 태양이 떠올라 왔다. 수진을 기다리며 그네에 걸터앉아 아침을 맞은 것이다.

'넌 어디서 뭘 하고 있는 거니?'

일을 하다 가끔 밤을 샌 적은 있지만 다른 일로 외박을 한 적은 없는 수진인지라 정후의 마음은 아주 근심스러웠다.

어제 화가 많이 났을까?

뒤에서 자박자박 은수의 걸음 소리가 들려왔다.

"이러고 밤샜니? 아니면 다시 나온 거니?"

은수의 질문에 답으로 돌아온 것은 정후의 걱정이 스민 질문이었다.

"사고는 아니겠지?"

수진에 대한 걱정으로 잔뜩 초조해 보이는 정후의 모습이 영 마음에 들지 않아 은수는 심술이 났다.

"사고? 아닐 거야. 사고라면 벌써 연락이 됐을 거야. 걔 전화 아침에 켜졌거든. 그러니 사고는 아니야. 그냥 안 받는 거지."

켜켜이 걱정이 내려앉은 정후의 어깨가 축 처져 있었다.

아무 연락도 없이 밤에 집엘 들어오지 않은 것은 그동안 수진이 한 번도 보이지 않았던 행동이었다.

"수진이 전화 켜졌어?"

"응. 하지만 안 받아."

정후가 밤새 수도 없이 누른 통화버튼을 눌렀다. 은수의 말대로 신호가 간다. 그러더니 고객님의 전화기가 꺼져 있어 연결이 안 된다는 그런 기계음 대신, 지금은 전화를 받을 수 없다는 멘트가 흘러나왔다.

은수는 정후를 지켜보며 눈썹을 치켜세웠다.

너 병신이냐? 너 이런다고 수진이 알아주던?

정후에게 퍼붓고 싶었다. 밤에 잠도 자지 않고 이 무슨 바보 같은 행동을 보이는 거냐고.

사랑받고 있잖아. 이수진.

수진은 정후에게까지 사랑받는다. 엄마의 사랑도 전부 가로챘으면서⋯⋯.

수진은 자신이 엄마에게 내쳐졌다고 생각했지만 사실 내쳐진 것은 은수 그녀였다. 엄마는 그녀가 옆에 있다는 이유만으로 은수를 마음 바깥에 세웠다.

"우리 아기."

계부에게 간 뒤 엄마는 은수를 그렇게 불렀다. 우리 아기는 수진을 부르던 애칭이었다. 어릴 때 몸이 약했던 수진은 또래보다 좀 더 작았다. 그래서 엄마는 수진을 부를 때 우리 아기라고 불렀고 은수를 부를 땐 우리 공주라고 불렀다.

엄마는 왜 날 우리 공주라고 부르지 않고 아기라고 부르지?

아기라는 호칭으로 불릴 때마다 은수는 어쩔 수 없이 아빠와 수진을 떠올려야 했다. 아빠와 지낼 때완 다르게 공주처럼 지내는 것이 꽤나 흡족했지만 그 이면엔 늘 수진과 아빠를 두고 왔다는 미안함이 존재했기에 은수는 엄마가 부르는 우리 아기'라는 호칭이 정말 싫었다.

"엄마, 난 아기가 아냐."

그럴 때마다 그녀를 바라보는 엄마의 눈은 꼭 우는 것처럼 보였다. 은수는 엄마의 그 눈빛 때문에 결국 엄마가 자신을 우리 아기라 부르는 것을 용납하고 말았다.

난 은순데. 난 수진이가 아닌데.

정말로 싫고 싫었지만 은수의 불만은 표출되지 못했다. 은수는 엄마가 자신을 은수로 보지 않고 늘 수진으로 보는 게 아닐까? 라는 생각을 그녀가 한참 큰 후에 하게 됐다. 그리고 아마도 그녀의 생각이 맞을 거라는 것도.

엄마에게 그녀는 수진이었던 것이다. 열대과일을 한쪽 이상 먹으면 혀끝이 아려지는 은수건만, 그런 사실을 전부 잊어버렸는지 엄마는 간절한 눈으로 열대과일을 그녀에게 내밀었다.

"많이 먹어, 우리 아가. 너 좋아하는 것 다 해줄게. 말만 해."

엄마에게 은수는 늘 수진이었다. 우리 아가, 우리 아가, 우리 수진이로 은수는 어디에도 없었다.

엄마는 은수에게 극진했다. 비 한 방울 맞히지 않고 귀한 꽃처럼 그녀를 키웠다. 눈에 넣어도 아프지 않는 딸로 온 세상이 부러워할 관심과 애정을 퍼부었다. 하지만 은수는 안다. 자신은 지금 엄마에게 수진이라는 것을. 은수는, 은수로서 사랑받고 싶었다. 우리 아가가 아닌 우리 공주로, 수진의 대용이 아닌 엄마의 딸 은수로.

엄마에게 버려진 건 자신이지 수진이 아니라는 걸 깨닫는 순간부터 은수는 수진과 아빠에게 가졌던 미안함을 버렸다. 차라리 아빠 곁에 남았더라면 좋았을 걸. 그럼 엄마가 이렇게 수진을 찾듯 그녀를 생각하며 우리 은수, 우리 공주를 되뇌며 살지 않았을까? 아빠 곁에 남지 않고 따라나선 것을 후회하기 시작했다.

하지만 시간이란 결코 되돌릴 수 없는 것, 그때 갈린 시간이 이렇게 은수를 만들고 수진을 만들었다. 사랑받으면서 사랑받는 것을 모르는 수진과 사랑받는 것 같으면서 사실은 사랑받지 못하는 자신을.

은수는 어제 일부러 수진에게 몸을 판다는 표현을 썼다. 수진이 아프길 바라면서. 일종의 자격지심인지도 모르지만 한 번도 일을 해본 적이 없는 은수는 하찮은 일에 당당한 자부심을 갖고 있는 수진이 아니꼬웠다. 게다가 어제 은수는 유성의 전화에 화가 났었다.

『통화하고 싶은데 가능할까요? 이은수.』

문자를 보낸 지 한나절이 지나 전화를 걸어온 유성은 카메라 테스트 결과를 알고 싶다고 묻는 그녀에게 아직 결정이 나지 않았다고 대답을 얼버무렸다. 은수는 유성의 말투에서 그녀가 떨어졌다는 것을 감지했다. 자존심 상하고 화가 나 견딜 수 없었지만 그러냐고 웃으며 잘 못 기다리니 어떤 결과가 나던 빠르게 전화달라고 했다. 유성에게 용케 내색하지 않고 전화를 끊었지만 그때부터 은수의 마음은 용암처럼 끓기 시작했다.

그래서였다. 어제 수진에게 상처 준 것은. 몸을 판다는 말이 어떻게 들릴지 뻔히 알면서 수진에게 분풀이를 했던 거다.

은수에게 있어 수진은 엄마의 사랑을 놓고 동생이기보다 라이벌이었으니까. 은수는 자신과 달리 꿋꿋하게 살아가는 수진이 미웠다.

"아무튼 이수진 오기만 하면…… 수진이…… 저기 오네."

은수의 시선이 머문 곳에 차 한 대가 멎는 것을 보고 정후가 일어섰다. 남자가 운전하는 차의 조수석에 앉아 있는 것은 분명 수진이었다. 안전벨트를 풀며 뭔가 남자를 향해 다정하게 속삭이는 수진의 모습을 보자 정후의 가슴에서 뭔가 치솟아올랐다.

그 남자다.

수진이 대전에 갔다 온 날 발을 다친 수진을 데려다 준 남자. 정후를 보고도 무시하고 가버렸던 남자.

설마 저 남자와?

새벽에 남자의 차를 타고 온다는 것은 밤새 그 남자와 있었다는 얘기가 된다.

너, 그 남자와 같이 밤을 보냈어?

하지만 수진이 남자와 밤을 지새웠다는 것을 믿을 수 없어 정후는 머릿속의 생각을 서둘러 지워 버렸다. 결코 수진은 아무 남자에게 몸이나 마음을 내주진 않을 것이다. 수진이 얼마나 단단한 껍질 속에서 자신을 보호하기 위해 애쓰는지 알기에 정후는 지금 눈앞에서 벌어지는 상황을 믿을 수 없었다. 아니, 믿지 않으려 노력했다.

남자가 차에서 내려 수진에게 차 문을 열어주었다. 내려선 수진이 뭐라고 하자 남자가 손을 올려 가만히 그녀의 얼굴을 쓰다듬었다. 그 모습이 애틋할 정도로 다정하고 친밀해 보였다. 마치 연인처럼 보였다.

저런 모습은 정후가 한 번도 해보지 못한 행동이었다. 저런 분위기가 수진에게 존재한다는 것이 너무나 생소했다. 정후도 가끔 분위기라는 걸 내보고 싶어 수진의 머리를 쓰다듬곤 했다. 하지만 그럴 때마다 호되게 발길질을 당했던 정후였다.

"우리 수진이 능력 좋은데. 저 남자 누군지 알아? 이성천 회장의 비서실장이야."

"이성천? 케이엔 그룹의 회장인 이성천?"

"응."

은수는 코웃음이 나오는 것을 간신히 멈췄다.

화를 내고 뛰어가더니 신재준에게 간 거야?

일부러 상처 주긴 했어도 은수가 언니인 것만은 분명한 사실, 수진이 밉거나 싫은 감정과는 다른 자매로서의 감정은 또 다르게 존재하는지 사실 어제 그래 놓고는 아주 조금이지만 수진에게 미안한 감정을 갖고 있었다. 조금 지나쳤나? 하고 아주 조금이지만 살짝 반성 중이었다. 하지만 지금 은수는 떳떳해졌다. 수진이가 가소로워 보였다.

나로 인한 핑계로 저 남자에게 달려가다니 저것도 보통 영악한 것이 아닌 모양이다.

"수진아!"

하지만 일단은 반갑다는 시늉을 내며 은수는 수진을 향해 달려갔다. 수진과 재준이 돌아보았다.

"안녕하세요."

재준을 향해 커다랗게 미소 짓던 은수는 그의 눈 속에서 노여움을 발견했다. 은수는 수진이 어제의 일을 미주알고주알 재준에게 고해바쳤다는 것을 깨달았다.

그녀를 보는 재준의 눈빛이 칼날처럼 냉정했다. 차가운 눈에 비난과 멸시가 담겨 있었다. 밑바닥까지 꿰뚫어 보는 것 같은 재준의 눈빛에 은수는 조금 무안해졌다. 넌 바닥이구나. 이렇게 말하는 게 분명한 재준의 눈빛이 따가웠다. 말 한마디 하지 않고 쳐다보는 것만으로 재준이 그녀를 수치스럽게 만들고 있었다.

입도 싸지. 그리고 대신 성을 내는 당신은 뭐야? 수진이의 편을 드는 당신은 뭐냐고?

"너 밤새 어디서 뭘 하고 있었던 거야? 신 비서님, 설마 제 동생과 밤을 지낸 것은 아니시죠?"

언니의 준엄한 꾸지람이 담긴 은수의 말투에 수진이 코웃음쳤다.

"네가 왜 참견이야?"

수진의 냉정한 표정에 약간 주눅이 들었으나 은수는 곧 기세 등등해졌다.

"야, 이수진! 말도 없이 밤새고 들어와 놓고……."

"가요, 아저씨. 이러다 출근 늦겠네. 내가 이따 전화할게요."

"그럼, 쉬어."

그래도 수진의 언니라는 사실 때문에 재준이 마지못해 은수를 향해 고개를 까딱해 보이곤 차에 올랐다. 할 말이 많은 은수를 무시하고 재준의 차가 떠나 버렸다.

"뭐 저런 인간이 다 있어."

무시는 은수에겐 모욕이었다. 지금 재준은 그녀를 모욕한 것이다.

수진이 씩씩대는 은수를 무시하고 돌아서는데 정후가 앞을 가로막았다.

"비켜. 왜 앞은 가로막고 그래?"

"여태 저 남자와 같이 있었어?"

"그래."

정후의 앞을 지나쳤다. 그렇게 막 정후를 지나쳐 집을 향한 수진의 등에 나지막한 정후의 음성이 달라붙었다.

"왜?"

수진이 돌아서서 정후를 노려보았다.

"왜냐고? 글쎄 왜일까?"

그리고 그 이유를 넌 왜 묻는 거지?

정후가 수진의 팔을 움켜쥐었다.

"같이 있었다고? 남자랑 같이? 왜? 밤새 뭐 하느라고 같이 있었는데?"

"놔!"

"밤새 뭐 했냐니까!"

네가 아빠라도 돼? 오빠라도 돼? 아니면 남편이라도 돼?

어제 정후에게 분노했던 것이, 밤새 다 가라앉았다고 생각한 분노가 새삼 들끓어올랐다. 조금 전 재준에게 새삼 언니인 척하던 은수의 태도나 보호자처럼 구는 정후의 태도는 그녀의 화를 되살려 냈다.

"왜 그런 걸 물어? 네가 뭔데?"

미처 대답을 하지 못하고 있는 정후를 향해 수진이 이어 말했다.

"좋아, 대답해 주지. 술래잡기? 구슬치기? 수건돌리기? 자, 이 중에서 무엇을 했을까? 밤이 새도록?"

확 팔을 뿌리치고 집을 향해 걷는 수진의 등 뒤로 단호함이 느껴졌다.

말만 시켜 봐. 다 죽었어.

그런 메시지였다. 수진의 포스에 눌린 정후가 멍하니 그녀의 뒷모습을 바라보기만 했다.

수진은 집으로 들어오자마자 장롱을 열고 깊이 넣어두었던 것을 꺼냈다. 기다란 금발머리와 긴 속눈썹을 가진 인형을 수진은 미련없이 쓰레기통에 처박았다.

"뭐야, 이 낡은 인형은?"

뒤따라 들어온 은수가 종알거렸으나 깨끗이 무시해 버렸다.

"이거 너 가져."

엄마를 따라가기 전 수진에게 은수가 주고 갔던 바비인형이었다. 수진은 그 인형을 보물처럼 간직했다. 인형은 수진에게 온 가족이 행복하게 살았던 증명이었다. 다시 모여 살 수 있을 거라는 희망이기도 했다. 아니, 미련이었다. 언젠가부터 다신 모여 살지 못할 거라 체념을 하고 있었으니까. 그걸 수진은 아무런 망설임 없이 내버렸다. 그토록 은수가 미운 짓을 해도 이 인형을 버리고 싶다고 생각하지 않았는데 어제 은수에게 그런 말을 듣는 순간 수진은 마음을 바꿨다. 자매간의 정이나 가족의 의무 같은 것을 혼자서만 지고 있을 필요는 없는 것이다. 아무리 가족이라 해도 서로가 노력해야 하는 법이다. 자매이기 때문에, 부모이기 때문에 사랑을 의무적으로 해야 하는 건 아닐 것이다.

"넌 취미도 다양하구나. 섹시짱 팬티를 입으면서 어린애같이 이런 인형을 갖고 있다니. 진짜 안 어울린다."

다시 한 번 은수에 대한 미련의 싹이 잘라져 나갔다.

그래, 기억도 못하는구나. 옛일을 생각하고 그리워한 것은 역시 자기 혼자만이었다는 게 분명했다.

수진은 아무 일도 없다는 듯 태평하게 구는 은수를 무시하고 욕실로 들어갔다.

샤워를 하고 나온 수진은 오랜 시간 공들여 발 마사지를 했다. 매니저가 2시 반까지 한국호텔로 오라고 했으니 집에서 1시쯤 나가면 될 것이다. 수진은 발목과 종아리에 우유와 오일로 마사지를 했다. 시간을 보니 12시가 훌쩍 지나 있었다.

"수진아, 은수야, 우리 집에서 점심 먹자. 이런, 수진이 오늘도 촬영 있니?"

소영이 문을 열고 들어오다 거실에서 종아리를 마사지하고 있는 수진을 보고 물었다.

"네."

"어제도 밤새 촬영했다면서 오늘 또 해? 힘들어서 어째?"

"힘들지 않아요."

힘든 것은 참을 만한데 다리에 부기가 있는 것 같아 걱정이었다.

"그럼 점심은 안 먹겠구나?"

촬영 전에 음식을 먹으면 위에 부담이 가서 그런지 피부가 푸석거렸다. 그래서 수진은 촬영 전에는 아무것도 먹지 않았다.

"네. 죄송해요."

"그럼 은수 너만 건너오렴? 나하고 냉면 먹자."

"네."

오전 내내 수진에게 무시를 당해 퉁퉁 부어 있던 은수가 쪼르르 달려나갔다.

"수진아, 그럼 우리끼리 먹을게."

"네."

탁 문이 닫히는 사이로 소영의 목소리가 흘러들어 왔다.

"은수야, 너 수진이랑 싸웠지? 뭣 때문에 싸웠니?"

"싸우긴 누가 싸워요. 싸운 적 없어요. 싸운 게 아니고 수진이 공연히 화내고 있는 거예요. 수진이 성격이 은근히 못됐어요."

은수의 대답 소리에 수진은 흥 소리를 내며 코웃음 쳤다.

"하여튼 넌."

마사지를 끝낸 수진은 시간을 계산하며 나갈 준비를 끝냈다. 매니저보다 늦게 도착할 수 없으니 적어도 2시 20분엔 도착해야 한다. 장롱 서랍을 열고 속옷을 챙기는데 냉면을 다 먹었는지 은수가 집으로 들어왔다.

"아줌마, 냉면 맛있게 만드네."

은수는 배가 불러선지 굉장히 기분 좋은 얼굴을 하고 있었다. 수진이 연 서랍에서 은수가 속옷을 집어 들었다.

"네 속옷 전부 다 정후가 디자인한 거니? 야, 이거 정말 섹시하다. 어, 이건 뭔데 상자 속에 있어?"

"만지지 마."

"야, 굉장하다."

수진의 말은 귓등으로도 듣지 않고 은수가 상자를 열더니 그 속에 든 속옷을 보며 감탄의 소리를 냈다. 흰색에 가까운 아이보리의 실크에 작은 진주로 장식한 브래지어와 팬티 세트가 실크 특유의 광택을 빛내며 반짝거렸다. 브래지어는 무척이나 순결해 보이면서도 수놓듯 조롱조롱 달려 있는 진주 구슬로 인해 화려하고 에로틱했다. 팬티 역시 그랬다. 보기엔 그냥 하얗고 단순한 팬티지만, 장식으로 달린 한 뼘 정도 면사포처럼 덧씌워져서 꼭 조롱조롱 소리를 낼 것 같은 작은 진주로 만든 그물 모양이 꽤 독특하고 특이했다. 정후가 처음으로 디자인해서 수진에게 준 거였다.

"이거 이 세상에 딱 하나뿐인 거야. 내가 네 생일 선물로 디자인해서 외삼촌에게 만들어달라고 했거든. 외삼촌이 이거 보고는 대량생산 하자고 했는데 내가 그러기 싫어서 이건 이것 하나만 만들었어. 그러니 얼마나 특별한 건지 알겠지? 진짜 귀한 거야. 잘 모셔뒀다가 너 결혼할 때 입어. 첫날밤에."

"왜 하필 속옷이야. 창피하게."

순결하고 화려한 이미지의 속옷을 받아 들고 수진은 정후가 고백하는 거라고 생각했다. 나 네가 좋다고.

모르는 척 앙큼하게 여자 속옷을 디자인했냐며 정후의 종아리를 한 대 차주었지만 정후가 내민 속옷은 정말 예뻤다. 그리고 정후가 보여준 마음도 사실은 무척 기뻤다. 누군가가 자신을 좋아해 준다는 것에 많이 목말라 있는 수진이었다.

나도 네가 좋다.

정후 말대로 서랍 깊숙이 모셔놓은 것은 수진의 대답이기도 했다. 수진에게 정후의 가족은 가족과 마찬가지였다. 비록 타인이었지만 의지할 수 있는 유일한 존재였다. 정후의 부모는 수진에게 부모의 자리에 있었고 정후는 남자친구로, 오빠로, 또는 가장 가까운 자리에 있었다.

"이거 내가 입을래."

이 이은수란 인간이 끼어들기 전까진!

"건들지도 마."

탁 상자를 뺏어 들고 수진이 눈을 부라렸다.

"건들면 그냥 안 돼."

"하, 넌 그까짓 속옷이 네 언니보다 먼저니? 진짜 치사하구나."

은수가 어찌나 씩씩거리는지 수진은 어느새 속옷을 양보하지 않은 것이 미안해지려 했다. 아마도 속옷이 조금이라도 마음에 덜 들었다면 은수에게 양보했을지 모를 정도로. 은수의 '내 건 내 거, 네 것도 내 거'라는 마인드가 어느새 전염이 된 것일까? 이은수 건 이은수 것, 내 것도 이은수 거라는. 하지만…… 수진은 인형을 버리면서 은수를 버렸다.

"나 너 안 보고 싶으니까 내 앞에서 좀 사라져 줄래?"

수진의 차갑고 단호한 말에 은수가 멈칫했다.

"야아, 넌……."

단단히 화가 나 있는 수진의 표정에 압도됐는지 은수가 불쑥 말을 던졌다.

"어제는 미안했어."

수진은 못 들은 척해 버렸다. 웃기는 것은, 잘못했다고 말하는 은수의 말투나 태도가 전혀 잘못한 것 같지 않아 보이는 거였다. 은수의 표정은 마치 '그래, 너 화났으니 미안하다 말해주마' 였다.

"잘못했다고, 내 말이 지나쳤어."

여전히 수진이 반응을 보이지 않자 도리어 화가 난 듯 은수의 표정은 새침해졌다.

"넌 사람 말을 그렇게 씹니? 미안하다고 하잖아. 내가!"

수진은 외출 준비를 끝낸 뒤 마지막으로 거울을 들여다보았다. 그녀의 얼굴 뒤로 씩씩거리는 은수의 얼굴이 보였다.

"야, 이수진! 사람 말이 말 같지 않니?"

"나 일하고 올 동안 넌 너희 집으로 가."

"수진아!"

"만일 들어왔을 때 너 있으면 그냥 안 둬. 끌어낼 거야."

그리고 수진은 탕 문을 닫고 나와 버렸다.

접촉사고로 인해 길이 밀려 수진이 탄 택시가 한국호텔에 도착한 시간은 2시 35분이었다. 수진은 택시에서 내려 로비 안에 있는 매니저를 향해 부지런히 뛰어갔다.

"죄송해요. 서둔다고 했는데 접촉사고난 차로 인해 길이 막혀서……."

"1003호로 올라가라. 난 전화를 하고 올라갈 테니. 감독과 스탭진들은 점심을 먹으러 가서 아직 안 왔으니까 준비하고 있어."

"콘티는요?"

"여기 있다."

매니저가 내민 콘티를 펼쳐 들고 수진은 엘리베이터에 올랐다. 그녀가 촬영할 신은 한 컷이었다. 목욕을 끝낸 새색시가 나른한 미소로 새신랑 앞에서 바스 가운 차림으로 바디로션을 바르는 장면이었다. 두 손을 발끝에서부터 허벅지까지 천천히 거슬러 올라가면 된다.

엘리베이터에서 내린 수진은 휴대전화를 꺼내 들었다.

『나 한국호텔에 왔어요.』

『한국호텔? 여긴 왜?』

여기라니? 아니, 이 아저씨 혹시 한국호텔에 있는 거 아냐?

『멋진 남자 만나러요. 아저씬 지금 어디?』

『너 잡으러 간다.』

아저씨, 진짜 귀엽단 말야.

커다란 덩치로 문자를 누르는 재준을 상상하자 공연히 웃음이 새어 나왔다. 복도를 걸어 1003호실 앞에 선 수진은 문을 노크했다.

탁!

문이 열리는가 싶더니 앗 소리도 내지 못할 정도로 빠른 손길로 누군가가 수진을 확 잡아당겼다. 객실 안으로 끌려들어 가며 수진은 균형을 잃었다.

"엄맛!"

몸이 바닥으로 고꾸라진 채 고개를 든 수진의 눈에 비릿하게 웃고 있는 성진의 얼굴이 들어왔다.

『첫 번째 만남, 세 번의 키스』 2권에 계속…